社会转型与中国当代城市小说

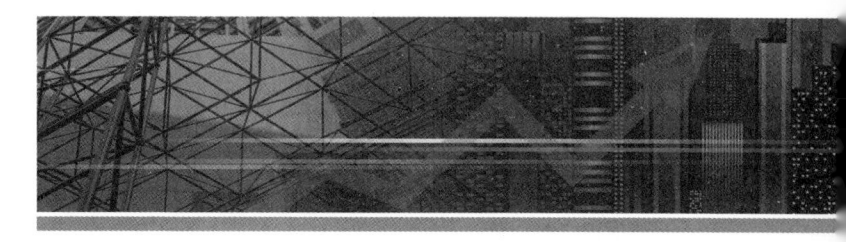

贾丽萍 ◎ 著

Social Transformation and
Contemporary Chinese Urban Fiction

中国社会科学出版社

图书在版编目(CIP)数据

社会转型与中国当代城市小说／贾丽萍著.—北京：中国社会科学出版社，2015.12
ISBN 978-7-5161-7284-1

Ⅰ.①社⋯ Ⅱ.①贾⋯ Ⅲ.①都市小说－小说研究－中国－当代 Ⅳ.①I207.42

中国版本图书馆 CIP 数据核字(2015)第 300963 号

出 版 人	赵剑英
责任编辑	任　明
责任校对	董晓月
责任印制	何　艳

出　　版	中国社会科学出版社
社　　址	北京鼓楼西大街甲 158 号
邮　　编	100720
网　　址	http://www.csspw.cn
发 行 部	010-84083685
门 市 部	010-84029450
经　　销	新华书店及其他书店

印刷装订	北京市兴怀印刷厂
版　　次	2015 年 12 月第 1 版
印　　次	2015 年 12 月第 1 次印刷
开　　本	710×1000　1/16
印　　张	14
插　　页	2
字　　数	237 千字
定　　价	55.00 元

凡购买中国社会科学出版社图书，如有质量问题请与本社营销中心联系调换
电话：010-84083683
版权所有　侵权必究

中 文 摘 要

　　本书对20世纪最后20年的小说创作进行了全面剖析与深入考察。20世纪八九十年代是中国社会文化发生巨大变革的时期，社会文化的变化必然影响到作家的创作心态和创作观念，进而投射到他们的作品中。考察这一个时期的小说创作，可以深化我们对于社会现实的认识和思考，把握变革时代人们心灵的真实脉动；同时，也有利于我们发现目前小说创作存在的局限，以便我们更深层地思考小说的本质特征和发展规律等问题。

　　全书共分为七章，第一章和第七章分别是引论和结语部分，其余是主体部分。其中，第二、第三章着重论述20世纪80年代小说的创作情况。第四、第五、第六章集中探讨20世纪90年代中国小说写作的诸多困境。

　　第一章引论部分，对小说创作及其理论研究状况予以大致梳理，透视小说创作观念的"现代化"转型。回顾20世纪小说发展历史，不难发现，中国作家在两个阶段表现出对小说创作和小说理论探索的巨大热情，这两个阶段分别是20世纪初期和20世纪80年代中期。20世纪初期，以梁启超、林纾、吴趼人为代表的一代作家创作了大量带有鲜明过渡色彩的现代小说，促进了中国小说从传统向现代的转化；而真正的中国小说现代形态则开始于"五四"前后。"五四"时期，以鲁迅、郁达夫、茅盾、叶圣陶、冰心等为代表的新文学家，在西方小说理论的启发下，开始了对旧式小说的彻底背离和小说形式的进一步探索，中国小说在结构形态、叙事模式、文体观念等方面均发生了前所未有的变化。中国作家的形式感、文体意识空前高涨，并尝试将主体意识渗透在小说创作中，开辟了小说创作的崭新道路。80年代中期，伴随着西方现代和后现代主义文学思潮的涌入，中国作家再次表现出对小说观念、文体形式的探索兴趣，他们以反叛者的姿态和否定精神，挑战传统的美学原则和小说艺术规范，从而促进了审美意识、审美趣味、艺术观念的变革。当然，这次小说艺术嬗变的内在

目 录

第一章 引论 (1)
  第一节 中国现代小说的初步探索 (1)
  第二节 中国小说现代形式之开端 (6)
  第三节 "异质"影响下小说创作的全方位变革 (15)
  第四节 对小说创作及其理论研究的再思考 (20)

第二章 20 世纪 80 年代小说创作观念的革新 (24)
  第一节 关于"虚构"和"真实" (25)
  第二节 小说创作：从虚构说起 (29)
  第三节 现代小说的本质特征 (34)
  第四节 "先锋派"对小说真实性的重新体认 (38)
  第五节 虚构与历史的纠缠 (44)
  第六节 "新历史小说"对虚构观念的重构与延伸 (50)

第三章 20 世纪 80 年代小说美学形式的探索 (62)
  第一节 关于"故事" (63)
  第二节 关于"结构形态" (66)
  第三节 关于"叙述视角" (74)
  第四节 当代小说叙事转型及意义 (85)

第四章 20 世纪 90 年代自我书写的困境：以邱华栋小说为例 (91)
  第一节 密集化的情节 (93)
  第二节 平面化、雷同式的人物 (96)
  第三节 缺乏隐喻的语言 (101)

第四节　碎片式的思想 …………………………………………（103）

第五章　20 世纪 90 年代物化写作的危机：以城市小说为例………（108）
　第一节　90 年代城市小说的崛起及内涵辨析 ………………（114）
　第二节　小说空间的物化特征 ………………………………（119）
　第三节　世纪之交的欲望表达 ………………………………（126）
　第四节　欲望主体的现代性焦虑 ……………………………（132）
　第五节　物化叙事对小说美学规范的疏离 …………………（141）

第六章　20 世纪 90 年代身体写作的牢笼：以女性小说为例………（149）
　第一节　身体写作的理论资源 ………………………………（149）
　第二节　身体写作的文本实践 ………………………………（152）
　第三节　消费时代的肉体狂欢 ………………………………（161）
　第四节　个体话语的膨胀与泛滥 ……………………………（167）

第七章　返回小说写作的家园 ……………………………………（174）
　第一节　后现代主义背景下小说的深度消解 ………………（174）
　第二节　大众文化影响下小说的边缘化存在 ………………（179）
　第三节　重建作家的主体意识 ………………………………（183）
　第四节　重塑作家的虚构意识 ………………………………（186）

附录　几个作家研究 ………………………………………………（192）

参考文献 ……………………………………………………………（209）

后记 …………………………………………………………………（213）

第一章

引　论

第一节　中国现代小说的初步探索

　　小说在中国可谓源远流长。从上古的神话传说到六朝的志怪、志人，再到唐、宋的传奇、讲史，这些都属于萌芽阶段的中国小说。到了宋、元时期，又出现了话本和章回小说。话本和章回小说发展到明、清而日臻完善、成熟，这就形成了独具特色的中国传统小说。《红楼梦》代表了中国传统小说的最高峰。可以说，中国传统小说的发展，走过了一条漫长而曲折的道路。现代小说则与传统小说大相径庭。所谓现代小说，一般来说，"就是借鉴西方现代小说模式、以现代人散文化的语言（白话），一反传统话本、章回的形式，在叙事方式、结构方法和描写技巧上广泛吸取西方小说的优点，通过环境描写、人物塑造和情节编织，反映现代社会生活变革、表现现代人的生活、思想、情感风貌，传达现代社会的审美意识。现代小说是一种完全不同于中国传统古典小说的具有全新内容和全新表现形式的新型小说"[①]。它从素材、主题、技巧、语言等方面，都呈现出与传统小说迥异的风貌。就中国小说而言，从传统向现代的转化是伴随着晚清时期开始的文化启蒙运动而进行的。出自于"改良群治"、救人心、启新知的启蒙目的，从1899年开始，梁启超等人依次提出了"诗界革命"、"文界革命"和"小说界革命"的口号，其共同主旨是师法域外文学，改造乃至重建中国文学。"在这场革命中，中国小说改变了自己非文学正宗的地位，而被梁启超推为'文学之最上乘'，乃至黄小配称其为'文坛盟主'，由此也吸引了大批文人从事小说创作，使'小说界革命'在短短几

---

① 金汉：《中国当代小说艺术演变·绪论》，浙江大学出版社2000年版。

年里获得了很大成功。"① 1905 年之前的李宝嘉、吴沃尧、刘鹗、林纾等人已经成为当时的知名作家,一个小说创作团体渐成气候。到辛亥革命前后,则出现了数量庞大的专业作家群,这些作家广泛分布在报刊、出版、翻译以及教育等领域。小说数量的增加,改变了它在文学中的比重,直接导致了小说由"边缘"向"中心"的位移。此后,小说成为 20 世纪中国文学的主流样式,并在某种意义上成为衡量文学发展水平的重要标志。

今天看来,虽然这一时期没能形成明确的小说观念和小说创作理论,但小说的表现手法和艺术技巧已经有了较大进步。小说在结构形式、题材范围、人物刻画、景物描写等方面,也都出现了有别于传统小说的新质。甚至可以说,20 世纪初外来文化与文学思潮的冲撞,促使中国传统小说的内涵、体式均发生了变化。这种变化相当程度上标志着中国小说将从传统走向现代。当然,真正从传统走向现代的质变,是开始于 1919 年的"五四"运动。"五四"运动不仅具有重大的政治意义和文化意义,而且在中国小说史上,尤其在近现代小说史上,是一个结束旧小说传统、开创新小说时代的重要标志;而 20 世纪开端之际,则是传统小说走向现代小说的过渡阶段,这个过渡阶段为中国小说在"五四"时期真正完成从传统到现代的转型,提供了理论资源和实践基础。

过渡阶段小说的变化首先体现为小说结构模式的改变。最明显的就是,古典小说中的楔子、对偶、回目,以及"有诗为证"、"且听下回分解"等成分,在这一时期有的消失,有的变异。不少小说家创造了新的小说格局:林纾、苏曼殊的小说,打破了传统的章回程式,模仿西方小说格式;梁启超的《新中国未来记》从美国的乌托邦小说中借取"套子";陈天华的《狮子吼》运用倒装手法,以"幻梦倒影之法"讲述故事,完全打破了传统小说按时间顺序和事件发展顺序叙述的格套;吴研人的《九命奇冤》多处用到插叙、倒叙的手法……这些都或多或少地从西方的小说创作中汲取了表现手法与艺术技巧,给人耳目一新的阅读感受。更有甚者,在小说的情节描写方面,也吸收了西方现代文明的因子,为小说艺术注入了新鲜血液。例如,吴趼人在《二十年目睹之怪现状》中,细腻地描述了电镀,介绍了镀镍工艺;在《新石头记》中介绍了生物学知识、

---

① 应锦襄、林铁民、朱水涌:《世界文学格局中的中国小说》,北京大学出版社 1997 年版,第 54 页。

机械原理。总之，中国传统小说的技法已经被打破，大量西方的表现技法被有意无意地融合进来，丰富了中国小说的表现手法，产生了较好的艺术效果。从小说发展的角度看，这无疑为中国小说的进一步发展与走向世界开辟了道路，创造了条件。

其次，小说的题材范围和表现内容也有所扩大。在中国古典小说家笔下，小说的基本题材不外乎传统的志人、志怪和讲史之类，尽管明清时期就出现了"世情小说"和"社会小说"，但并没有成为主流的创作题材，自然谈不上左右小说的创作观念。西方侦探小说、政治小说、科学小说以及教育小说的译介，使中国作家在传统题材的视阈之外，发现了更广阔的天地，在新鲜的阅读感受中拓宽了审美视野。尤其是侦探小说，其新颖的叙述形式和曲折的情节设置，在中国传统小说中极为罕见。那种让人"欲罢不能"的阅读体会在当时的翻译小说中更是独占鳌头，越来越多的人开始模仿它。在模仿、借鉴的过程中，模仿者逐渐把握了小说叙述的独特性。于是，小说由原来重视"讲什么"转向"如何讲"；重叙事过程，轻场面描写，成为近代小说的叙事特点，作家对小说的艺术品性和表现技巧也有了更多的感性认识。

在题材的扩大之外，小说家们还意识到，不仅小说表现生活的范围能比原来广阔，而且小说表现生活的深度也是有潜力可挖的。比如，可以借助人物的心理描写、环境描写等技巧，来增加小说的表现深度。中国传统小说并不缺乏精彩的心理描写（如长篇小说《红楼梦》中）。但是，由于受"说话"形式的限制，为了保证形象性和直观性，在表现人物内心活动过程中，作家们不得不借助人物的语言、肖像或动作等描写，采取所谓的"以外显内"的方法，反而不大强调纯粹的心理描写。而西方小说却惯用细致入微的笔触展示人物的心理活动，大段的内心独白俯拾皆是。相对于语言表现和动作描述，心理描写虽然在形象性、直观性方面稍显不足，但它对人物内心世界的挖掘较有力度，对于难以把握的细微情感波动的刻画，更显出其细腻和准确的表现优长。尤其是那种袒露式的"自白"，更有利于读者准确把握作品中人物细腻的心理变化，形成相对自由的阅读体验。所以，心理描写不仅有效地拓展了人们对外部世界的认知视野，也使对"人"的认识进入了一个新的立体层面，从而对"人"的发现更具备理趣——在审美的自由中，领略人性的深广和生命的意义。一句话，西方小说的心理描写带给中国作家的阅读感受，直接改变了传统的小说创作观念。在小说创作的技法层面上，表现为对人物心理描写的大胆尝试。20世纪初的小说家接受了西方小说的这种表现技法，比如，周瘦鹃的《真假爱情》里，郑亮在情敌、朋友落水呼救时的矛盾；吴趼人的《恨海》里，棣华与伯和在逃难途中同宿一床时的羞怯与激动；刘鹗的《老残游记》里，妓女翠环在得知老残要将她救出火坑的消息时，时而欣喜、时而忧虑的复杂心情……都是借鉴、学习西方小说心理描写的优秀范例。苏曼殊的《断鸿零雁记》"用第一人称手法着意描绘方外之人的难言之恫，随时随地自我剖白，将其视作'五四'新文学运动初期抒情心理小说的先驱都不为过"①。可以说，心理描写的成熟是中国小说现代化的一个重要标志。

还有景物描写。中国传统小说，诸如志怪小说、传奇小说、话本小说里，很少有景物描写，只有在《红楼梦》等极少数作品中才能找到粗略的几笔。在西方小说中，景物描写大致是用来烘衬时代背景、映照人物心理活动的。而烘衬时代背景和映照人物心理，中国传统小说向来有重情节的特点，因而景物描写这一"非情节因素"势必受到排斥。西方小说大量译介之后，其中的景物描写受到我国部分小说作家的青睐，他们也尝试在自己的作品中加以使用。《玉梨魂》开篇的梨园描写以及《老残游记》里关于大明湖、千佛山的景色描写都是十分成功的例子。

除了在创作手法上表现出对西方小说艺术的借鉴之外，他们还对小说的创作理论做了初步阐发。徐念慈在《小说林缘起》一文中，运用西方美学理论提出，小说必须具有"吾人美的欲望"、"具体的理想"、"美的快感"、"形象性"和"理想化"五个要求，这五个要求，全面揭示了小说艺术的本质特征。王国维的《红楼梦评论》，在典型化问题上也有精辟见解；文章从艺术形象美的角度，阐述了《红楼梦》的人物形象，给人以深刻启迪。梁启超在接受西方文学现实主义和浪漫主义创作方法的同时，提出了"理想派小说"与"写实派小说"的类型问题，他认为，理想派小说的作者，是按他自己的理想将读者引入理想境界；而写实派小说的作者，则注重客观现实的描写，两者确实有明显的分野。黄人则就小说的叙述视角提出了自己的看法，他认为，小说创作应当排除作者主观意图的显露，强调"无我"的小说。他以《金瓶梅》、《红楼梦》为例，分析

---

① 周若金：《从古典形态向现代形态过渡的小说观念》，《齐鲁学刊》1998年第5期。

作品中作者隐匿现象时说:"其人之性质、身份,若优若劣,虽妇孺亦能辩之,真如对镜者之无遁形也。夫镜,无我者也。"① 小说要以形象说话,不要掺杂作者的主观见解,这个观念既是对小说说教之风的抵制,又和徐念慈、王国维等人的小说观念相辅相成。以上种种探索有一个共同点,那就是,借鉴西方美学、小说理论,结合对中国小说的分析,尽可能地接近小说的本质特征。这些观念指示着中国小说现代化的方向。虽然他们并没有建构相对完善的小说创作理论体系,但是,他们的探索无疑是具有开拓性意义的。

20世纪初的中国,正处于古今中外大交汇、大碰撞与大变革的历史交错点,各种新旧事物错综复杂地折射在人们的思想中,而新旧事物和思想的变化又是翻天覆地的。20世纪初的中国小说创作,是杂糅的、矛盾的,这是它有别于古代和现代小说写作的一个显著特征。这其中有传统小说观念的裂变,现代小说观念的萌生,也有传统与现代在产生和发展过程中体现出的曲折性和复杂性。鲁迅在《中国小说的历史的变迁》中,讨论中国思想文化以及美学思潮的演进时,曾精辟地指出:"有两种特别的现象,一种是新的来了好久之后,而旧的又回复过来,即是反复,一种是新的来了好久之后,而旧的仍不废去,而是羼杂。"② 借用这句话来描述20世纪初期的中国小说创作,应该是很贴切的。当然,在这与西方小说的首次正面交流中,中国小说家是处于一种被动影响的状态之中,并且是带有明显的模仿痕迹的。比如他们或者是在中国式的叙事中插入一些仿效而来的插曲,像林纾的《柳亭亭》、苏曼殊的《碎簪记》,就是模仿小仲马《茶花女》而作;或者是加入不少西方化的政治议论,像徐枕亚的《玉梨魂》等;就连《老残游记》这样比较优秀的小说,也会称小说主人公为"福尔摩斯",这些都暴露了20世纪初中国小说在接受西方小说上的幼稚和借鉴方面的肤浅。但无论怎样,域外小说的输入,已经成为近代中国小说变革的主要推动力,刺激了中西文学的相互碰撞和相互渗透。正如陈平原所言,晚清"对域外小说的借鉴,并非只是简单机械地模仿,

---

① 黄摩西:《小说小话》,见陈平原《二十世纪中国小说理论资料》第1卷,北京大学出版社1997年版,第259页。

② 鲁迅:《鲁迅全集》第8卷,人民文学出版社1957年版,第313页。

这里面隐藏着两种文学理想之间的互相撞击与互相妥协。"①

域外小说的输入所导致的中国近代小说的种种变化,为"五四"中西文学的交融和中国真正意义上的现代小说的诞生,做了一定的思想和文学条件上的准备。此后,以鲁迅、周作人、郁达夫等人为代表的现代作家,又进一步通过引进欧洲小说形式,逐步形成了中国现代小说的文体格局,同由唐、宋以来的小说传统形成了一种泾渭分明的对照。因此,笔者很赞同严家炎的观点:"戊戌变法时期由'新小说'开始的量变,到'五四'时期终于演发而为质变,实现了从古典小说到现代小说的飞跃。郁达夫曾将这一变化称为'中国小说的世界化',我们则称之为'中国小说的现代化'。"②

第二节 中国小说现代形式之开端

在中国小说史上,真正意义上的现代小说形态开始于"五四"时期的周氏兄弟及郁达夫、茅盾等人的创作。周作人曾说过:"中国讲新小说也二十多年了,算起来却毫无成绩","中国要新小说发达,须得从头做起"。③ 所谓从头做起,就是为小说寻找新的出路。可是出路何在?"欲图改良,不可不自根本上改革一般人对于小说之概念",如何改革?这便是确认小说的艺术品性:"盖小说本为一种艺术"④。对于小说艺术品性的确认,实际上就把小说从中国传统的小说观念中解脱出来,明确指出了中国小说要想取得独立的艺术品性,已经不能再走传统小说的老路,包括不能继续沿袭传统小说的内容与形式。于是,从西方输入新的小说观念及新的小说形式,便成为中国现代小说新的生长点。而白话短篇小说,首先成为中国小说发展的突破口。沈雁冰说,"短篇小说的宗旨在截取一段人生来描写,而人生的全体因之以见。叙述一段人事,可以无头无尾;出场一个人物,可以不细叙家世;书中人物可以只有一人;书中情节可以简至仅是

---

① 陈平原:《中国现代小说的起点——清末民初小说研究》,北京大学出版社2005年版,第24页。
② 严家炎编:《二十世纪中国小说理论资料》第2卷,前言,北京大学出版社1997年版。
③ 周作人:《日本近三十年小说之发达》,1918年7月《新青年》第5卷第1号。
④ 君实:《小说之概念》,1919年1月《东方杂志》第16卷第1号。

一段回忆。这些办法，中国旧小说里本来不行"，"当然是从西洋短篇小说学来的"①。鲁迅在谈到中国小说由古典向现代的嬗变时，也曾指出："小说家的亲热文坛，仅是开始'文学革命'运动，即1917年以来的事。自然，一方面是由于社会的要求的，一方面则是受了西洋文学的影响。"②这里所说的"西洋文学"，自然包括文艺复兴以来的现实主义和浪漫主义创作，同时，也不排除现代主义流派和思潮。"五四"以来的中国现代小说，在中西文学的全面碰撞和融合中产生，在选择和重建自己民族文学的历程中显示着个性。它既匆忙走过了西方近代文学几百年的发展道路，又以自身的特色和民族个性，在世界文学中占据了重要的一席。

"五四"作家几乎都受过当时外国文艺思潮的影响，而且他们对外国思潮的吸收也是有选择性的。以鲁迅为例，早年的鲁迅对西方浪漫主义文学非常崇拜。在他1907年写的最早介绍外国文学的《摩罗诗力说》中，对拜伦、雪莱、裴多菲、普希金、莱蒙托夫等作家"立意在反抗，指归在动作，而为世所不甚愉悦"的个性主义和反抗精神推崇备至。1909年，他与周作人合编的《域外小说集》第二册出版，表明了西方现实主义文学和象征主义文学对他的影响。他的"为人生"的文艺观则来源于俄国和东北欧被压迫民族的现实主义文学。在他看来，"俄国的文学，从尼古拉二世以来，就是'为人生'，无论它的主意是在探究，或在解决，或者堕入神秘，沦于颓唐，而其主流还是一个：为人生"。③ 因此"那时就知道了俄国文学是我们的导师和朋友。因为从那里面，看见了被压迫者的善良的灵魂，的辛酸，的挣扎；还和四十年代的作品一同烧起希望，和六十年代的作品一同感到悲哀"。④ 许多研究者认为，"鲁迅的批判国民性弱点，履行国民精神的思想，既有他早期论文《文化偏至论》中所反映的尼采、易卜生等人对他的影响，又有俄国作家阿尔志跋绥夫作品的影子，还受过日本厨川白村理论的影响。此外，波兰作家显克微支对农村下层人民苦难生活的描写，日本作家夏目漱石对社会痼疾的针砭、岛武郎作品中

---

① 沈雁冰：《自然主义与中国现代小说》，1922年7月《小说月报》第13卷第7号。
② 鲁迅：《〈草鞋脚〉小引》，《鲁迅全集》第6卷，人民文学出版社1981年版，第20页。
③ 鲁迅：《鲁迅杂文全集》，河南人民出版社1994年版，第457页。
④ 同上书，第466页。

的人道主义思想,均使鲁迅受过启发"。① 这一时期,其他作家的小说创作,也不同程度地受到外国文学的影响。如文学研究会早期作家冰心、王统照、许地山、庐隐等人的"问题小说",就受到欧洲、俄国表现社会人生问题作品的影响;创造社成员张资平、陶晶孙、周全平、倪贻德、叶灵凤等,也在不同程度上受到浪漫主义和现代主义的影响;郁达夫对日本"私小说"的模仿,郭沫若对歌德和英国浪漫主义作家司各特的学习,等等。总之,在西方文艺思潮催生下,"五四"时期小说创作取得了很大成就,中国现代小说由此进入初创阶段。

与传统小说相比,"五四"作家在小说理论方面进行了很多有益的探索。

首先是小说观念的现代转型。

在西方小说的直接熏陶下,"五四"作家和理论家充分认识到了革新传统小说观念对于改良中国小说的重要意义。"我们研究文学,不得不研究小说,而在未着手研究之先,先要将旧的观念完全打破,代以新的文学观念,否则决不能了解小说的真价值。"② 这种"新观念"是什么?就是要重视小说应有的艺术品性和独特的审美价值,"使读者作者,皆知文学之本质,艺术之意义,小说在文学上艺术上所处之位置"。③ 而不能再视之为"闲书"。胡适说,文学之一要素,在于"美感",这是评判文学作品的重要标准。结合对美的思考,更多的人开始思考这个问题:"小说是什么"。庐隐认为,小说是"用剪裁的手段和深刻的情绪,描写人类社会种种的状况的工具;且含有艺术的价值,浓厚的兴致,和自然的美感,使观者百读不知厌,且不知不觉而生出强烈的同情,忘记我相,喜怒哀乐都受他的支配的一种文学"。④ 王统照认为,好的小说应该"能于平凡的事物内,藏着很深长的背影,使人读着,自生幽秘的感想"。⑤ 小说不再是事实的简单记述,也不再是对历史的补充记录,而是作者个人思想情操的

---

① 吕德强:《试论"五四"时期小说创作中的外因影响》,《嘉应大学学报》2003年第2期。

② 瞿世英:《小说的研究》,1922年7月《小说月报》第13卷第7号。

③ 同上。

④ 庐隐:《小说的小经验》,见严家炎编《二十世纪中国小说理论资料》第2卷,北京大学出版社1997年版,第183页。

⑤ 王统照:《〈忍心〉译者附记》,1921年1月《小说月报》第12卷第1号。

体现，更是一个民族、一个国家文化性格的感性显现，承载着人类对美的共同追求。小说的艺术价值就在于此。同时，对艺术美的期待也是读者阅读小说的动力，因为好小说能"使我们发生极强烈的同情心，不但自觉痛苦更了解人的痛苦，使我们自觉社会的不满足而想到将来的理想社会更使我们感到美的满足"①。实际上，"艺术的情感，或谓之人们对于美的感觉，人们的美的表现之满足"②也是小说创作的动力。所以，美贯穿于小说创作阅读和批评的全部过程，它理当具有文学艺术的价值。

包括小说在内的文学艺术进行的是美的创造，这是文学和其他社会意识形态的重要分野。"五四"时期的作家和理论家也充分意识到了这一点。对艺术和科学以及艺术与历史哲学、宗教等形式的差别，他们都能从文学艺术的本质特征上加以界定。比如，关于艺术与科学，瞿世英敏锐地察觉到，艺术和科学在根本上都是研究人，但是，他们研究人的方式不同。他认为，科学对人的研究是从特定角度进行的，而"艺术家所研究的却是整个的人"。艺术家和科学家的不同还在于，"科学家的职分是研究，艺术家的职分是创造——美的创造"。③瞿世英进一步揭示了创造对文学艺术的重要，美是对包括小说在内的文学艺术的本质性要求。郁达夫说，"历史是历史，小说是小说"④，历史隶属于科学，它尊重事实；而小说隶属艺术，它尊重虚构，小说通过作家的想象对事实进行虚构，根据作家的审美理想、情感表达的需要对材料进行重新组合，做到"叙一人物则音容宛具，栩栩欲活。叙一事则隐微深曲，犀利俊快"，使读者"扑朔迷离，不忍释卷"⑤，这都是小说创造美的奥妙所在。

在现代小说观念的指引下，"五四"先驱者认识到中国传统文学实际都是"瞒和骗"的文学。面对这种情况，他们大声疾呼："世界日日改变，我们的作家取下假面，真诚地、深入地、大胆地看取人生并且写出他的血和肉的时候早到了；早就应该有一片崭新的文场，早就应该有几个凶

---

① 瞿世英：《小说的研究》，1922年9月《小说月报》第13卷第9号。

② 同上。

③ 同上。

④ 郁达夫：《历史小说论》，见严家炎编《二十世纪中国小说理论资料》第2卷，北京大学出版社1997年版，第449页。

⑤ 陈钧：《小说通义·总论》，见严家炎编《二十世纪中国小说理论资料》第2卷，北京大学出版社1997年版，第303页。

猛的闯将!"①"五四"小说实践了这一愿望。在题材上,克服了传统小说热衷于写帝王将相、才子佳人、神仙鬼怪的写作习惯,取材于现实生活中常见的人和事,表现普通男女的悲欢离合。他们笔下的人物,都是最普通不过的农民、妇女、市民、知识分子、车夫、店员等。这既是"平民文学"的理论体现,也是对"故事中心"的反拨,因为"人们灭亡于英雄的特别的悲剧者少,消磨于极平常的,或者简直近于没有事情的悲剧者却多"。②作家能以更浓烈的平民意识去体察生活,能以更冷静的心态去品悟人生,平凡的百姓、平凡的生活根本没有那么多的离奇与曲折。真实地反映芸芸众生的喜怒哀乐,这是时代对新文学的要求。鲁迅对下层穷苦大众麻木灵魂的捕捉,对知识分子彷徨心态的展示;郁达夫对"零余者"自卑而茫然的灵魂的逼视等,都是对旧小说英雄式传奇结构的消解,同时也体现了"五四"作家大胆而真诚地直面人生的勇气。在情感抒发上,无论是文学研究会的"再现说",还是创造社的"表现说",都强调真实地记录生活,坦诚地抒发自己的感情。在创作意图上,无论是鲁迅小说、"问题小说"、人生派写实小说、乡土小说,还是创作社作家们的小说,都注重探究人生的意义,提出了一系列值得思考的社会问题,显示出作家们直面人生的勇气和强烈的反传统意识。鲁迅的《狂人日记》,"意在暴露家族制度和礼教的迫害",矛头直指封建制度,他的《呐喊》、《彷徨》始终贯穿着对封建礼教"吃人"罪恶的批判。文学研究会的作家明确宣言,文学是"于人生很切要的一种工作",对不合理的人生形式进行批判,探讨新的人生形式是他们的小说创作的重要内容。早期的"问题小说"探讨的都是突出的社会问题,表现他们对社会人生的严肃思考。乡土小说对于农村不合理的人生形式、对农民的精神痛苦进行了深刻的揭露和控诉。即使是偏向于"表现自我"的创造社的作品,也对传统的社会制度和封建意识提出了强烈的批判。"改造国民性"是现代意识的另一个突出表现。在中西文化的碰撞和交汇中,从启蒙主义者的立场出发,鲁迅首先发现了中华民族"愚弱的国民性",要变革中国,就要从改造国民性开始。夏瑜的悲哀,华老栓的愚昧,闰土的麻木,阿Q的精神胜利法,

---

① 鲁迅:《鲁迅杂文全集》,河南人民出版社1994年版,第76页。
② 鲁迅:《几乎无事的悲剧》,《鲁迅全集》第6卷,人民文学出版社1981年版,第363页。

七斤的怯弱，看客的冷漠……都展现了国民性弱点的触目惊心，说明了改造国民性的迫切性，显示了鲁迅对民族处境和命运的深沉思考。他的由"立人"而"立国"的思想，正是在此基础上形成的。此后，鲁迅开创的改造国民性的传统为许多作家所继承，表明了小说家们对人性的关怀，对民族文化心理的关注，具有鲜明的现代意识。

其次是小说创作理论的深化。

除了具体的小说创作实践，"五四"时期的作家和理论家还把小说创作的理论研究提上日程。虽然有些探讨浅尝辄止，也缺乏系统性，但往往能抓住问题的要害，某些看法在今天看来仍然颇有见地。

周作人、胡适以及刘半农，曾担任过北京大学国文研究所小说科的主要导师，在1918年的三四月做了几场重要的演讲——胡适的《论短篇小说》、刘半农的《中国之下等小说》，还有周作人的《日本近三十年小说之发达》等。胡适的《论短篇小说》是现代文学史上第一篇用全新的观点论述短篇小说的文字。他指出，短篇小说"在文学上有一定的范围，有特别的性质，不单靠篇幅不长便可称为短篇小说"，他给短篇小说下的定义是："短篇小说是用最经济的文学手段，描写事实中最精彩的一段，或一方面，而能使人感到充分满意的文章。"[①] 胡适对短篇小说的界定，对后来的小说理论家产生影响，他们在论述短篇小说特点时，大多沿用胡适的说法。胡适还主张："赶紧多多的翻译西洋的文学名著"[②]，这样才能得到新的创作方法。胡适所说的方法，包括收集材料、结构、描写等方面。谈到积累，他强调实地观察而后——体会整理。谈到剪裁，他强调剪下可用，而且要用得最得当又最有效力。沈雁冰也就创作方法提出了不少意见，从1920年开始，他先后在《东方杂志》、《小说月报》、《文学旬刊》上发表论文阐明自己的小说观。在论及人物刻画、情节布局等小说技巧时，他批评了原始性粗糙的叙述方法。后来在《小说研究 ABC》一文中，他又上升到审美层面对小说艺术做了全面探讨。此外，代表性的论文，还有赵景深的《研究文学的青年与古文》，瞿世英的《小说的研究》，孙俍工的《小说作法讲义》，郁达夫的《小说论》，谢六逸的《西洋小说发达史》，鲁迅的《中国小说史略》、《中国小说的历史的变迁》等。一时

---

① 胡适：《论短篇小说》，1918年5月《新青年》第4卷第5号。
② 胡适：《建设的文学革命论》，1918年4月《新青年》第4卷第4号。

们的"恐惧之情"和"怜悯之情"。此后历代西方美学家从各种不同角度，依据不同的理论下过各种各样的定义。相比而言，中国传统文学比较讲究"大团圆主义"，缺乏悲剧意识。"五四"新文学先驱者对传统文学的"大团圆主义"进行了无情抨击和彻底否定。沈雁冰认为："中国文学，都表示中国人的性情：不喜现实，谈玄，凡事折中。中国的小说，无论好的坏的，末后必有一个大团圆：这是不走极端的证据。"① 郭沫若认为，中国古典文学中那些求其圆满的续作现象反映了无聊作家的浅薄，全然破坏了原作的悲剧效果，实在是"续貂狗尾，究竟无补于世！"② 胡适也指出："中国文学最缺乏的是悲剧的观念，无论是小说，戏剧，总有一个美满的团圆。"③ 为了创造与西方文学对话的中国新文学，"五四"作家曾经充满激情地呼唤文学创作应该贯注悲剧意识。胡适认为，只有输入自古希腊至现代的西洋文学悲剧观念，才能"发生各种思力深沉，意味深长，感人最烈，发人猛省的文学。这种观念乃是医治我们中国那种说谎作伪思想浅薄的文学的绝妙圣药"。④ 冰心也大声疾呼："中国正须悲剧"，"我们现在觉得自我了，我们的悲剧，也该同样发达起来"。⑤ "五四"作家以现代意识观照现实人生，发现了社会中的诸多不合理和荒谬之处。鲁迅的作品就具有浓厚的悲剧意味。他笔下的阿Q、祥林嫂、吕纬甫、魏连殳、夏瑜、子君、涓生、孔乙己等，反映了在半殖民地半封建社会中，中国农民、知识分子的悲剧性生活，他将悲剧的社会、悲剧的性格、悲剧的人生展示出来，不带丝毫的粉饰和自欺欺人，真正做到了"将人生的有价值的东西毁灭给人看"⑥。与此同时，其他作家也贡献了一大批有悲剧意识的作品，充分反映了广大人民的追求、幻灭和痛苦。尤其是"五四"时期的知识分子题材小说，在表现知识分子觉醒后无路可走的悲哀，追求个性解放和人生价值却又无法实现的苦闷等方面成就突出，让我们感受到

---

① 沈雁冰：《文学与人生》，《茅盾全集》第18卷，人民文学出版社1989年版，第272页。
② 郭沫若：《〈少年维特之烦恼〉序引》，转引自《郭沫若论创作》，上海文艺出版社1983年版，第669页。
③ 胡适：《文学进化观念与戏剧改良》，1918年10月15日《新青年》第5卷第4号。
④ 同上。
⑤ 冰心：《中西戏剧之比较——在学术讲演会讲》，1926年11月18日《晨报副刊》，由程朱溪、傅启学笔记。
⑥ 鲁迅：《再论雷锋塔的倒掉》，1925年2月23日《语丝》周刊第15期。

了"五四"作家深沉的忧患意识。

通过以上的简要勾勒,不难发现,20世纪初期的中国小说,对西方的各种文学思潮都有学习和借鉴,并且在中国文化的基础上,形成了自己的小说理论与小说创作的诸多特色。虽然20世纪初期西方小说观念和小说美学观念的输入,乃至"五四"新文学运动的发展,使中国固有的小说观念基本上被西方小说观念所取代,小说创作和研究理论中出现了以西方话语为主导的现象。但是,应该看到,20世纪初期中国小说观念的演变与成型,实际上是中国文学与西方文学以及不同文化传统与随时代发展的小说创作理论不断融合的产物,小说观念的变化也必然影响到作家的创作,并带来不同形态的小说文本,从而形成了20世纪初中国文学的独特景观。因此,如何在具体的文本分析基础上梳理中国小说创作观念的演变过程,突入深层揭示其产生的历史、文化动因以及给小说创作带来的影响,就成为本书的一个重要课题。

第三节 "异质"影响下小说创作的全方位变革

20世纪80年代中期,确切地说,1985年之后,是中国小说创作的又一高峰。此时的小说从书写内容、价值立场到艺术观念、叙述方式等均发生了明显变化,以至于某些理论家用"观念爆炸"和"多元放射"来概括当时的小说观念革新及小说创作局面。"说一九八五年的小说是一个转折点,这起码在形式探索走向明朗化这点上是不为过的。……一九八五年,既是前几年小说观念变化酝酿的结果和总结,又是进一步向未来发展的开端。"① "新时期文学的第二次历史性转折……直接导致了1985年的文学'裂变'。……说1985年文学开创了一个文学的新纪元,大概不会被认为是故作惊人之论。"② 在此前后,当代小说"在叙事方式上出现了断裂",其标志是原来的"'写什么'的重要性已被'如何写'所替代"。③ 很显然,1985年是一个具有跨越意义的年份,尽管当时的评论者

---

① 吴亮、程德培:《当代小说:一次探索的新浪潮》,《探索小说集·代后记》,上海文艺出版社1986年版。
② 王东明:《若无新变,不能代雄》,《当代作家评论》1985年第5期。
③ 李洁非:《新时期小说两个阶段及其比较》,《文学评论》1989年第3期。

一时还找不到确切的概念来界定这个变异的性质，但这种共同感受的敏锐性和正确性已为小说发展的历史所证明。所以，探讨当代小说创作观念的转变，无论如何都避不开1985年。

那么，如何来阐述1985年前后这一股改变小说创作观念的文学思潮呢？评论界习惯用"新潮小说"来命名这一时期的小说现象，这是一个笼统的说法，再细一点的话，又可分为"意识流派"、"魔幻现实主义"、"荒诞派"、"民族文化派"等。实际上，这是一场深刻而全面的现代主义小说运动，"它是针对在当代中国持续了几十年的现实主义小说的一统局面，并以新时期最初几年的局部的探索性变革为前提和基础的情形下发生的，在这场运动背后所涌动的美学精神与艺术思想当然也可以概括为现代主义的小说思潮"。①

关于这一阶段的小说创作情况，笔者将在后面的章节给予详细阐述。现在，让我们先来看看这股"现代主义"小说思潮崛起的文化背景。

20世纪70年代末到80年代中期，各种外国现代派文艺思潮和理论铺天盖地地涌入国内，并且逐渐由文学研究领域转而渗透到文学创作领域，在中国文坛产生了爆炸性的影响。这当然得益于西方现代主义文学作品的大量译介。1980年到1985年，上海文艺出版社相继出版《外国现代派作品选》，共四册八本，十一个专辑，涉及包括诗歌、小说、戏剧在内的十几个流派，如象征主义、表现主义、达达主义、未来主义、存在主义、超现实主义、"意识流"、荒诞派、新小说、黑色幽默、魔幻现实主义，等等，称得上是现代主义文学的入门作。从1981年开始，外国文学出版社和上海译文出版社联手推出《二十世纪外国文学名著丛书》，陆续出版了几百种译作。与此同时，外国文学学术界不断有评介文章，从思想艺术特征和社会、文化、哲学背景各个角度为读者做出初步界定。从某种意义上说，这些界定也代表了接受者的理解范围和消化程度，同时也作为一种中介对广大的阅读者发生影响。袁可嘉先生在1980年出版的《外国现代派作品选》第一册《前言》和1985年出版的第四册《附录》中，对现代派文学的总体特征有过如下的概括："现代派反映了现代西方社会动荡变化中的危机和矛盾，特别深刻地揭示了人类所赖以生存的四种基本关系——人与社会、人与人、人与自然（包括大自然、人性和物质世界）、

---

① 张清华：《中国当代先锋文学思潮论》，江苏文艺出版社1997年版，第128页。

人与自我——方面的畸形脱节，以及由之产生的精神创伤和变态心理、虚无主义的思想和悲观绝望的情绪。"袁先生还对现代派的文学观点做了总结：第一，在艺术与生活、现实、真实的关系上，他们强调表现内心生活、心理的真实和现实。第二，在艺术与表现、模仿的关系上，认为艺术是表现，是创造。第三，在内容与形式的关系上，极力强调形式的重要性，认为形式是内容的延伸。在《前言》中，袁先生从发生学的角度，阐述了现代派文学产生和形成的社会根源和思想背景，提到"西方社会的巨大灾难——第一次、第二次世界大战、经济恐慌、劳资冲突、核恐怖和各种各样的社会矛盾"，给作家心理上"造成严重创伤，产生重大的怀疑"，使许多人出现信仰危机。文中同时提到，现代非理性主义哲学和社会思潮对现代派文学的"弥漫性、渗透性的影响"，如存在主义哲学、弗洛伊德心理学等。① 此外，柳鸣九先生主编的"西方文艺思潮论丛"（如《新小说派研究》、《未来主义、超现实主义、魔幻现实主义》），陈焘宇、何永康先生主编的《外国现代派小说概观》，也对现代主义文学做了深入浅出的分析。应该说，上述著作对现代派文学思潮的概括是相当深刻全面的，也大致符合当时人们对现代主义文学的阅读经验。更重要的是，它形成了对中国文学的又一次强烈冲击，以至于"是发展以往的现实主义还是走上西方现代主义的文学道路，成了 80 年代中国文学选择中的第一个焦点问题"。②

1981 年高行健出版了《现代小说技巧初探》一书，这是我国第一本系统地介绍西方现代派小说技巧的专著，书中介绍了"意识流"、"怪诞与非逻辑"、"艺术的抽象"、"超现实主义"、"黑色幽默"、"时空处理"等现代小说的表现手法，超越了"巴尔扎克式"现实主义小说规范的局限，也有力地冲击了古典小说技巧的种种"法规"，对于当时以及后来的中国小说创作启发很大。1982 年，徐迟的《现代化与现代派》更加明确地呼唤现代主义文学的出现。同年，冯骥才、刘心武、李陀、王蒙等在各自的通信中，旗帜鲜明地提出了"中国文学需要现代派"，由此引发了一场关于"现代化与现代派"的文学论争。对于这场争论，我们只能说，

---

① 袁可嘉：《外国现代派作品选·前言》，上海文艺出版社 1985 年版。
② 应锦襄、林铁民、朱水涌：《世界文学格局中的中国小说》，北京大学出版社 1997 年版，第 67 页。

双方各有各的道理，又各有各的偏颇。不过可以肯定的是：它在客观上非但没有抑制，相反还推动了现代主义文学创作。"新时期"的现代派小说正是在这一背景下展开实验的。创作界的先锋人物，像马原、苏童、余华、残雪等人，则已经开始了对"现代派"的全面模仿和借鉴，致使小说创作发生了翻天覆地的变化。

面对纷纭复杂的创作情况，理论界也活跃起来，不断将西方的小说理论著作译介过来。1984年国内出版了韦勒克、沃伦的《文学理论》和福斯特的《小说面面观》，1987年先后翻译出版了利昂·塞米利安的《现代小说美学》、万·梅特尔·阿米斯的《小说美学》、W.C.布斯的《小说修辞学》、约翰·盖利肖的《小说写作技巧二十讲》等，对我国的小说理论研究起了促进作用。此外，《俄苏形式主义文论选》、华莱士·马丁的《当代叙事学》等，也产生了积极的影响。同时，国内学者也开始有意识地关注小说创作的理论问题，并出版过不少著作。比如，王蒙的《漫话小说创作》（上海文艺出版社，1983年）、《王蒙谈创作》（中国文联出版公司，1985年），陆文夫的《小说门外谈》（花城出版社，1982年），洪钧的《小说创作放谈》（知识出版社，1982年），郭超的《小说的创作艺术》（花山文艺出版社，1982年），王笠耘的《小说创作十戒》（中国文联出版公司，1986年）。当然，这些著作多数还只是总结前人的创作经验，对80年代中期小说创作的最新态势和新鲜的小说观念缺乏独到的感悟和思考；另外，所探讨的问题大多停留在人物刻画、主题提炼、艺术构思、情节安排等具体问题上，对小说艺术尚缺乏宏观而系统的理论思考。接下来，人们开始有意识地结合小说创作实践，力求构建相对完整、体系化的小说创作理论。如高尔纯的《短篇小说结构理论与技巧》（西北大学出版社，1985年），从短篇小说的形态、人物、情节、环境、技巧等方面，分析短篇小说的结构艺术。俞汝捷的《小说二十四美》（中国青年出版社，1987年），借鉴中国古典诗学的理论和诗品的体式，探讨小说之美的表现形态和审美风格。金健人的《小说结构美学》（浙江文艺出版社，1987年），从时间、空间、人物、结构依据、叙事方式等方面探讨小说结构的美学形态。刘孝存、曹国瑞的《小说结构学》（光明日报出版社，1989年），从传统小说和现代小说两部分对小说的结构形式进行类型分析和归纳，虽不够严谨缜密，但对当代小说结构类型提供了较有条理的参照。①

值得一提的，还有吴功正的《小说美学》（江苏文艺出版社，1985年），这本书虽然不是针对小说创作理论而写，但作者从小说美学的本质、小说家审美感受的心理形式、小说美学的基本特征、小说美学的基本形态、中国古典小说美学理论等五个方面来阐述，以中国传统小说理论为基础，以传统小说为分析对象，称得上一部体系严密的小说美学著作。程德培的《小说本体思考录》（上海文艺出版社，1987年），集中探讨小说叙事的体态、语式、结构、模式和小说的语言性质等方面，前部分既吸收了西方小说叙事学的成就，又融入了自己对小说的感受和思考，尤其是对我国当代小说的叙事学考察，对小说创作的启发很大；后部分从现代文艺学、小说学和现代语言学的结合上，概括小说语言系统的功能，深化了人们对小说语言的认识。南帆的《小说艺术模式的革命》（上海三联书店，1987年），从叙述方式切入当代小说创作，认为审美主体的变化导致新的艺术模式的崛起；并着重探讨了心理—情绪模式、象征模式和复合模式，可以看作当代小说形态学的研究。王定天的《中国小说形式系统》（学林出版社，1988年），运用现代系统论的方法，吸收借鉴了当代西方的艺术理论，从小说概念、形式要素、情节形态、艺术手法等方面探讨了中国小说的形式系统，对小说创作具有一定的指导意义。张德林的《现代小说美学》（湖南文艺出版社，1987年），在传统的文学评论基础上借鉴西方小说评论的方法，从艺术感觉、寓意超越、变形、象征、怪诞、时空、场面、视角、心理描写、意识流等方面探讨了小说创作的艺术规律和美学原则。殷国明的《小说艺术的现在与未来》（上海文艺出版社，1990年），对近百年的小说艺术进行纵向的美学分析，从故事结构、小说与现实、小说中的自我、小说艺术思维方式、小说的美学特征、艺术形态和语象等方面的变化，来描述小说艺术的变化过程。总体来看，上述论著虽不是专门讨论小说创作理论问题，但都或多或少地涉及小说创作理论的某些基本问题。另外，孙绍振的《文学创作论》（春风文艺出版社，1987年）、胡尹强的《小说艺术：品性和历史》（上海文艺出版社，1993年）、李洁非的《小说学引论》（广西教育出版社，1995年），等等，也都从不同角度对

---

① 参见杨剑龙《中国当代小说美学研究的现状与构想》，《云南社会科学》1992年第3期。

小说创作问题做过深入、系统的剖析。

以上是对20世纪80年代中期以后的小说创作以及理论研究状况的简单回顾。不难发现，纷至沓来的西方"异质"推动了我国当代小说创作的转变。争论是在所难免的，"创新"也是顺理成章的。诚如洪子诚所说："80年代的文学革新和文学实验，都表现为异质因素不同程度的诱发和推动，由此引起感知内容、方式和艺术方法的新变。"①

第四节　对小说创作及其理论研究的再思考

自小说诞生以来，我们对小说创作的研究就一直没有间断过。既取得了小说创作研究的巨大成果，又形成了创作界与理论界之间的良好互动关系。但是必须承认，我们的研究还是存在一些局限和缺憾的。比如，对小说创作的把握多局限于一种创作现象出现后的思考，虽然这种思考能给我们提供点上的深入开掘，却缺少客观上的整体把握。事实上，一种创作现象与另一种创作现象之间、一个作家与另一作家之间，甚至于一个作家的前期和后期创作之间必然有千丝万缕的联系，其中的嬗变必然有复杂深刻的内在与外在原因，并呈现出既矛盾又统一的运动轨迹。对这一点的探讨，无疑是小说理论研究的重要内容。其次，在对20世纪80年代中期的小说创作转型进行思考时，评论界较多地注意到西方现代小说理论和技巧（如法国新小说派、拉美魔幻现实主义、西方后现代思潮等）对中国小说创作的影响，以及中国作家对西方小说理论的借鉴和依赖，并据此断定，20世纪90年代是中国当代文学的第二次转型，甚至出现了所谓的第三次转型——"世纪之交文化转型期"的说法。② 当然，强调西方小说理论的影响确实有其重要意义，因为就80年代中期以来小说创作的实际情况来看，以后现代主义、消费主义文化和大众文化为主导的话语背景的形成，既构成了中国当代作家的理论框架，又构成了对"新时期"小说话语的超越。传统小说观念受到巨大冲击，对赋予"虚构"以神圣地位的"先锋小说"和"新历史小说"等创作现象，动摇了"现实主义"的经典地

---

① 洪子诚：《中国当代文学史》，北京大学出版社1998年版，第231页。
② 张光芒：《论中国当代文学的"第三次转型"》，《当代作家评论》2004年第5期。

位，小说创作出现了明显的断层现象。这些新动向都表明，当代作家的生存方式、写作姿态、价值选择、审美旨趣等已经发生了很大的变化。但同时，我们又不能不看到，无论就历史的视角还是逻辑的视角而言，20世纪90年代以来的小说创作毕竟还存在诸多对80年代小说美学规范的继承与延续，这不仅因为"新时期"一些重要作家进入90年代以后仍然保持了旺盛的创作活力，更重要的是，这些作家的作品依然在小说领域占据重要地位。如王蒙、贾平凹、王安忆、莫言、余华、苏童、刘恒、刘震云、张抗抗等，在90年代都有不错的作品发表，而这些作品也是他们对80年代写作的一种凝聚或裂变。从某种意义上讲，90年代崛起于文坛的邱华栋、何顿、朱文、韩东等"新生代"作家，可以看作马原、格非等80年代"先锋"作家在新的历史情境下的滋生和繁衍；而陈染、林白、卫慧、棉棉、魏微、朱文颖等女性作家，实际上拓展了80年代张辛欣、刘索拉、铁凝等人那种极端的反抗情绪……80年代此起彼伏的小说潮流，同样也可以认为是在90年代的多元文学格局中找到了不同的生存策略：每一个小说流派为了在"多元共生"的文化格局中占据一定的位置，总需要不断以新的姿态出现。因此，在一个更加广阔的文化背景上对八九十年代文学的贯通思考，仍可以发现新的意义和价值。另外，在小说的格式和生长空间方面，以影视和网络为代表的电子媒介对小说创作的影响，也是新世纪小说发展中非常突出的现象。美国当代哲学家道格拉斯·凯尔纳在《媒体文化》一书中将媒介文化界定为"图像文化"[1]。从20世纪的中国文学发展史来看，电影、电视之类图像文化对小说创作的影响，大概有两次，一次是30年代前后，以上海的穆时英、刘呐鸥等为代表的一批作家，因为爱看电影，受欧美电影的影响，进而联想到将电影的表现手法移植、吸收到小说创作中来，形成了风格独特的"新感觉派"；还有一次就是90年代以来，一直到新世纪愈演愈烈的作家参与影视剧本创作，或作家借用外国影视剧中的某些情节或细节。对照以前的小说创作，我们可以清晰地看到，80年代中后期以来，小说创作受影视媒介的影响，已经上升到自觉的文化意识层面。影视媒介成了新一代写作者在写作和表达时不能不考虑的因素，新的小说研究视野自然应该注意到这样的文学格式和生长空间的变化。

---

[1] ［美］道格拉斯·凯尔纳：《媒体文化》，丁宁译，商务印书馆2004年版，第9页。

鉴于以上原因，本书所讨论的对象，实际上包括了刚刚过去的二十多年来的小说写作，力求对这一阶段的小说进行全面剖析与深入考察，借以辨析西方小说观念及小说美学形态对20世纪中国小说创作的影响，关键是发现中国小说创作与西方之不同，突出中国小说自身的发展特点，厘清中国小说发展的脉络。特别是，面对目前小说界的创作困境以及研究理论的滞后，希望能找到较为合理的研究方法及路径。当然，20世纪后20年的中国当代小说涵盖了繁复众多的文本现象，要对这些文本逐一分析显然不可能。因此，在具体论述时，出于策略性的考虑，笔者倾向于以重要的小说流派和代表作家的创作为研究重点，比如着重选择先锋小说、"新历史小说"、女性作家的"身体写作"、部分"新生代"小说等，力求既能照顾到约定俗成的美学规范，又能对一些个别现象进行单独分析。20世纪后八九十年代中国小说创作理论的演变时间跨度大、涉及内容广，为了避免陷入浮泛的现象描述和狭隘的理论纠缠，本书在占有大量感性材料的基础上，立足于科学、理性分析，将宏观的理论探究和微观的个案剖析相结合，以求在目前研究的基础上有所突破和超越。在研究思路上，首先，把小说创作放在广阔的学术视阈下，厘定问题产生的社会及文化源头；甄别它在不同历史语境中的特殊体现，并对这些小说实践的艺术效应进行总结。其次，选择几种典型的小说创作现象作为论文的基本构架，分阶段、逐层次地探讨20世纪中国小说创作的发展情况。突出中国小说自身的发展特点，尤其是，中国小说观念的演变与成熟，如何体现出中国传统与西方传统，以及不同文化传统与随时代发展的小说学不断融合的发展线索。在研究方法上，将采用逻辑与历史相结合的方法进行考察，既有小说文本的分析，又侧重于理论探讨，并引入西方叙事学、新历史主义、现象学等理论方法，对20世纪后20年的中国小说创作及理论做出较为清晰的描述，希望为今后的小说写作、小说美学理论的研究提供一定的参考。

需要说明的是，小说创作涉及多方面的内容，本书在探讨20世纪80年代中期以来的小说创作现象时，仅选取两个主要的方面进行论述，即：小说创作观念的演变和小说创作美学的变革，侧重于探讨小说虚构观念的变化和小说叙事形式的变革。因为虽说引起小说艺术变化的原因有很多，但是，本体性的变化，还是根源于小说观念和小说美学观念的变化。千百年来，小说创作的一切变化，无不来自小说观念和小说审美观念的变化。只有小说观念的不断更新、变化，才会引发人们对创新因素的审美认同和情感共鸣，也才会有小说审美的求新求变。同时，小说审美观念的变化，也会促使具有新的审美因素的创新小说的不断涌现，从而推动小说家和读者更新小说观念。两者相互促进，共生共荣。小说创作研究的基本任务就是通过对一部部产生于不同时代、不同文学发展阶段、不同美学范畴和风格类型作品的具体分析，来体现或实证小说创作在观念和美学上所发生的变化。那么，什么是"小说观念"和"小说美学"呢？所谓的"小说观念"和"小说美学"，说得直白一些，就是"什么是小说"、"小说怎样写"的问题。中外小说创作已经证明，这是一些流动、变化、发展着的概念。正是由于不同时代、不同作家有着不同的小说观念和小说美学观念，这才有了中外古今千姿百态的小说创作。所以，探讨小说创作，首先要面对的就是小说观念和小说美学观念。

第二章

20世纪80年代小说创作观念的革新

在西方，小说观念、小说美学观念也有一个流动变化的过程。一种比较古老的说法是，小说就是讲故事，这里所指的故事虽然没有排除虚构，但并不强调虚构的力量。一段传闻、一件新鲜事，都可称为小说。后来，小说观念开始有了变化，17世纪的法国神父于埃将小说定义为"虚假的爱情故事的总体，用散文体写就的艺术，其目的在于娱乐和教育读者"。[①]他对虚构因素的强调和突出，成了后来现代小说主要的文体标志。这个小说观念演变得更加完整：凡是具备小说的所谓三要素——人物、情节、环境，即以塑造人物形象为中心，通过完整的故事情节和具体的环境描写，形象地反映社会生活，并以此区别于诗歌、戏剧和散文的那种叙事性文学体裁，都可以称为小说。19世纪现实主义艺术大师巴尔扎克、福楼拜、狄更斯、契诃夫等人，都是创造故事的高手。在他们的作品中，故事似乎是自动展开，情节有其自身的发展逻辑，作品中每个细节描写和景物刻画，都与整个故事的推进密切相关。一方面，他们是传统的继承者，在创作中遵循小说虚构的艺术传统；另一方面，他们又是图谋变化的新人，不断地开创新的创作规则，汲取其他文学艺术样式的养分，使小说艺术在尊崇写作的基本规则和不断冲击这种规则的融会、撞击中迅速发展。再后来，英国批评家福斯特又为小说下过一个更为宽泛的定义："任何超过五万字的虚构的散文作品，均可称为小说。"[②]他把虚构散文都看作小说，实际上超出了西方传统小说讲故事的范畴，福斯特的小说观在整个20世纪西方得到了普遍的认同和推广。不少理论家都认为，小说不必再执着于

[①] 转引自[法]贝尔纳·瓦莱特《小说：文学分析的现代方法与技巧》，陈艳译，天津人民出版社2003年版，第14页。

[②] [英]爱·摩·福斯特：《小说面面观》，见《小说美学经典三种》，方土人译，上海文艺出版社1990年版，第342页。

完整的叙事结构，小说家不用把自己的审美理想局限于叙述一个有头有尾的故事上，可以写人的内心生活、心理感受，可以只写一种心情或者情绪。再发展到后来，美国作家约翰·霍克思甚至提出："小说的真正敌人是情节、人物背景和主题"，于是，又有理论家提出"三无"（无主题、无人物、无情节）小说的主张，小说的主题线索几近消失，故事情节也似有似无；人物不知道从哪里来，也不知到哪里去，没有确定的身份，甚至没有姓名。传统的小说"三要素"观念受到了彻底的挑战……我们并不一定赞同这样的小说观念，更不一定采用这种小说观念，只想客观地告诉读者，在西方，小说观念已经演变到了何种地步。

进入20世纪80年代的中国，由于思想解放运动的深入，政治、经济、文化政策的开放，西方各种思潮、"主义"纷纷涌入，一些作家、理论家或者以自己的创作实践，或者以理论概括的方式，竞相提出了一些标新立异的小说观念，比如，小说不一定以塑造人物为中心，人物形象可以淡化，甚至可以没有人物；小说不一定必须具有贯穿始终的情节，情节可以淡化，也可以没有情节，可以只写一种心理，一种情感、情绪，完全依靠心灵的旋律和节奏来打动读者。80年代中后期以后，有些小说实际上已经达到了这种境界：一个与作者基本脱离关系的叙述者，在一个虚构的文本中，所演绎的一段生命历程。这个崭新的小说观念，包含了现代小说这一特定文学样式的主要文本特征——叙事性、虚构性和真实生命的创造性，它要求小说通过叙述，虚构、想象、创造一个真实的生命。中国当代小说观念在80年代中期发生的巨大变化，不仅从根本上动摇了传统现实主义小说的独霸地位，而且也显示了中国小说向世界性小说思潮的靠拢和认同。①

第一节 关于"虚构"和"真实"

与西方相比，中国文论对小说虚构性的认识要复杂得多。可以说，关于小说创作中"虚"与"实"的论争与中国古典小说理论的发展相始终。尽管在小说创作实践中，实际是在行"虚构"之实，但"补史"意识的

---

① 参见金汉《中国当代小说艺术演变·绪论》，浙江大学出版社2000年版。

笼罩使理论家不能理智地承认这一点。传统小说的社会文化价值和它的地位，更多依赖的是"补正史之阙"的身份，而不是作为艺术和文学的一个门类独有的美学品格。小说的价值高低与它对事实的态度休戚相关。这就使传统小说理论中的虚构观念长期被浓厚的史学意识所遮蔽，不能提升为一种较为自觉的文体观念或创作观念，也实质性地阻碍了中国现代小说观念的形成和小说的现代化进程。20世纪初期的"小说界革命"，虽然在一定程度上提高了小说的社会地位，但对小说的功利性利用仍然遮盖了对小说美学品性的诉求。从整个现代文学发展来看，现实主义一直占据小说创作的主流，时空统一的宇宙观与世界的客观物质存在的观念成为指导作家创作的哲学理念。所以，细节的真实描绘，环境与人物的典型塑造，内心世界的丰富传达成为作品的主要特征，并且作家责任意识的融入往往使作品承载着丰富的社会性内容，对政治、国家、民族等重大问题进行艺术的沉思，小说自身的本体特征却被一定程度地遮蔽了。即使是在当代文艺理论体系中，人们一般也只谈小说的形象性特征，不太提及或不突出小说的虚构性。20世纪80年代以前的文学理论家（如以群、蔡仪等）都是如此。80年代以后则大多谈小说的审美性特征，虽然有人在解释"审美性"或"审美特质"时也提到"虚构性"（如童庆炳），但显然没有像西方理论家那样突出小说的虚构性。

小说的本质是虚构，但由于现实的真实存在，小说不得不遵从一定的现实基础，即坚持所谓的"真实性"原则进行创作，于是虚构与真实呈现为二元对立的悖论关系：不真实的被看作虚构的，真实的则不是虚构的。小说由虚构可以达到真实的美学特征并没有得到正确认识。这当然与中国作家对"真实"的认识和理解密切相关。

中国传统文学理论在论述真实与小说叙事的关系时，常常回避对"什么是真实"这一概念的逻辑界定，而将真实划分为"生活真实"和"艺术真实"两个方面来论述，并强调，"艺术真实重构了现实真实，但它并不是对现实真实的修改或改变，也不是远离现实的真实后主观臆造的另一个真实，艺术的真实并非现实的虚假，在本质上，它只是对现实真实的真实性的强化与凸显"[①]。这种理论大致可以引申为：艺术是对现实的审美呈现，它不像哲学那样揭示世界的本质与规律，试图对世界做正确的

[①] 张建业、吴思敬：《文学原理》，中国社会科学出版社1998年版，第76页。

解释或说明，而是侧重于以审美的方式来呈现现实事实。真实是艺术的生命，但这种真实不是因为艺术世界里的事物与实际存在的人事相符，而是借助于想象，通过夸张、变形等艺术手段超越现实以后所能达到的更高的艺术真实，它是读者在审美阅读时与艺术文本达到最佳契合所引起的情感共鸣，是一种主观感觉的真实，或者说"诗意真实"。这种说法具有相当的普遍性和普及性。归结起来，它论述的逻辑起点大致有两个：一是凡现实的客观实在都是真实的，它不以人的主观意志为转移，文学的任务就在于再现现实。二是艺术真实是在现实真实的基础上所进行的能反映现实本质的小说叙事，艺术真实无法离开生活真实而存在。这种典型的现实主义文学观，强调现实具有无可争议的真理性。现实主义文学也被认为就是反映现实本身，文学不能离开现实，离开了现实便丧失了真实的本性。

现在的问题是，现实就一定是真实的吗？真实的本性是什么？难道文学就只能追踪现实的脚步，而不能让想象的翅膀飞翔起来，使文学的天空折射出我们人类创造的真实与感动吗？

还是以现实主义文学为例。人们对现实主义的经典理解是"除细节的真实外，还要真实地再现典型环境中的典型人物"[①]，通过环境与人物的典型塑造，来反映时代社会的整体性、有序性及必然性。要求环境与人物的典型化，其实是借助于艺术手段，对现实进行高度的提炼与概括，从而达到一种艺术真实。一般说来，现实主义艺术的真实性，就是要求合乎生活的内在逻辑，在生活真实基础上，具体地描绘现实生活的各种关系，从而进一步把握时代社会的整体脉搏。它仍然源于客观生活真实，以生活真实为依据。因此，现实主义作家的基本任务，就是探索和表达他所处的时代的现实。读者从小说中看到的也正是生活和现实世界本身的所谓"波澜壮阔"的图景。但是，如果小说叙事过于强调追求生活真实，一味遵循现实世界提供的逻辑和秩序，则往往会窒息小说艺术的表现方式和发展空间。小说叙事所表达的内容不应仅仅是大众经验的现实事实，而且还要敢于对现实事实进行颠覆性的解构和重建，发现生活事实的"非真实性"。它并不排斥一定程度的虚构与想象，因为"生活对于任何一个人都

---

① ［法］恩格斯：《致玛·哈克奈斯》，《马克思恩格斯选集》第4卷，人民出版社1972年版，第462页。

无法客观。生活只有脱离我们的意志独立存在时，它的真实才切实可信"①。这无疑给小说叙事提供了无限广阔的表现领域。任何小说叙事都是作家个人的产物，小说叙事表现的"精神的真实"才是真正的真实，真实存在于小说叙事中，存在于对现实事实的精神确认中。那种对所谓生活真实、艺术真实关系转换的纠缠，只能陷入循环定义的怪圈。作家在充满个性特征的思维方式下，建立起认识生活和世界的逻辑起点，现实世界也由此获得不同形态的表现，真实才越发表现出它实际的意义和价值。毕竟，"以现实主义的名义要求一部作品反映全部现实、描绘一个时代或一个民族的历史进程，表现其基本的运动和未来的前景，这是一种哲学的而不是美学的要求"。② 尤其进入20世纪，现实呈现给我们的，更多的是它的偶然性、可能性与不可确定性，这样一来，艺术与现实之间的关系变得更加复杂。我们发现，巴尔扎克所处的那个稳定的时代已经过去了，任何一种典型环境都无法真实地展现人们具体的生存状态，任何一种典型人物也都无法囊括整个人类的心理特征，于是，典型化的现实主义创作已无法适应时代发展的需要，现实主义必然呈现出多元形态。无论作家选择哪一种形态，只要用艺术的方式对人类生存本身进行深切的关注，就有可能创作出优秀的作品。随着现实的变化，艺术家的任务也开始发生某种转向，"不在于体现认识了的现实生活，而是在于借助于艺术作品发现人在现实生活中的存在"。③ 于是，艺术逐渐从对外部世界的反映，转向对人类个体的内心世界的开拓，以艺术的形式颠覆世俗的人生，直指人性、灵魂本身。

人类总是渴望探索和感受现实存在状态以外的各种可能性的存在状态，这与文学的使命是一致的。真正的文学不只满足于反映外在的表面现实，而是充分运用虚构与艺术想象力，在一个可能的艺术世界里展现存在的种种形式，表现人类丰富的精神世界。我们并不否认巴尔扎克、福楼拜、海明威等人的作品的伟大，它们也是对存在的一种发现，透过现实的表面他们发现了人类存在的合理性、规律性，并展现了人类的美好前景，是对未来存在的预测，所以，他们的作品以无限的热情和希望带给我们生

---

① 余华：《虚构的作品》，《上海文论》1989年第5期。

② ［法］罗杰·加洛蒂：《论无边的现实主义》，吴岳添译，百花文艺出版社1998年版，第176页。

③ 同上书，第264页。

命的感动。然而,当我们回过头来认真思考时却发现,其实大部分所谓的"现实主义作家"并没有以小说家的身份进行创作,更像是以社会学家、哲学家的身份来发布人生信条,"反映生活"的艺术追求使他们的作品承载了太多的社会学内容,反倒忽略了对艺术自身意义与存在根据的思考。这实在是不小的遗憾。图像时代的到来,使"文学反映生活"的功能正在被其他综合性的艺术手段所代替,小说必须重新寻找存在的意义。于是,卡夫卡、普鲁斯特、乔伊斯、福克纳等作家,开始背离传统的以反映生活为宗旨的写作主题,转而以陌生的艺术形式向我们展现了存在的荒诞性、无序性,并将人的精神内涵置于艺术表现的核心,以深邃的内涵引起我们对生存本身的思考。所以,当我们意识到小说是一种创造时,它自身价值的充分实现便具有可能性,我们也把握住了小说的本质。

总之,小说不仅是模仿现实、反映现实,更重要的是创造现实。它是小说家充分发挥个人智慧,对现实进行大胆的想象与创造,深刻呈现人在世界中存在的种种形式,审美地把握世界的一种方式。小说叙事具有超越具体现实抵达无限广阔的虚拟世界的功能。恰如有人所说,"在摆脱了对现实真实的百般依赖和经验的局限之后,文学叙事才会在虚构与营造的想象世界中获得更接近人本身的经验性真实,完成一种经由主体知觉活动,重新建构过了的经验中的组织或结构"。[1]

第二节 小说创作:从虚构说起

虚构是小说艺术的本质特征。所谓虚构,从字面意义上讲,就是用想象来构建现实。小说就是假的,是说谎,这是对小说最为直接的理解。早在古希腊,亚里士多德就指出:"诗人的职责不在于描述已发生的事,而在于描述可能发生的事,即按照可然律或必然律可能发生的事。历史学家与诗人的差别……在于一叙述已发生的事,一描述可能发生的事。"[2] 亚里士多德认为,与历史学家相比,诗人所说的就是"谎话","把谎话说

---

[1] 张学昕:《"真实"的分析——以"新写实小说"和"先锋小说"为例》,《北方论丛》2000年第4期。

[2] 伍蠡甫主编:《西方文论选》(上),上海译文出版社1979年版,第64—65页。

得圆主要是荷马教给其他诗人的"①。16世纪的英国诗人、批评家锡德尼也明确地指出了文学的"虚构"特征,他说:"那种带有怡悦性情的教育意义的美德、罪恶或其他等等的深刻形象的虚构,这确是认识诗人的真正的标志。"② 19世纪法国小说家司汤达也有类似的主张:"一件艺术品永远是一个美的谎言罢了。"③ 就连以批判现实主义艺术大师著称的巴尔扎克,都承认小说的虚构身份,认为小说是"庄严的谎话"④。在当代西方文论中,人们对虚构进行重新认识和定位,并理直气壮地为虚构正名。韦勒克说:"'虚构性'(fictionality)、'创造性'(invention)或'想象性'(imagination)是文学的突出特征。"⑤ 托多洛夫说:"文学是虚构:这就是文学的第一种结构定义。"⑥ 阿·托尔斯泰也说:"没有虚构,就不能进行写作。整个文学都是虚构出来的。"⑦ 米兰·昆德拉更是毫不隐讳地承认:"我所说的一切都是假设的,我是小说家,而小说家不喜欢肯定的态度。"⑧ ……这些统统在向我们显示,小说从来就与循规蹈矩和墨守成规的法则无缘。在英语世界里,虚构其实就是小说的另一种命名,非写实化应该属于小说的合法化权力。我们甚至可以认为,虚构是小说的灵魂,没有虚构就没有小说。

小说来自现实,但又不等同现实。绝对逼真地复制现实,那是历史叙述的要求,小说必须超越这种要求,在创造的意义上展示生活的可能状态。正因如此,克莱夫·贝尔说:"再现往往是艺术家低能的标志,一个低能的艺术家创造不出哪怕一丁点能够唤起审美情感的形式,于是便求助于日常生活感情;要唤起日常生活感情,就必定去使用再现手段……如果

---

① 伍蠡甫主编:《西方文论选》(上),上海译文出版社1979年版,第79页。
② 同上书,第233页。
③ 转引自伍蠡甫《欧洲文论简史》,人民文学出版社1985年版,第241页。
④ 伍蠡甫主编:《西方文论选》(下),上海译文出版社1979年版,第173页。
⑤ [美]韦勒克、沃伦:《文学理论》,刘象愚等译,江苏教育出版社2005年版,第16页。
⑥ [法]茨韦塔·托多洛夫:《巴赫金、对话理论及其他》,蒋子华译,百花文艺出版社2001年版,第8页。
⑦ [俄]阿·托尔斯泰:《论文学》,程代熙译,人民文学出版社1980年版,第253页。
⑧ [捷]米兰·昆德拉:《小说的艺术》,孟湄译,生活·读书·新知三联书店1992年版,第64页。

一位艺术家千方百计地表现日常生活感情,这往往是他缺乏灵感的标志。"① 在这个意义上,我们可以肯定地说,虚构性越强的作品,艺术价值越高。以此考察中外小说创作便可发现,那些史传色彩浓厚的小说之所以不能获得更多的审美价值,正是因为它们不能体现创作主体的虚构意识,或者说,将虚构意识消解于对史实的铺叙之中了。当然,创作主体的虚构意识并不是一种绝对脱离客体的空泛状态,真实生活构成了小说家和读者的经验世界,虚构则是在经验世界之上的改造与变形。或者说,是经验世界被创作主体心灵折射之后的结果。这就意味着,"叙述"必须与"本事"紧密相连,按"本事"提供的法则进行,否则"叙述"可能会走向虚假而导致创作失败。

事实上,在文学叙事中,做到绝对的真实是不可能的。拉美作家略萨说过:"小说是用语言造出来的,不是用具体的经验制成的。事件转化成语言的时候要经历一番深刻的变动。具体那个事实是一个,而描写这一事件的语言符号可以是无数个。小说家在选择某些符号和排除另一些符号时,他优惠了一种描写或说明的可能,而枪毙了其他成千上万的可能,这就改变了性质。"② 这段话让我们理解了为什么著名美术理论家赫伯特·里德曾提出:"说到底,现实主义是一种对人类生活不加任何粉饰的艺术理想。"③ 现实主义一直推崇的不加粉饰地反映人类生活,实在是美好的幻想。

更加可悲的是,一旦作家成为一名标准的"现实主义"者时,他作品的艺术含量便会大打折扣。巴尔扎克的小说就是一个很好的例子。他在《人间喜剧》的"前言"中曾明确提出:"小说在细节上不是真实的话,它就毫无足取了",而且《人间喜剧》在细节的刻画上的确很成功,但这恰恰是他小说的败笔。正如勃兰兑斯所说:"凭借着观察,他积累了一大堆互不相关的特征,……对一幢房子、一个体形、一张脸庞、一个鼻子的

---

① [英]克莱夫·贝尔:《艺术》,周金环、马钟元译,中国文联出版公司1984年版,第18页。

② [秘鲁]巴尔加斯·略萨:《谎言中的真实》,赵德明译,云南人民出版社1997年版,第73—74页。

③ [英]赫伯特·里德:《艺术的真谛》,王柯平译,辽宁人民出版社1987年版,第95页。

没完没了的描写，结果使读者什么也看不见，简直腻味极了。"① 巴尔扎克的成功在于他除此之外还有别的东西：汹涌澎湃的艺术激情，他以这股激情为我们揭示出活跃于现代社会中的种种欲望，并使他的人物个性栩栩如生。惟其如此，勃兰兑斯才指出："虽然巴尔扎克的才智是现代化的，他却够称一个浪漫主义者。"② 因此，凭着对材料的充分占有和雄辩阐发，韦勒克得出了"现实主义的理论是极为拙劣的美学"的结论。不能不承认，如果"真实"指的是一种事实真相的话，那么，它对于小说创作并无多大意义。③

而进一步深究起来，就涉及人类的幻想天性。如果说"求真"让人类最大限度地接近现实生活，产生了认识论和科学；那么，"求幻"则让人类渴望超越现实世界，走向虚构的艺术天地。用尼采的话说："人有一种根深蒂固的听任自己受骗的倾向，在吟游诗人真有其事一样地讲述史诗故事，或者戏院里的演员比任何真正的国王都更派头十足地演出时，（他们）仿佛沉醉在幸福之中。"④ 事情也正是这样："当我们打开一部虚构小说时，我们是静下心来准备看一次演出的；在演出中，我们很清楚是流泪还是打呵欠，仅仅取决于叙述者巫术的好坏，而不取决于他忠实地再现生活的能力，我们知道，他企图让我们拿他的谎话当真情来享受。"⑤ 真正的艺术从来都是和幻想、虚构联系在一起的，用勃兰兑斯的话讲："幻觉正是诸种艺术所共有的一种使命。"因为"幻觉就是把实际上不真实的东西变成真实的东西给观众看的假象"⑥。所以，小说中的真实感充其量只是引导人们进入审美圣地的手段，而绝不是归宿。真正的小说艺术只是对人类无法实现的理想愿望的表达。就像巴尔加斯·略萨说的："当生活显得完美无缺的时候，小说常常不提供任何服务"；"小说之所以写出来让

---

① ［丹麦］勃兰兑斯：《十九世纪文学主流》第5分册，李宗杰译，人民文学出版社1982年版，第219页。

② 同上书，第234页。

③ 参见徐岱《论成人童话的艺术精神——兼谈小说的理念与批评》，《学术月刊》2000年第11期。

④ ［德］尼采：《哲学与真理》，田立年译，上海社会科学院出版社1993年版，第113页。

⑤ ［秘鲁］巴尔加斯·略萨：《谎言中的真实》，赵德明译，云南人民出版社1997年版，第73—74页。

⑥ ［丹麦］勃兰兑斯：《十九世纪文学主流》第2分册，刘半九译，人民文学出版社1982年版，第151页。

人看，为的是人们能拥有他们不甘心过不上的生活"；"希望与现状不同一直是人类杰出的理想，小说也是从这一理想中诞生的"。① 基于对小说艺术的深刻认识，当代作家王安忆也表述过类似的观念："小说一定是带有不完全的，不客观的，不真实的毛病"，因为"小说的价值是开拓一个人类的神界"。②

强调小说的虚构性，主要目的不在于显示它与现实的界限，而在于说明小说叙述的可能性与自由性，展现小说对于可能世界的构建和描绘的能力。米兰·昆德拉说得好："小说不是研究现实，而是存在。存在并不是已经发生的，存在是人的可能的场所，是一切人可以成为的，一切人所能够的。小说家发现人们这种或那种可能，画出'存在的图'。"③ 正因为如此，小说叙事才与现实记录拉开了距离，小说家凭借艺术想象的翅膀，自由地翱翔于可能性的世界。

我们明知小说的虚构是假，却依然享受着来自这"虚假世界"的感动，因为它所营造的艺术世界与现实世界的相似性，常常使我们陷入对两者的混淆中。小说与现实的密切联系使我们往往将"反映生活"作为小说创作的基本要求。正是在这种意义上，以反映现实的整体性、全面性、深刻性为宗旨的19世纪现实主义小说至今仍产生着重要影响。虽然现实主义小说在反映现实的同时，也不排斥虚构的介入，但是，当我们以现代艺术眼光去审视现实主义作品时，会发现，其实任何一种所谓的"典型化"创作原则都无法概括现实生活的纷繁复杂，"生活从来就没有构成情节那样的匀称体，生活是我们时时刻刻都经历着的瞬间性的综合，阅历来自无数瞬间意识的淤积，组成了现在和对过去的回忆……这才是生活"。④生活中充满无数的偶然性和不可知因素，哪里能像小说中呈现的那样整齐、规范。于是，尊重生活、反映生活的写作方式在强迫小说担负社会学任务的同时，不可避免地削弱了小说的艺术含量。英国批评家与小说家弗

---

① [秘鲁] 巴尔加斯·略萨：《谎言中的真实》，赵德明译，云南人民出版社1997年版，第79页。

② 王安忆：《心灵世界——王安忆小说讲稿》，复旦大学出版社1997年版，第13页。

③ [捷] 米兰·昆德拉：《小说的艺术》，孟湄译，生活·读书·新知三联书店1992年版，第42页。

④ [美] 伊丽莎白·德努：《小说中的生活与艺术》，何开松、彭慕译，《小说评论》1987年第3期。

吉尼亚·伍尔芙曾经说："如果有哪种才能对小说家来说比其他才能更为重要的话，那就是综合的能力——独特的想象力（the single vision）。名著的成功似乎不在于它们没有缺陷（实际上我们可以容忍名著中的最大谬误）而在于具有令人信服的思想，这种思想完全把握了事物的内涵。"①这句话告诉我们，一部作品的成功与否根源于它是否具备"令人信服的思想"，而这种"令人信服的思想"则直接来源于作家独特的想象力，只有想象力才能赋予作品深邃的思想内涵，读者便在创造性的想象世界中体会到思想的智慧。

第三节 现代小说的本质特征

从强调小说的反映功能到注重小说的虚构品性，是20世纪小说艺术自身发展的必然要求。随着小说观念的不断发展，小说的本体特征越来越受到作家们的重视。正是虚构，使小说自身的表现力与艺术感染力大大拓展与深化了。从卡夫卡、普鲁斯特、福克纳、乔伊斯的作品中，我们感受到了一种全新的阅读体验。困扰与绝望、梦想与焦虑、异化与变形等，种种人类生存问题的关注与呈现，使作品具有深邃的思想内涵和浓厚的艺术韵味。从此，社会背景的中心描绘逐渐让位于对"可能的存在"本身的关注及人类心灵世界的勘测，大大拓宽了小说艺术的表现空间。正是这些创作，引起了我们对"真实性"的重新思考。人可以一觉醒来，变成一只大甲虫；城堡距离很近，却无法走进；人随时都可能被时间抛弃……这些貌似荒诞的艺术世界恰是现实世界的真实投影，现实世界的凌乱无序，使我们只有在艺术世界里才能取得一份"真实感"，这份真实感来自对个体存在困境的精神认同。于是，小说不再是机械反映论的产物，这无疑是对19世纪以前的自然主义和现实主义小说的反叛。

法国新小说派代表者罗伯—格里耶认为，小说是对真实的创造，"小说创作的目的不是像编年史、证明和科学报道那样提供消息情况。它的目的是构造现实。小说创作从来就不知道它寻求的是什么，不清楚自己想要

---

① ［美］伊丽莎白·德努：《小说中的生活与艺术》，何开松、彭慕译，《小说评论》1987年第3期。

说的是什么；小说创作是一种创造，创造世界，创造人，它是持久的创造和永无止境的探索"。① 除去一些极端的看法，罗伯—格里耶比较准确地阐明了小说的本质。小说是一种创造，而"创造"正是充分发挥作家的想象力，对创作素材进行重新的组合、编排与取舍，从而创造出一个不同于现实世界的艺术世界，寻求更为深层的内在真实。为了进一步证明想象力在小说创作中的重要作用，罗伯—格里耶详细谈了自己的一次创作经历，"我在写《窥视者》这本书的时候，我正在着迷地以精确的方式描写海鸥的飞翔和海浪的涌动，这时我恰好有一个机会去布列塔尼海岸作一次冬季短途旅行。在路上，我就想：这可是一个从'现实生活中'观察事物和'唤醒我的记忆'的大好机会……可是，当我看到第一只海鸥时，我发现自己错了：一方面，我看到的海鸥与我正在书中描写的海鸥关系很模糊；另一方面，这一切对我无关紧要。因为对我来说那时唯一有重要意义的海鸥是我脑子里的海鸥，这些海鸥或许是通过不同方式从外部世界而来，或许正是从布列塔尼来的，但它们在进入我的头脑中的同时已经发生了变化，变得更真实了，因为它们已经成为想象中的海鸥"。② 罗伯—格里耶认为，文本世界与现实世界是完全不同的，它们之间只有非常模糊的联系，当我们进行文本阅读时，内在的真实感并不来自现实中的海鸥，而是经过头脑想象、加工变形后的海鸥，它比现实中的海鸥更为真实，正所谓"想象创造了真实"。这是罗伯—格里耶针对传统现实主义文学观的"反映论"做出的挑战。

对小说虚构因素的强调和突出，正成为现代小说文本的主要标志。其实，对于小说文体特征的重视，早在19世纪就已出现。法国作家福楼拜曾经希望创作一种理想中的小说来摆脱向现实求助的创作方法，"对我来说的理想的事，我愿意做的事，就是写一本关于子虚乌有的书，一本与书外任何事物都无关的书，它依靠它的风格的内在力量站立起来，如同地球无需支撑而维持在空中一样，如果可能，它也将是一本几乎没有主题的书，至少难以察知它的主题在哪里"。③ 苏童表达过类似的看法："对于一个作家来说，虚构对于他一生的工作是至关重要的。虚构必须成为他认知

---

① ［法］罗伯—格里耶：《从现实主义到真实》，柳鸣九主编：《二十世纪现实主义》，张容译，中国社会科学出版社1992年版，第323页。
② 同上。
③ ［英］达米安·格兰特：《现实主义》，周发祥译，昆仑出版社1989年版，第23页。

事物的一种重要手段。"① 由此可见，作家们理想的小说文本是一种完全摆脱外界事物的束缚，依靠想象达到更高层次的创造，它无须主题等与外界有关的任何事物的支撑。这种理想的小说样式必须依赖作家"虚构的热情"，从一定程度上，这也反映了"虚构"在小说中的重要价值。当然，它也只是作家的理想，因为任何优秀的小说都不可能脱离现实世界而存在，并且作家的创作目的并不是如罗伯—格里耶所说的那样不知道自身的寻求，而是通过现实现象的审美呈现，力图将小说引入质朴深邃的诗性哲学。正是现实为构筑人类的理想提供着丰富的材料，更为我们逼近深层的心灵真实提供了某种可能。

那么小说的本体特征具体包含哪些方面呢？

首先，小说是一门虚构的艺术，虚构性是其最为本质的特征。虚构的目的，是为了达到更深层的艺术真实。它既不是幻想家的胡编乱造，也不是对现实生活原生形态的照搬，而是在现实生活的基础上进行的主观创造，"不必是曾有的实事，但必须是会有的实情"。② 所以，它要求小说家对创作素材进行适当的选取和编排，在符合生活逻辑与情理的情况下，创造出一个无限可能的艺术世界，从而达到较高层次的真实。其次，按照对小说的最初理解，小说就是讲故事，于是叙事性便成为承载小说全部审美意味的根本所在。它是由叙述行为与故事本身彼此交融而呈现出来的一种性质。由于小说中的故事是凭借一定的叙述媒介，通过一定的叙述手段和方式创造出来的，所以，一部小说成功的关键在于叙述的力量。随着小说表现内容的丰富多彩，纯粹的故事不再是小说家的关注对象，而是向更广阔的心灵世界探寻，于是，是否创造出真实的艺术生命，成为现代小说追求的目标，这是小说本体特征的第三个方面。当现实世界更多地展现出它的偶然性、可能性、不可确定性时，单纯的故事已无法涵盖现实的复杂，这个时候，对于种种可能性境遇的深切关注及人形形色色的表现，便成为现代小说的主旨。即使那些以故事为主要载体的文本，小说家也力求将笔触探入到故事的深层，发掘其可能具有的精神内涵，创造出真实的生命。

虚构性、叙事性与真实的生命创造是现代优秀小说文本必备的三个条

---

① 苏童：《虚构的热情》，江苏文艺出版社 2003 年版，第 219 页。
② 鲁迅：《什么是讽刺——答文学社问》，《鲁迅全集》第 6 卷，人民文学出版社 1981 年版，第 323 页。

件。它们彼此联系、相互依存，缺少哪一方面都无法成为真正意义上的现代小说文本。由此看来，小说艺术的发展达到这样的境界："一个与作者基本脱离关系的叙述者，在一个虚构的文本上，所演绎的一段生命历程。"① 一方面，它要求叙述者尽可能地摆脱作者的干预和控制，通过叙述行为本身完成生命创造，获得无限深广的审美内涵；另一方面，它又要求必须通过虚构，创造出活生生的生命，达到较高的艺术真实。这两方面都要求作家必须具备想象、虚构、创造的才能和掌握运用多种叙述方法的才能。

小说艺术正步步朝自身逼近，米兰·昆德拉曾经把小说分为三种：叙事的小说，比如巴尔扎克、大小仲马；描绘的小说，比如福楼拜；思索的小说。他把自己的小说看成是思索的小说。在这种"思索的小说"中，他强调小说家的哲学思考，认为小说对终极价值的追问，形而上的诗性关怀，最终与哲学达成一致。只不过，小说的哲学沉思更强调艺术化的审美把握。20世纪80年代中期以前的叙事作品，在表现的深度与力度上普遍缺乏内在的哲学意味，无法获得超越性的意义。20世纪80年代中期之后的小说，则是具有现代艺术品格的文本，它们不再是单纯的控诉工具或者政治的附庸，而是用自身的本体特征对生命、人性进行艺术地探索和沉思，从而达到了震撼人心的艺术效果。

亨利·詹姆斯说："一部小说之所以存在，其唯一的理由就是它确实试图表现生活。"② 这种理解一度使小说出现过追求"表现之真实"的辉煌时代，使19世纪的现实主义小说也保住了高贵的尊严。但是，随着小说表现生活的能力正逐渐被其他更为综合的艺术手段所代替的趋势，小说不得不转向自身，重新思索存在的依据与意义。英国小说家伊丽莎白·鲍温曾说："小说是什么？我说，小说是一篇臆造的故事。但是，故事尽管是臆造的，却又能令人感到真实可信。真实于什么？真实于读者所了解的生活，或者，也可能真实于读者感到该是什么样子的生活。"③ 在她的理解中，小说是经过"臆造"来抵达"真实"的。即：经过虚构与想象创造生活，使之具备某种内在的现实性，而使我们感到真实可信。这种艺术

---

① 金汉：《中国当代小说艺术演变史》，浙江大学出版社2000年版，第6页。
② [英]亨利·詹姆斯：《小说的艺术》，朱雯等译，上海译文出版社2001年版，第5页。
③ 李洋：《小说是什么》，《作家》2002年第5期。

真实，并不是如亨利·詹姆斯所说的："在小说提供给我们的东西里，我们在多大的程度上看到未经重新安排的生活，我们也就能够在多大的程度上感受到我们正在接触真实；我们在多大的程度上看到其中有着重新安排的生活，我们也就能够在多大的程度上感到我们正在受骗上当，感到人家让我们看到的只是生活的一种代用品，一种折衷品和俗套惯例"①，而是恰恰相反。

当代小说艺术正是运用虚构与想象对生活进行重新安排，建构不同于现实的艺术世界，以无限的深邃与逼真深深感染我们。亨利·詹姆斯所说的"真实"，其实是指符合生活真实的反映论上的真实，并不是本体论上的"存在之真实"。"本体的真实"是运用虚构对可能的存在的探索，不是对具体现实的反映与描绘。作家史铁生曾经向余华提出一个问题："在瓶盖拧紧的药瓶里，药片是否会自动跳出来？"② 如果我们遵从传统的文学观，认为小说是对现实的反映，旨在揭示事物的本质与规律，那么，小说中也就不会出现"药片自动跳出"的奇迹。因为日常经验使我们相信，现实生活中根本不可能出现这样的事情。然而，小说不是对现实世界的模仿式臣服，它无须将转述世界的客观存在作为自己的基本任务；它是对无限可能性的呈现，是充分运用想象创造的艺术世界。在小说中，一切"奇迹"都是有可能发生的。认识到这一点，我们就可以理解卡夫卡独特的文学意义了。因此，当小说把关注的目光从"现实性的维度拓展到可能性的维度"时，小说家也就获得了真正的解放，他可以充分运用想象，在小说中去实现现实世界中无法出现的各种可能性。

第四节 "先锋派"对小说真实性的重新体认

随着对小说真实性的不断探究，我国20世纪80年代中后期一批作家以反叛传统的"先锋"姿态登上文坛，他们颠覆传统的真实观，并进行小说写作的种种尝试。那么，先锋作家的真实观念到底是怎样的呢？

大致而言，先锋作家并不认同现实主义的真实观念，他们认为：现实

---

① ［英］亨利·詹姆斯：《小说的艺术》，朱雯等译，上海译文出版社2001年版，第22页。
② 余华：《虚伪的作品》，《上海文论》1989年第5期。

其实是"虚伪的现实",真实只存在于"精神"中。余华说:"我觉得我所有的创作,都是在努力更加接近真实。我的这个真实,不是生活里的那种真实。我觉得生活实际上是不真实的。生活是一种真假参半、鱼目混珠的事物。"① 在他的真实观念中,"真实是对个人而言的。比如说,发生了某一个事件,这个事件本身究竟是怎么一回事,并没有多大意义。你只能从个人的角度去看这个事件是怎么一回事……所以我宁愿相信自己,而不相信生活给我提供的那些东西。所以在我的创作中,也许更接近个人精神上的一种真实"。② 毫无疑问,余华所说的"真实"其实是一种"精神真实"。这种"精神真实"显然已经否定了现实主义的真实观。在先锋作家看来,所谓"真实",只不过是认知主体对现实生活中客观事物的印象、感觉和记忆。"在我的精神里面,我甚至感到有很多东西都太真实了,比如一种愿望,一种欲望,那些很抽象的东西,都像茶几一样真实得可以去抚摸它。"③ 那些存留于主体精神里面的愿望和欲望,反而比现实更为真实。显然,这种真实观念强调的是内心的"主观真实",是对建立在普遍的经验模式、文化模式和意识形态模式基础上的一元真实观的质疑。余华的《四月三日事件》、《一九八六》、《现实一种》等作品,以"现实"为标识,在对暴力、混乱、幻觉的极端个人化的体验和书写中,刻意与"当代"、"现实"的经典表述保持着足够的距离;他甚至不讳言,"我在逃离现实生活",因为这种"现实"正是他试图解构的"真实"。透过这种不可思议的"真实",我们又分明感受到他对人的精神状态揭示的深刻独到和真切可信。马原也曾强调真实的片断性和主观性,宣称"我们不可能知道真实的历史,我们读到的所有的历史都是虚构的"④。他的小说《虚构》在对麻风村的叙事行将结束时,安排了一个梦醒的结尾,无非要强调整个叙事过程的虚构性。

对"真实"的辩证理解,刘震云的创作谈是最具说服力的。刘震云曾明确表白:"在近三千年的汉语写作史上,现实这一话语指令,一直处于精神的主导地位,而'精神想象'一直处于受到严格压抑的状态。""我到了三十多岁以后,才知道一些肯定性的词语譬如'再现'、'反映'、

---

① 余华:《我的真实》,《人民文学》1989年第3期。
② 同上。
③ 同上。
④ 马原:《阅读大师》,上海文艺出版社2002年版,第338页。

'现实'……对于文学的空洞无力。"刘震云显然意识到了现实生活的真实逻辑对于小说创作的钳制。所以，他自觉地改变了以往的创作观念，从日常生活经验中逃离出来，并将"精神想象"作为一种独立自在的叙事力量，写出了一部"荒诞不经"的长篇小说《故乡面和花朵》。在谈到这部小说的创作经验时，刘震云说："《故乡面和花朵》和我以前的写作非常不一样。过去的写作打通的是个人情感和现实的这种关系，像《一地鸡毛》、《故乡天下黄花》、《温故一九四二》等，它主要是现实世界打到他的心上，从心里的一面镜子折射出来的一种情感。它主要写的是张王李赵怎么起床、洗脸、刷牙、骑车上班、在单位和同事发生的是是非非。但从九十年代开始，这样观照我们生活的每一天和生活打在我们心灵镜子上折射出来的光芒，在时间的分配上存在着极大的不合理，因为张王李赵是在起床、洗脸、刷牙，是骑自行车上班，但在这同时，他们的脑子里在想着和这些完全毫不相干的东西。而且这些东西在他的时间中可以占到三分之二，洗脸、刷牙动作的本身对他的大脑皮层的刺激只占到三分之一甚或四分之一。……所以我觉得，只是写一个人洗脸、刷牙、骑车上班，到地里锄草，我觉得，对时间首先是一种歪曲、篡改和不尊重。当然，对在时间中生活的这个人和人的过程，也是一种不尊重。换句话说，可能因为这些东西太重要了，所以我们把它给忽略了。就像空气对我们很重要一样，一分钟不呼吸就会死亡，但这个空气容易被忽略。我觉得，这种忽略和丢失是不对的，我们应该重新把他们寻找和打捞回来。"[①] 所以，在《故乡面和花朵》中，刘震云放弃了写实化的叙事风格，以人的精神空间作为小说的叙事主线，不断地将人物在心灵时间中活动的欲望和轨迹组合成故事文本，沿着创作主体的"内心真实"展开情节，恰恰赋予小说另一种"真实性"……凡此种种，不难发现，传统写实主义者强调的"真实"是一种现实生活中的实有的真实存在，但却忽视了心灵感受的真实；先锋作家则强调心理感受的真实，轻视客观世界的实在性。对于一个信奉精神真实的先锋作家来说，现实真实与否无关紧要，重要的是他心目中的"真实"。而且为了更加清晰地表现出这种精神真实，他们还声称，必须在叙事中扫除现实编造的"真实谎言"，透过现实的层层雾障，以逼近那种存留于精神世界中的真实。因此，"先锋小说的形式实验便在这种独特的真

[①] 转引自郭宝亮《洞悉人生与历史的迷雾》，华夏出版社2000年版，第117—118页。

实观的指引下具备了两种实践层面：一是颠覆客观真实，即反抗现实主义作家笔下的现实真实；二是通过作家主体精神的强化，在感觉和理性分析的双重力量中使精神真实的自我现身"。①

接下来的"新写实小说"，又标榜所谓的"零度情感"与"原生态"写作，旨在除去乌托邦语言编织的外衣，敞现一种更为客观或中性的世界。这一类作品往往选择"日常生活"作为描述对象，在对"宏大叙事"和"元叙事"的消解中显现存在的"本真性"。"新写实小说"这种把生活还原为一种形而下的流动状态的当下性写作态度，与以往现实主义一贯以人道主义立场，带着知识分子俯视性、同情性的现照现实态度大相径庭。它把"本真"还原，显现的是一个共存的处境："真实"就在那里，它存在着，并为我们所共同面对。同时出现的"新历史小说"，则表现出对历史的整体性质疑，它怀疑历史因果方式演绎的可靠，致力于从所谓的"历史真相"中洞见"存在于时间之流的偶然性与不可知性"。格非的《迷舟》、叶兆言的《枣树的故事》、李晓的《相会在 K 市》、苏童的《我的帝王生涯》等，所表现的对历史真相的解构，都是期待在另一个地点与"真实"不期而遇，或者暗示对"真实"的寻访不遇。

显然，90 年代小说在反抗真实的同时，并没有彻底抛弃真实，只不过是以另外一种方式表达着对真实的理解。它寻求的是对世界重新命名的可能，这就是小说的现实主义传统在对"真实"认知驱使下演绎出的一种事实真相。正如马丁·华莱士所言："在每一种情况下，我们都发现，有关现实主义叙事的阐述本身就是一个叙事，说的是世界如何从一个统一的过去到一个分裂的现在，并且也许正走向一个统一的未来。"② 在这个意义上，小说所做的，就是在不断构建一个世界，一个更接近真实本质的认知世界。

由此看来，真实和虚构成了当代作家面临的二元悖论。当王安忆以"我现在终于可以来讲一个故事"的口吻表达一种释然的心情时，真实与虚构之间仍然隐藏着冲突的信号。这在 80 年代前期尤为明显。汪曾祺直言，他不喜欢"太象小说的小说"，认为"故事性太强，我觉得就不大真实"。而宗璞也从中国画与德彪西音乐中发现了一种与现实比例不符的

---

① 叶立文：《论先锋作家的真实观》，《文学评论》2003 年第 1 期。
② ［美］马丁·华莱士：《当代叙事学》，伍晓明译，北京大学出版社 2005 年版，第 53 页。

"真实"。这种对虚构的向往,在某种意义上,其实是对真实的另一种存在方式的寻求。而真实与虚构之间的沟壑也由此获得了有效的弥合。真实和虚构其实是小说创作的两面属性,一部小说不可能是绝对的生活翻版,也不可能是绝对的面壁虚构。注重写实的作家,以现实生活真实存在为原型进行描摹改造,这时的"写实"贴近生活,文学的真实与生活的真实具有一致性和同构性。先锋作家则侧重主观想象,追求新异和奇特,全力张扬个性,他们在表现生活时抹去生活原型创建主观臆想的形象,这时的文学远离生活甚至背离生活常态,表现出强烈的陌生感和疏离感,虚构和夸张处于主导地位。可见,发生在20世纪90年代以前的对"真实"的种种叩问,其实已经传达出90年代小说内在精神变异的实质。

在中国当代作家中,最先把小说视为"想当然地构造一切"并付诸实践的,是马原。在《虚构》这篇小说中,马原以作家兼叙述人的身份说道:

> 我就是那个叫马原的汉人,我写小说。我喜欢天马行空,我的故事多多少少都有那么一点耸人听闻。
>
> 我写了一个阴性的神祇,拉萨河女神。我没有说明我在选择神祇性别时的良苦用心。我写了几个男人几个女人,但我有意不写男人女人干的那档子事。我写了一些褐鹰一些秃鹫一些纸鹞;写了一些熊一些狼一些豹子一些诸如此类的其他凶恶的动物;写了一些小动物(有凶恶的)如蝎子,(有温顺的)如羊羔,(也有不那么温顺也不那么凶恶的)如狐狸旱獭。
>
> 我当然还写了一些我的同类的生生死死,写了一些生的方式和死的方法,我当然是用我的方法想当然地构造一切。

在这段告白中,马原反复强调的就是"写"这个词。从写作的发生前提来看,它是有所依据的,不能无中生有。如马原所言,"我也需要像别的作家一样去观察点什么,然后借助这些观察结果去杜撰。天马行空,前提总得有马有天空"。《虚构》是一篇关于麻风病人的故事,为了写作这篇小说,马原自己在麻风病人聚居的玛曲村待了七天。但他认为,写作之为写作,其本质并不在于对生活经历的再现;写作是"杜撰"的艺术,是对生活的"天马行空"的虚构。正是基于对写作本质的这种理解,马原为我们叙述了一个耸人听闻的故事："我"偷偷溜进麻风病村，遇到一个行踪诡秘、有着一支盒子枪的哑巴老人；"我"闯入麻风病人居住的房屋，看到了三个晒太阳的裸体女人；之后，"我"和一个没有鼻子、脸上疤痕狰狞的女人发生了疯狂而充满激情的交媾；那个哑巴老人在开枪打死了自己的看门狗，留下一顶意味深长的青天白日军官大檐帽，然后饮弹自尽……这些事件在小说中扑朔迷离，让人匪夷所思。马原在小说中既安排了作家本人的真实叙述，又设计了以第一人称来展开的故事，"我"因此获得了双重所指的可能性。"我"的故事是作者虚构的故事，还是作者本人经历的故事，这里并不存在非此即彼的截然对立。现实与虚构的界限被拆除了，一切都变得恍惚悬浮。《虚构》打破了写作的禁忌，使写作从指称他物转向了表现自身。

正是在先锋作家的努力之下，被层层历史厚土封藏已久的小说虚构之门重新开启了。人们在将精神现实合法化的同时，也认识到小说作为一种现实内容的可能性。小说不单单是在反映现实，更重要的是在"创造"现实。尽管这个现实呈现的是一种精神的面相，但其强大的内在力量却完全能够改变我们的物质现实。法国作家蒙田说过：强劲的想象力产生真实。这一说法使小说本身的逻辑力量获得了充分的理论支持。而虚构便是小说逻辑力量的重要组成部分，它不是对现实的模仿和臣服，而是对现实的超越和提升。诚如略萨所言："由于有了虚构，我们才更是人，才是别的什么，而又没失去自我。我们溶化在虚构里，使自己增值，享受着比我们眼下更多的生活"；"虚构丰富了历史的存在，使历史得以完善，用我们的悲惨处境加以补偿：总是渴望并梦想比我们实际上能获得的多的东西"。①

可以说，正是由于对小说虚构观念的重视，才使20世纪八九十年代的叙事作品走向更广阔的道路，让我们在一个虚拟的艺术空间里，关注着历史背景中种种可能的存在形式，使我们于文本与现实的距离间隔中，触摸着历史的内在真实。就像苏童说的："虚构在成为写作技术的同时又成为血液，他为个人有限的思想提供了新的增长点，为个人有限的视角和目

---

① [秘鲁]巴尔加斯·略萨：《谎言中的真实》，赵德明译，云南人民出版社1997年版，第82页。

光提供了更广阔的空间，它使文字涉及的历史同时也成为个人心灵的历史。"①

对虚构的张扬，无疑带来了小说叙事的新面貌。虽然有些作家因此而陷入形式主义的泥淖，但从小说创作发展的整体历程来看，不能不说是一种进步。因为他们已开始重视小说的本体特征，并积极探讨小说美学价值的来源。虚构，也就是充分运用作家的想象与创造，在一个无限延伸的存在境域中建构人类的"乌托邦"。虚构创造真实，这是小说自身的一个悖论，也是其存在的唯一合法理由。

需要注意的是，为先锋小说的虚构品性正名，在某种程度上已经不仅仅属于小说文体自身的冲动，更透露出现代社会中个体的"人"对自我生存境遇的某种体悟和认识。小说虚构权力的合法化，昭示的依然是人们源于物质现实的心灵诉求。这既是一个文学的呼声，也是一个现实的呼声。因为恰恰是孤独与迷惘等具有泛性的异化心理情绪，促使现代人体验到自身存在的虚无与荒诞。至此，自我和现实都失去了它们既有的确定意义。就此而言，卡夫卡的《变形记》绝对不是一个浪漫主义的寓言，它应该是一种关于现代社会真实的深刻写照。与其说卡夫卡是要告诉我们，格里高尔究竟如何变成了一个大甲虫，不如说他是在试图询问我们，格里高尔是那个大甲虫，还是那个大甲虫是格里高尔？人物身份的不确定性，影射的正是现实的不可靠性，它在暗示我们：也许只有虚构才是唯一真实可信的现实。格里高尔可能是虚构的，格里高尔变成大甲虫这一事件同样也可能是虚构的。至于卡夫卡在《城堡》、《审判》等作品中所表现出来的惊人的预见能力，则更证实了其虚构行为的真实与可信。②

第五节　虚构与历史的纠缠

如果说先锋小说的出现，意味着中国作家小说观念和小说美学观念的变化，从根本上动摇了现实主义创作原则的独霸地位，显示了某些中国小

---

① 苏童：《虚构的热情》，见苏童《纸上的美女》，人民日报出版社1998年版，第161页。
② 参见路文彬《小说之名：从历史到虚构到迷幻的合法想象》，《文艺争鸣》2005年第1期。

说向西方"现代派"小说思想的靠拢与认同,那么,接下来的"新历史小说"则重新强调虚构精神之于小说的重要意义,带来了对小说虚构观念的重新诠释。这还得从虚构与历史的关系说起。

作为一个具体的研究对象,"历史"属于历史哲学的范围,但是由于小说家经常将历史作为创作素材,把历史纳入文学领域,于是就有了"哲学的历史观与文学的历史观"之间的区分,它主要涉及对哲学范畴的历史真实与艺术范畴的历史真实的理解问题,所以我们有必要对这两类历史观做具体分析。

历史作为先于文本的客观存在,我们根本无法回归与还原,只能借助于文献资料的记录对其进行大致了解,历史哲学作为一门科学,主要任务则是在资料考证与实地考察的基础上,力图恢复还原历史的本来面目,发掘历史的真相。首先我们来了解历史哲学对于历史本身的认识及研究情况。

从历史哲学的发展来看,它一般分为思辨的历史哲学与分析的历史哲学两大类。前者主要研究历史演变的规律,后者则是分析和理解历史知识的性质是什么,即对历史的假设、前提、思想方法和性质进行一定的反思。无论是思辨的历史哲学还是分析的历史哲学,都试图对历史客体做出科学的解释与说明。近代的历史哲学属于思辨的历史哲学。例如伏尔泰提出要写文明的历史而不是国王的历史,历史的解释要服从于一种定向的价值观念与理性;康德认为历史同时具有合目的性和合规律性的双重性质,并且深信人性完美终究会在历史之中实现;黑格尔则认为历史本身不仅是合理的,而且它就是理性自身的发展过程。从这里我们可以看出,思辨的历史哲学试图从杂乱无章的历史事实背后,寻找理性的原则、规律和意义,探讨历史的本体。分析的历史哲学则把重点从对历史的形而上研究转移到人们如何认识历史运动的问题上来,从此历史哲学走向了现代。正是由于马克思主义的唯物史观从整体上揭示了人类历史发展的一般规律,我们因此确信整个人类历史的有序性、必然性与规律性。"正像达尔文发现有机界的发展规律一样,马克思发现了人类历史的发展规律,即历来为繁茂芜杂的意识形态所掩盖着的一个简单事实:人们首先必须吃、喝、住、穿,然后才能从事政治、科学、艺术、宗教等等;所以,直接的物质的生活资料的生产,因而一个民族或一个时代的一定的经济发展阶段,便构成为基础,人们的国家制度、法的观点、艺术以至宗教观念,就是从这个基础上发展起来的，因而，也必须由这个基础来解释，而不是象过去那样做得相反。"① 可见，马克思的唯物史观第一次科学地揭示了历史存在所依赖的经济基础，指出了经济因素在整个历史发展过程中的核心作用，并且还指出"历史事件似乎总的说来同样是由偶然性支配着的。但是，在表面上是偶然性在起作用的地方，这种偶然性始终是受内部的隐蔽着的规律支配的，而问题只是在于发现这些规律"②，也就是说，整个人类社会的历史是遵循着自身的规律向前发展的，沿着线性方向曲折发展。并且唯物史观还正确阐明了历史的主体力量——人民群众对历史的创造作用，"人们通过每一个人追求他自己的、自觉期望的目的而创造自己的历史，却不管这种历史的结局如何，而这许多按不同方向活动的愿望及其对外部世界的各种各样影响所产生的结果，就是历史"。③ 总之，马克思主义的唯物史观认为历史是一种客观存在，它立足于一定的经济基础之上，由人民群众创造并且受内在规律支配，我们能够正确认识并揭示这些规律。这是一种完整意义上的科学的"历史观"，依据这样一种历史观，我们将会发现历史的可知性、可靠性及可信性。

随着历史哲学自身的发展，人们对于历史的认识也在不断发生变化，尤其是某些现代历史哲学家对于认知主体的强调，为我们理解历史提供了新的思维方式。意大利历史学家克罗齐曾提出"每一部真正的历史都是当代的历史"④的观点，也就是说，每一部历史都是当代人用当代的思想观念做出的重新阐释。虽然历史学家研究的事件都发生在遥远的过去，但是当历史学家研究和解释这些事件时，它们是作为此时的研究对象而活在历史学家的心中的，于是历史便获得了不断被书写的可能。而另一历史学家柯林伍德认为，"历史的过程不是单纯事件的过程而是行动的过程，它有一个由思想的过程所构成的内在方面；而历史学家所要寻求的正是这些

---

① [法]恩格斯：《在马克思墓前的讲话》，《马克思恩格斯选集》第3卷，人民出版社1972年版，第574页。

② [法]恩格斯：《路德维希·费尔巴哈和德国古典哲学的终结》，《马克思恩格斯选集》第4卷，人民出版社1972年版，第243页。

③ 同上书，第243—244页。

④ [意]克罗齐：《历史和编年史》，《历史的话语——现代西方历史哲学译文集》，张文杰译，广西师范大学出版社2002年版，第400页。

思想过程。一切历史都是思想史"。① 由于过去的历史事件只能靠推论加以研究，所以"思想史，并且一切历史，都是在历史学家自己的心灵中重演过去的思想"②，正是因为这样，我们才能认识历史。从克罗齐与柯林伍德的观点来看，他们对于历史的研究，不再着眼于历史客体本身的研究，而是逐渐转移到主体如何认识历史客体的问题上来，他们都注意到了历史学家的重要作用，也正是由于历史本身融入了主体的思想观念与价值判断，所以，客观的历史真实是我们无法完全企及的，一切历史知识的真实性便开始受到置疑，这无疑是对以往传统历史观念的嘲弄。这种历史观为我们认识历史开辟了新的思路，为20世纪80年代"新历史主义"的出现提供了理论渊源。

新历史，作为一种崭新的历史哲学观念，深刻影响了整个文化界与文学界。在新历史主义理论家看来，一切历史都是由文献记载的历史，是书写的历史，文字的依托使历史不可避免地具有某种虚构性，成为历史学家的一种"修辞想象"，因此，历史的客观真实性程度便大大降低，作为客观历史本身永远只存在于想象与既成的文本之中，"什么是历史客体？……准确地说，历史客体就是对曾经存在的人与事物所作的'表述'。表述的实体是保留下来的记录和文件。历史客体，即曾经存在过的东西，只存在于作为表述的现在模式中，除此之外就不存在什么历史客体"。③ 正是历史的这种文本性、叙事性使历史的客观真实性受到彻底的质疑，新历史主义理论家海登·怀特认为我们所说的"历史"，其实质是一种"历史话语"，本质上是一种语言的阐释，而语言自身的隐喻、象征等性质赋予历史一定的虚假性，于是历史的客观真实我们便无从认知。这是对传统历史观的反叛与解构，传统历史观认为历史和虚构是完全对立的，"对一个历史学家说他的书是神话一定会使他感觉受到了污辱"④。事实上，所接受的历史都是以文本形式而存在，虽然马克思主义的唯物史观

---

① [英]柯林伍德：《历史的观念》，何兆武、张文杰译，中国社会科学出版社1986年版，第229页。

② 同上书，第242页。

③ [美]杰姆逊：《马克思主义与历史主义》，张京媛主编：《新历史主义与文学批评》，北京大学出版社1993年版，第42页。

④ [美]海登·怀特：《作为文学虚构的历史本文》，张京媛主编：《新历史主义与文学批评》，北京大学出版社1993年版，第161页。

的文本性与话语性使其具有某种虚构性，客观历史的真实我们无法企及时，历史与文学形成了一定的契合。由于历史是由不同的个体所构成，我们可以把个体的生命体验和感受融入历史的文本中，从而逼近历史真实。"既是历史，又是现实"的现代历史观念便为小说对于历史的叙述开拓了宏大的表现空间，小说对于历史素材的创作也开始发生某种转向：从注重历史真实的再现及历史规律的反映的传统历史叙事转为对历史背景下人及其存在境遇进行深切观照的现代历史叙事。从此，小说摆脱了所谓历史真实的限制，更加注重历史内在精神的延续，走向了自由的虚构。所以，艺术范畴中的历史，只是作为小说创作的素材而存在，确切地说，在作品中它的身份是一种道具、背景或氛围，而不是创作的重心，小说家可以忽视所谓的历史真实进行新的创造，对于小说家来说只有艺术真实。由于真正的艺术是对人及存在本身的终极追问，与哲学的精神是一致的。米兰·昆德拉曾说："我并不想以哲学家的方式来从事哲学，而是以小说家的方式来进行哲学思考。"① 艺术不是哲学，它只是对存在状态的审美呈现，并没有解释说明世界的哲学任务，我们在这里特别强调的是艺术范畴的真实观与历史观。②

第六节 "新历史小说"对虚构观念的重构与延伸

既然历史一旦介入艺术文本，其本质是艺术，而不是历史，我们在分析作品时，就必须从审美角度来分析历史，而不是其他角度。

依据传统的历史观，历史是一种客观存在，我们能够正确认识并揭示其发展规律，因此，文学对于历史的叙述，是在承认一定的"历史真实"的前提下，运用一定的虚构与想象对历史事件进行生动具体的描绘，以便真实地再现历史的本来面目，揭示历史发展的规律性，达到"以史为鉴"的现实目的。长久以来，中国小说一直遵循着这种创作原则，这当然与中国的史传传统密切相关。因为中国是一个注重历史的国家，各种历史典籍

---

① [捷]米兰·昆德拉：《米兰·昆德拉访谈录》，吕同六主编《20世纪世界小说理论经典》下卷，华夏出版社1995年版，第444页。

② 参见浙江师范大学张春歌硕士学位论文《哲学的真实观、历史观与艺术的真实观、历史观》。

浩如烟海。中国古典小说和历史有着密切的关系，在中国古代，小说本身就是混杂于史书的一种综合性的文体①，几部主要的古典长篇小说《三国演义》、《水浒传》等，都是以历史故事为材料，小说中的每个人物都有史可考，故而夏志清说："按照西方人所理解的概念，《三国演义》在设计上与其说是历史小说，毋宁说是历史纪事。书中几乎没有一个人物出无史据；也没有历史线索以外的节外生枝的情节。"② 陈平原将此称为小说的"史传"传统，大部分中国古典小说都是根据历史典籍安排故事情节，其目的是为了"代史立言"、"补正史之阙"，并不注重虚构和想象。而且《三国演义》和《水浒传》等历史小说，都是按照线性结构发展，并在单线结构上容纳大量的人物活动，以表现历史错综复杂的面貌。此外，历史对小说的覆盖、控制，还体现在历史写作的方法论对小说创作观念的影响。确切地说，是历史写作崇尚写实的观念对小说虚构技法的排斥。小说不强调虚构，也是中国古典小说观念体系中的一道风景，这和欧洲的文学传统差别很大。欧洲的历史小说也很发达，但以虚构和想象为主，目的不是表现错综复杂的历史面貌，而是借助历史过程来反映个体的成长命运，所以，西方历史小说的虚构性和想象性更强。

晚清以来，在西方文化的影响下，中国小说的"史传"传统略有改观，小说的虚构性和想象性得到重视。1902年梁启超创办《新小说》，新小说理论家开始倡导新小说，力图使新小说从历史和其他典籍中独立出来，阿英在《晚清小说史》里说："是当时知识阶级受了西洋文化影响，从社会意义上，认识了小说的重要性。"③ 小说独立出来后，历史和小说之间的界限也日渐明显。晚清几部有名的小说《孽海花》、《二十年目睹之怪现状》、《官场现形记》和《老残游记》，虽都有强烈的"历史纪事"兴趣，但和《三国演义》之类的小说已有所区别，增加了很多虚构人物和事迹，叙事主体的想象成分大大增多。但这并没有改变中国小说的"补史"意识，相反，很多小说重新回到了"纪事"传统中。这种现象一直延续到新中国成立后的文学。1949年以后出现的一大批历史传奇更是如此，《保卫延安》、《红岩》、《红日》和《李自成》等"历史小说"都

---

① [美]康正果：《重审风月鉴——性与中国古典文学》，辽宁教育出版社1998年版，第51页。

② [美]夏志清：《中国古典小说史论》，胡益民译，江西人民出版社2001年版，第37页。

③ 阿英：《晚清小说史》，人民文学出版社1980年版，第1页。

变成了"革命史演义",写作者几乎不考虑小说的虚构价值,全部称自己的作品表现了真实的历史,《保卫延安》的作者杜鹏程称其作品:"全是真人真事,按时间顺序把战争中所见、所闻、所感记录下来。"[①]《野火春风斗古城》的作者李英儒则称:"写历史题材要合乎历史的真实性,违反历史真实或任意更动历史都是不允许的。"[②] 但众所周知,作者不断修改"历史真实"成了普遍现象,这些作家认为修改后更符合"历史真实"。

"新时期"以后,《曾国藩》、《金瓯缺》、《星星草》和《补天裂》等历史小说,看起来似乎和《保卫延安》等小说有很大区别,但没有从根本上改变追求历史真实的叙事成规。只不过稍微增加了些小说技巧,点缀一些心理描写和爱情描写的场景。言说"历史"一直是富有传统色彩的文学创作习性,为"逼真"的历史状态做出承诺成了写作者最大的心愿。其实,我们并不是责备文学对"历史真实"的承担。对于小说来讲,无论写什么,只要以艺术的方式呈现出来,都有可能成为优秀的文本。我们只想指出我国小说创作存在的某种不足:对"历史真实"的过多承担,导致小说艺术方面的欠缺。有限的想象与虚构并没有使作品真正地超越现实,反而受到现实的牵制,作品本身也的确成为历史的某种缩影。对此,国外的汉学家曾指出:"中国新时期文学有不少有价值的作品,但它们更多的只具有文献价值。"[③] 20世纪80年代初期的历史小说大都属于这样一种创作。作家们的亲身经历为他们的小说创作提供了丰富的素材。我们承认这是一份真实的人生纪念和历史记录,也正因为如此,亲历性经验的限制使作品并没有在更广阔的想象空间里展开,而是囿于自我经历的陈述,这是80年代作家们特有的创作倾向。他们一直都在尽力探求生活的"真气",一切为了充分表现生活的真实而努力,并不为了追求作品的艺术空灵而有损作品的现实感和内在含量。可以说,正是作家对自我经历、历史经验的侧重,使作品染上了浓厚的生活底色。然而,这种对社会档案的钩沉和刻写,文本的戏剧性结构与个人经历的真实图景之间建立起来的"模仿",却使作品有些不能承受之重。

对于所谓"历史真实"的过分强调,到了20世纪80年代中期,遭

---

① 杜鹏程:《保卫延安·重印后记》,人民文学出版社1994年版。
② 李英儒:《野火春风斗古城序》,人民文学出版社1977年版。
③ 转引自樊星《"57族"的命运——"当代思想史"片段》,《文艺评论》1995年第2期。

到了先锋作家余华、苏童等人的批评。他们认为所谓的"历史文献"并不可靠,历史小说不必照搬历史资料,历史既然已经过去,当时情形就无从考证,不同身份的叙述、选择和编排都会使结果不同。有时虚构的历史事件反而可能更接近历史的实际情况。这种历史观主要受到海登·怀特等人"新历史主义"思想的影响。

如前所述,西方的历史话语纷繁芜杂,总体来说,可分两大类型:历史客观主义,历史怀疑主义。马克思等历史客观主义者强调历史是一种客观的有目的东西,历史事件虽然是过去发生的事情,但它联结着未来。利奥塔把这种历史观称为"宏大叙事",它强调历史的客观性和不可抗拒性,注重国家、民族和种族等的重大话语。相反,历史怀疑主义论者则认为,"根本就不存在什么能摆脱主观偏见的历史学这样一种东西"。[1] 所谓"历史真实"只是叙述者的主观设定,"新历史主义"葛林伯雷、海登·怀特的言辞更为激烈。他们不但认为历史无客观性和总体性,而且认为历史本身也是依靠话语的陈述呈现,要借助于叙述、修辞、描写、隐喻、象征等文学手段。海登·怀特指出:"人们只有通过历史话语才能把握历史,而作为一种叙述话语,历史文本的深层内容是语言学的,诗性的,带有一切语言构成物的虚构性。"[2] 在这个层面上,历史和文学这两个不同学科的壁垒被打通。怀特的"元历史"即是在话语层面上探讨历史形成的本质特征,他称之为"历史编纂学"。为突出历史书写者的作用,怀特进一步指出:"如何组合一个历史境遇取决于历史学家如何把具体的情节结构和他所希望赋予某种意义的历史事件相结合,这个做法从根本上说是文学操作,也就是说,是小说创造的运作。"[3] 基于此,怀特认为,"历史作为一种虚构形式,和小说作为历史真实的再现,可以说是半斤八两,不分轩轾"。[4] 任何一种"历史"在本质意义上都是"虚构"的,"历史事件"之所以获得不同的意义,在于"事件的时间顺序安排与句法策略之间存有张力",而从历史意义产生角度考察,任何历史叙事都是叙事者

---

[1] [英]沃尔什:《历史哲学——导论》,何兆武、张文杰译,广西师范大学出版社2001年版,第114页。

[2] 陈厚诚、王宁:《西方当代文学批评在中国》,百花文艺出版社2000年版,第464页。

[3] [美]海登·怀特:《作为文学虚构的历史文本》,张京媛主编《新历史主义与文学批评》,北京大学出版社1993年版,第165页。

[4] 盛宁:《新历史主义·后现代主义·历史真实》,《文艺理论与批评》1997年第1期。

"以不同的方式施加情节，在完全不违反时间顺序排列的同时使事件获得不同的意义"①。所以，历史叙事和小说叙事并无本质区别，很多看起来是真实的历史事件，其背后掩藏着知识和权力话语。"历史叙事不仅是关于过去事件和过程的模式，历史叙事也是形而上学的陈述（statements），这种说明昔日事件和过程的陈述同我们解释我们生活中的文化意义上所使用的故事类型是相似的"。② 米歇尔·福柯也说："我接受历史给我提出的这些整体，只是随即对它们表示质疑；只是为了解析它们并且想知道是否能合理地对它们重新组合；或者是否应把它们重建为另外一些整体，把它们置于一个更一般的空间，以便在这个空间中驱除它们表面所熟知的东西，并建立它们的理论。"③ 我们之所以在这个问题上反复纠缠，不断引用，是想更清楚地说明，历史和文学被打通后，我们对历史"真实性"问题的探求就变成了一种文学性的审美活动。

既然历史叙事和小说叙事并无差别，那么，小说叙事有时则更接近历史本身，并能够通过戏仿、反讽等手段，让历史真实在被遮蔽的叙事盲区显示丰富深邃的一面，让人物在历史的断裂之处呈现纷繁复杂的个性。实事求是地说，"新历史主义"并没有直接影响中国的先锋小说，但80年代中后期的先锋作家，都在不同程度上表现出对历史叙事的热衷，尽管作品的风格各异，但是在历史叙事、艺术理念方面表现出惊人的一致性。像乔良的《灵旗》，莫言的《红高粱》，苏童的《妻妾成群》、《我的帝王生涯》、《红粉》，叶兆言的《挽歌》、《枣树的故事》，格非的《迷舟》、《大年》等小说，与"新历史主义"思想非常相似。这些小说颠覆了《红旗谱》、《曾国藩》的叙事模式，将历史置于虚构的中心位置，以个人记忆的方式重构历史话语，并用小说的方式重新构建"历史"世界。特别有意味的是，这些小说并没有减少"引经据典"的手法，相反，他们大量运用历史文献，可是这些"历史文献"不但没有增加历史叙述的可靠性，反而瓦解了所谓的历史真实，并开创了以个人视角颠覆"革命历史"叙事模式的艺术先河。

---

① ［美］海登·怀特：《作为文学虚构的历史文本》，张京媛主编《新历史主义与文学批评》，北京大学出版社1993年版，第172页。
② 同上书，第167—168页。
③ ［法］米歇尔·福柯：《知识考古学》，谢强、马月译，生活·读书·新知三联书店1998年版，第31页。

乔良的中篇小说《灵旗》就是一个相当典型的"新历史小说"。这篇小说写的是历史上真实发生的事件：50年前红军长征中的一次战役——湘江之战。红军撤离江西苏区之后移师西北途中，与"中央军"在湖南、贵州、广西交界处展开一次重大的军事较量。这次交战，红军惨败，损失过半，元气大伤，死难者血染湘江，湘江的水"流了四天四夜"仍然一片血红。这无疑是一个有重大意义的革命历史事件，作者完全有理由把它写成一个表现工农红军英勇无畏、卓越顽强，在红军领袖的英明领导下，主动实现战略大转移的军事行动。但是，乔良显然意识到之前有太多类似的文本，如果再那样写，无疑是一次再平庸不过的文字操练，不会有任何探索创新的价值。所以，他干脆把那场你死我活的湘江之战置于幕后，作为故事讲述的背景，让青果老爹的"看"和二拐子的"说"来充当作品的主要内容。青果老爹50年前亲眼目睹过、经历过"湘江之战"，他既当过红军，又是红军的逃兵，曾沦落为赌棍、乞丐、无赖，最后还当了民团的团丁，因看不下人们屠戮红军，又成了替红军报仇的人，杀了很多杀害红军的人。用小说中的话说，青果老爹是一个"理不清这沧桑人世中的善恶忠邪，是非曲直，前因后果"的人。整部小说就是通过这样一个人的回忆，呈现50年前"湘江之战"惨烈的历史真相的。而且青果老爹的讲述都是片断式的、支离破碎的，没有主要人物，也没有贯穿始终的中心事件，与传统的讲述方式相去甚远。于是，史诗般庄严伟大的红军两万五千里长征途中发生的"湘江之战"，在读者眼里就成了另外一番景象：

  五十年前，深秋。无名小镇忽而名扬天下。红白两军在此一场恶战，方圆百里，枪声不绝，杀声不断。四日后，红军败北，……白军杀戒大开，狂犬般搜杀流散红军。砍头如砍柴。饮血如饮水。
  一时间，蒋军杀红军，湘军杀红军，桂军杀红军，狐假虎威的民团杀红军，连一些普通百姓也杀红军。最不可思议的是红军自己也杀红军。
  红军死的好惨啊！被砍了脑壳的，捅穿肚肠的，挖了眼睛的，割了鼻子、割了卵子的，……脚山铺死了两千，光华铺死了五百，新于死了三千。
  尸暴山野，血涨江流。离开红都瑞金时尚有八万余众的红军，是役后仅存三万。

在这里，以往关于长征的宏大"历史叙事"没有了。读者看到的是特定状态下人性的罪恶与疯狂，人道主义与战争之间的冲突。小说还有这样一段颇具意味的讲述：

> 他们人真憨。他们心真诚。飞机贴着江面扑过来时，他们根本不晓得疏散也不知道隐蔽。他们十几人几十人抱成一团，为的是让拥在中间的人活下来。一颗炸弹开花了，一群人中间顶多两三个还有气。有时一个都不剩。

接下来是"那汉子"（50年前的青果老爹）为红军复仇的经过所构成的历史，同样令人触目惊心、惨不忍睹：

> "红军太冤了。哪个都来杀他们，哪个都敢杀他们。杀得连阎王老子都看不下去了……那年深秋闹起了鬼。""头一个遭报应的，是那个用锹头劈红军脑壳的人"，自己的脑壳也被鬼劈去了一半。用鸟枪打死红军的，也被鬼用鸟枪打死。割红军耳朵的，也被鬼割了耳朵。割红军卵子的，也被鬼割了卵子。"死法最难受的是廖百钧，……是被快刀一下下刮死的，没了脑壳。"

"那汉子"的复仇过程构成了小说中被讲述的历史，人的活动不再是历史事件的注脚，而是人演绎了历史的种种可能、必然、真实的一切。《灵旗》为我们提供了一种全新的历史视角，使我们真正触及了被遮蔽的历史存在。

当然，《灵旗》的价值还在于它独特的叙述方式和结构方式。小说以青果老爹回忆往事来贯穿全文，二拐子是小说的第一讲述人，青果老爹是小说的第二讲述人，这两个叙述者分别承担了历史与现实的见证人角色。二拐子是历史事件的目击者，青果老爹是现实事件的目击者。青果老爹的讲述，一部分是自己目击与经历的事件，一部分是转述二拐子的叙述；历尽苦难沧桑的青果老爹是小说的主要叙述者，在讲述故事时反而充当了一个"二传手"的角色。讲述的过程又夹着许多无法直说的人生感叹，一句简单的历史书写"湘江一战，损失过半"被青果老爹"一报还一报，一命偿一命"的"个人报复行为"代替。小说的叙事就在"历史"与

"现实"之间穿梭行进，叙述的时间与空间跨度显得更加宽阔，隐含作者在这种结构中则收放自如，时而眼前，时而过去，"历史"与"现实"相互交织。结果是，历史事件变成了零零碎碎的、带有传奇色彩的民间传说，传奇化了的历史，对经典的历史叙述产生深刻的质疑。又由于小说叙述的是青果老爹听来的故事，而且讲故事的二拐子也已经死去，故事的真实性当然就受到置疑。因此，这样的讲述就起到了双重质疑的效果——对历史存在的真实性与小说讲述的历史真实性——的质疑，显示出历史的复杂性和多面性，使原来平面的线性描述呈现立体效果。① 正如有评论者所说的："作家将个人化的历史行为和时代的宏大历史事实讲述相互印证，'革命历史'叙事范式的反叛性一面被建构起来：历史叙事是个人与历史之间发生对话相互补充的循环。而历史的丰富性在这样的叙事时空中被还原和再生出来的。"②

苏童的《一九三四年的逃亡》、《罂粟之家》、《妻妾成群》、《红粉》等作品，从"现实"回返"历史"，以"欲望"解读"历史"与"真实"，通过对"宏大叙事"的反讽和戏拟，从"非党史"视角完成了对历史与真实的重新解码。"性与暴力，不是一个外在的故事要素，而是根源于人类本性的欲望，在他的作品中获得一种形而上的历史动力的含义。苏童以对历史的这种洞察，颠覆了20世纪理性主义衍生出来的历史观；或者说以对人的欲望本能的发现，补充了阶级论的历史观。"③ 在小说《红高粱》中，莫言以一个"子孙"的视角叙说"我爷爷"和"我奶奶"的"革命"故事，而被"我"赋予了无限豪情和崇高色彩的"爷爷奶奶"的革命行为客观来说不过是一些无组织、无纪律的土匪的野蛮的破坏活动而已。"性"与"暴力"不但开始积聚在"爷爷"、"奶奶"身上，成为标志其革命性的一部分，而且革命的纯洁性被非正义性的"暴力"叙事取代。苏童、莫言等作家具有"新历史主义"解构意味的欲望书写，有力地推进了八九十年代之交的"新历史小说"创作及其对历史"真实"的解构。

值得一提的，还有格非的中篇小说《迷舟》，这也是先锋小说的经典

---

① 参见巫小黎《"新历史小说"论》，《文艺评论》2003年第5期。
② 张文红：《伦理叙事与叙事伦理——90年代小说的文本实践》，社会科学文献出版社2006年版，第137页。
③ 季红真：《众神的肖像》，人民文学出版社1996年版，第169页。

文本。《迷舟》写的是北伐战争时期的一段历史故事：

> 1928年3月21日，北伐军先头部队突然出现在兰江两岸。孙传芳部全师不战而降。北伐军迅速控制了兰江和涟水交接的重镇榆关。孙传芳在临口大量集结部队的同时，抽调精锐师驻守涟水下游棋山要塞。棋山守军所属三十二旅旅长萧在一天深夜潜入棋山对岸的村落小河，七天后突然下落不明。萧旅长的失踪使数天后在雨季开始的战役蒙上了一层神秘的阴影。

接下来，小说描写了一系列不期而遇的"偶然"和"巧合"。这些"偶然"和"巧合"事件导致了"萧"的神秘失踪，改变了他的人生命运，甚至改变了北伐战争的历史。这种写作方法暗含了作者对历史的独特看法，"在格非看来，历史其实是命运的产物，它的变化虽然有许多必然的规律性因素，但有时又是不可捉摸的，起决定作用并改变了历史面貌的是某些突然而至、无法把握的'偶然'事件。从这个意义上来说，《迷舟》可以看作一篇关于历史动力和历史构成的新寓言"。[①]

叶兆言的"秦淮系列"最能代表"新历史小说"颠覆历史的强烈情绪。1996年《收获》第4期发表了叶兆言的长篇小说《一九三七年的爱情》，小说的标题明言故事发生的时间为1937年，以"南京"作为地理背景。翻阅新中国成立后大陆的任何官方史书或者纪事年鉴，1937年的南京历史都被叙述为人民正在国民党的黑暗统治下，过着水深火热的生活。但叶兆言显然对"民族国家"这种宏大的历史叙事不感兴趣，他感兴趣的只是"大时代中的感伤的没出息的小故事"。他说：

> 我注视着一九三七年的南京的时候，一种极其复杂的心情油然而起。我没有再现当年繁华的奢望，而且所谓民国盛世的一九三七年，本身就有许多虚幻的地方。一九三七年只是过眼烟云。我的目光在这个过去的特定年代里徘徊，作为小说家，我看不太清楚那种被历史学家称为历史的历史。我看到的只是一些零零碎碎的片断，一些大时代中的伤感的没出息的小故事。

---

① 金汉：《中国当代小说艺术演变史》，浙江大学出版社2000年版，第264—265页。

这些"小故事",就是一个叫丁问渔的教授追逐已婚女人任雨媛的情感游戏,和当时宏大的政治叙事毫无关联。在小说中,爱情、自由和现代化的都市生活轰轰烈烈地展开,民族、种族和阶级话语显得毫无力量。叙述者不停地告诉读者:

> 三十年代南京繁花似锦,到了一九三七年,国破家亡已到最后关头,到处都在喊着抗日救亡的口号,但是悠闲的南京人依然不紧不慢,继续吃喝玩乐醉生梦死。今朝有酒今朝醉的名士派头,仿佛已经渗透在南京的民风中。

在这样的"历史叙述"中,战争也变得不再有意义,抗日救亡的歌曲《义勇军进行曲》不仅到处在演唱,而且成为特定历史时期最流行的一种现代娱乐形式。所以,在小说中,大家闺秀任雨媛和军人余克润的婚礼上奏响的也是聂耳的《义勇军进行曲》。叙述者将各种不和谐的因素糅合起来,铸造出一个现代化、多样化却又堕落化的大都市景观。叶兆言尝试将历史置于"游戏和想象"之中,他以一种看似非常传统的故事化叙事解构了历史本身的权威性和确定性,而他要叙说的基本主题,正如黄毓璜在《面对共同的历史》一文中所说的,是"到处充斥的人生困境和人生烦恼"。丁问渔像个小丑,却追到了大家闺秀任雨媛,张二胡一生懦弱,却娶上了司令官的小妾沈姨太……叶兆言保持了传统小说中故事的完整模式,却同时将小说的虚构性本质发挥得淋漓尽致;而正是叙述瓦解了故事自身,才得以让历史在想象中再度破碎。"从本质上说,它们展现的真实只是个人的历史体验、认识乃至臆想,带有鲜明的个人经验和自我感知烙印。"[①]

到 90 年代,在众多作家不断加盟和推动下,"新历史小说"真正形成了一股蔚为大观的文学创作潮流。创作群体不仅包括苏童、叶兆言等习惯历史叙事的"老牌"作家,而且一些新的创作群体,比如"新生代"作家毕飞宇、鲁羊、北村、鬼子、吕新、须兰、李冯等人也全力加盟。同时,刘震云、张炜、李锐等作家成就斐然的创作实绩也壮大了"新历史小说"的潮流气势。尤其是刘震云的"故乡"系列,对历史"宏大叙事"

---

① 王彪:《新历史小说选》,浙江文艺出版社 1993 年版,第 8 页。

的拆解达到了极端化的程度。比如他的长篇小说《故乡相处流传》，故事的表层结构是气势恢弘的"史诗"性的，叙事时空跨越三国、明清、清末和20世纪50年代四个历史时段，可是在漫长的历史空间活动着的人，却是一群毫无庄严和神圣感的小丑："长着脚气、屁声不断"的曹丞相、生来一身"瘴气"的陈玉成、乡下"柿饼脸"姑娘脱胎的慈禧……至于对经典话语的反讽更是随处可见，让人忍俊不禁：

> 曹成语重心长、故作深沉地说："历史从来都是简单的，是我们自己把它闹复杂了！"
> 我一通百通，"是呀，是呀，连胡适之先生都说，历史是个任人涂抹的小姑娘。"
> 曹、袁都佩服胡的说法。袁说："什么涂抹，还不是想占人家小姑娘便宜！"
> 曹问："胡适之是谁？"
> 我搪塞："一个比我早的写字的，女的，差点缔造一个党。"

刘震云的另外一个长篇《故乡天下黄花》，小说分为四个部分，分别以民国初年、抗日战争、土改运动和"文化大革命"等中国历史上具有代表性的历史时期作为叙事时空，好像有进行宏大"历史叙事"的气势。但是，随着小说叙事的逐渐展开，读者才明白，作家的真实意图不是建构什么宏大的"史诗"性叙事，只不过从诗学的角度对其进行戏仿。小说呈现出来的，是完全有悖于史诗式庄重崇高美学风格的颠覆图景。就像刘震云自己解释的："《故乡天下黄花》是写一种东方式的历史变迁和历史更替。我们容易把这种变迁和更替夸大得过于重要。其实放在历史长河中无非是一种儿戏。"①

所以，从总体来看，"新历史小说"作家们并不是回归传统，其目的也不在建构历史的"宏大叙事"，而在于重新审视"历史"与"现实"的关系，突出对历史的"虚构"和"想象"，以小说的形式去虚构充满偶然性的世界，关注历史间隙下个体命运的无常状态。他们完全摆脱了历史资料的限制，将历史转化为叙述过程中的一件道具，一场背景，一种氛

---

① 刘震云：《整体的故乡与故乡的具体》，《文艺争鸣》1992年第1期。

围，不再受限于所谓"历史真实"的束缚，而是集中笔墨关注历史中的人以及可能的存在本身。依据现代历史观念，既然一切都是以文字记载的历史，那么历史的话语叙述便导致了一定的虚假性，以至于历史的真实受到彻底的怀疑与颠覆。于是，历史小说虽然仍立足于一定的历史资料，但它不再承担再现历史本来面目的任务。而是借助于想象和虚构，着重关注历史中普通人的生存状态，演绎"真实"的生命历程，我们称这样的小说为现代历史叙事；至于这段历史在多大程度上符合客观存在的历史，作家并不过多关注，而是追求小说文本是否达到了较高的"艺术真实"。"新历史小说"正是这样，它们不再关注历史的整体性、规律性与必然性，而是将历史的零碎性、偶然性与可能性置于创作的前台，它们也不再遵循"塑造典型环境中的典型人物"的现实主义传统，而是集中笔墨描写个体独特的生存状态。对于作家来说，历史"既是历史，又是现实"，他们从现在与过去的对话中寻求历史的"现实精神"，试图将历史化解为丰富的人性悲歌与永恒的生存寓言，成为我们"心中的历史"，历史因此获得永恒的存在。

第三章

20世纪80年代小说美学形式的探索

  小说创作研究除了探讨"小说是什么"、"小说写什么"等问题外，还有一个"小说如何写"的问题，即小说的形式演变，包括叙述艺术、组织结构、语言风格等方面的变化，尤其是在叙述艺术方面，当代小说的叙述角度、叙述语调和叙述结构等，都呈现出与以往作品大相径庭的地方。客观地说，中国作家对叙述理论的重视程度远远不及西方，而且对小说叙述艺术的探索也比西方要晚很多。在传统的小说研究中，社会历史的分析方法注重的是对作家的写作背景和文本的内容分析，不太注意小说的形式问题，也就是小说的叙述艺术。现代小说的发展使得叙述问题越来越重要，尤其是随着西方形式主义批评的兴起，叙事学、结构主义、语义学等也都成为小说分析的重要方法，"小说如何写"的问题，即小说的形式演变越来越重要，甚至逐渐取得了本体论的地位。同时，叙事视角的问题也再次引起了人们的极大关注，"叙事视点不是作为一个传递情节给读者的附属物后加上去的，相反，在绝大多数现代叙事作品中，正是叙事视点创造了兴趣、冲突、悬念、乃至情节本身"。[①] 视角处理的是叙述人与虚构世界中人物之间的语法人称及透视关系。小说批评以叙事为核心远比以人物情节为核心更能抓住其文体特征。叙事范畴的建立体现了人们对小说文体认识的深化，完全可以说，叙事理论代表了对小说文体认识的飞跃。

  本章侧重从小说的叙述方式、叙述视角、组织结构三个方面对当代小说的形式变革进行描述，并在此过程中，审视形式变革的文化意义和内涵。即：在技术分析的基础上，兼顾形式变革的文化立场、情感指向和价值判断等因素。

[①] ［美］华莱士·马丁：《当代叙事学》，伍晓明译，北京大学出版社2005年版，第128页。

第一节 关于"故事"

自小说诞生之日起,"小说就是讲故事"的观念成为作家与批评家的普遍认知。一篇小说,人物形象可以模糊不清,情节可以平淡无奇,但必定有故事,就如同福斯特所说的:"故事是小说的基本面,没有故事就不成其为小说了。可见故事是一切小说不可缺少的最高要素。"虽然他进而指出这不过是种"古已有之的低级形式"。[①] 但仍能看出,在对小说的理论界定中,故事是小说的基本要素之一,"故事性"是小说与生俱来的规定性。故事不仅赋予了小说基本的结构框架,而且还凝聚了作者、叙述者以及人物形象所有在生命意义上的心理活动和情感体验,所以,一直以来无论作家还是批评家都十分重视作品本身"写了什么",而不是"怎么写"。即:注重作品的故事性,而不是"叙述故事"这一动作行为本身。仿佛一部小说的全部审美价值依据于故事本身的生动与深刻,于是,小说的故事性得到极大的推崇与表现。一直到19世纪初漫长的小说发展历程中,"故事性"一直是小说的主要追求。小说因故事而有了存在价值。故事满足了人们的好奇心,抚慰了人们的寂寞心灵,虚拟地实现人们的愿望。在小说的故事世界里,人们可以自由地飞翔。不管是"讲述"还是"展示",小说总是与或复杂或简单的故事缠绕在一起,通过故事的讲述实现超越故事性的美学理想。综观中西文学经典之作,无论是恢宏豪迈的战争描绘,还是缠绵悱恻的情感叙说,都将主人公置放在一个完整的故事之中。情节的曲折,显示着故事的完整与丰厚;丰富的情感表现,则赋予故事深层的生命意蕴。

故事的确为小说创作提供了五彩缤纷的艺术画廊。然而,随着小说艺术的发展,人们逐渐发现,小说不仅可以讲述一个动人的故事,而且还可以对零碎的回忆进行具体的描绘(如普鲁斯特的作品);可以打破统一的时空限制,侧重对无序的、断裂的、破碎的心理层面的传达(如乔伊斯的意识流小说);也可以呈现荒诞与变形的可能的存在世界(如卡夫卡创造的寓言世界)……这些新型小说样式的出现,不仅打破了传统封闭型

---

① [英]爱·摩·福斯特:《小说面面观》,苏炳文译,花城出版社1981年版,第21页。

故事统治小说的一体化局面，而且向我们展示了小说发展的种种可能性。故事的淡化，使一些作家与批评家开始重新寻找小说可能的表现方式，而且对叙述行为给予深切的关注。人们越来越发现，对于小说这种文体而言，重要的不是"写什么"，即小说的文本内容和写作背景问题，而是"怎么写"，也就是小说的叙述方式问题。具体来说，就是叙述者如何穿行于故事中间来进行讲述的行为，它侧重的是"如何讲故事"这一动作行为本身的发生及发展过程。甚至有人声称："只有没有情节，没有动作的艺术，才算得上纯正的艺术。"① 这样一来，那种致力于"开端、发展、高潮和结局"的"戏剧化"小说手法，受到了一些作家的质疑和摒弃，作家们开始注重小说的讲述方式和形式表现。"回归小说自身"和"小说自觉"，成为一时的热门话题。

　　故事的消亡，在我国20世纪80年代中后期小说创作中有突出表现。1985年前后，以马原为代表的先锋小说家，终于将"故事"这一传统小说的基本要素送出界外。有人这样描述："传统的小说故事结构被摒弃了，所描述的事件没有开头，没有结局，没有高潮，故事情节若有若无，不再有明显的逻辑关联和时间顺序；人物不知从哪里来，也不知到哪里去，没有确切的身份甚至没有姓名等。"② 譬如在《拉萨河的女神》、《虚构》等作品中，作者马原按照自己的虚构和想象，任意编排情节、穿插故事，小说里经常出现这样的叙述："如果这个故事由我来讲，我将以完全不同的方式……"，叙述者以独尊的面孔随意改变故事的固定模式，小说文本中只剩下零散、杂乱、毫无因果关系的情节片断。当然，马原的讲述方式实际上让我们看到了小说叙述形式的独立，"事实上，马原的叙事已将故事从传统小说的模式下降为叙事之中一个因素，一种成分"③。其他作家在这方面也有明晰的意识和理论的表述。格非说："我认为，现代小说的发展，为故事的叙述结构提供了一个开放的空间，作家在讲述故事时，不再依赖时间上的延续和因果承接关系，它所依据的完全是一种心理逻辑。"④ 他的《迷舟》，以故事的自我断裂和自我封闭，把故事的弹性空间释放到极致。叶兆言的《枣树的故事》，在故事的重复中堆砌故事，使

---

① 汪政、晓华：《"故事"的缠绕》，《小说评论》1988年第5期。
② 殷国明：《小说艺术的现在与未来》，上海文艺出版社1990年版，第20页。
③ 南帆：《再叙事："先锋"小说的境地》，《文学评论》1993年第3期。
④ 格非：《故事的内核与走向》，《上海文学》1994年第3期。

故事的自身裂变取代了故事的外向型扩张。孙甘露的《信使之函》、《访问梦境》等小说，则完全沉浸于语言实验之中，以诗意碎片讲述着不知所云的梦幻片断……

总之，在先锋作家看来，传统小说的故事理论已经时过境迁了，它所提供的故事模式、人物形象、典型环境、生动情节等，都是一种"表象真实"而不是"本质真实"。因此，他们要反叛，要寻求新的创作规范以适应小说发展的实际情况。于是，他们将目光从外在世界转向人的自身世界，重视和强调人对外在现实的体验、感受和反思，深入人的意识和潜意识，探索人的内心隐秘，并对世界和人生的存在价值提出怀疑。说到底，先锋作家关心的是人在现代社会中的存在处境。与此相应，小说创作明显地突破了传统的写作模式，出现了一种"非典型化"趋向。传统小说中连贯完整的故事情节被淡化，典型人物被消解。小说不再是故事情节和人物的创造，而是一种纯粹的叙事艺术。用小说学的术语来说，就是动摇了传统小说的故事观和叙事的清晰性。先锋小说至此已经彻底远离了传统的故事讲述，并以反叛的姿态向传统的小说营垒发起了猛烈的进攻。先锋文本对小说故事所造成的冲击，甚至已如美国批评家詹姆森所说："我们可以搞清楚什么是非故事类，但搞不清楚什么是非小说类。"[1]

注重小说的叙述行为是完全值得肯定的，因为"正是叙述的力量使一个故事拥有在小说里生存的权利"[2]。但是，如果作家们只侧重纯粹叙述行为的展现，小说将会陷入形式主义的泥淖，走向另一种极端。正所谓"博尔赫斯可以不断地被作家模仿，但托尔斯泰和陀思妥耶夫斯基却无法被模仿"[3]，一切形式都是有意味的形式。在优秀的小说文本中，形式与内容浑然一体，无法分割；否定了这一条，"单纯的叙述"也就失去了存在的意义。故事的淡化，虽然为小说叙述行为本身提供了充分的表现空间，但是故事仍在小说中居于重要地位。毕竟对于优秀的作家来讲，"重要的并不是要不要故事，而是怎样正确地使用它"[4]。

---

[1] [英]特伦斯·霍克斯：《结构主义和符号学》，瞿铁鹏译，上海译文出版社1987年版，第64页。

[2] 徐岱：《小说形态学》，杭州大学出版社1992年版，第56页。

[3] 谢有顺：《通往小说的途中——我所理解的五个关键词》，《当代作家评论》2001年第3期。

[4] 徐岱：《小说叙事学》，中国社会科学出版社1992年版，第155页。

强调叙述的作用，并不意味着在"故事"与"叙述"之间造成不平等的对立关系，因为只有"叙述"与"故事"的完美结合，才能创造出优秀的小说文本。此外，叙述角度与叙述方式的选择，也会在很大程度上决定作品的审美生成和艺术成就。小说之所以从以往的单调统一发展到现在的丰富多彩，正是叙述发挥着关键性的作用，因为"每一部小说都是不同的，每一内容的创造都是对小说形式的'再创造'"①。这句话意味着，一部作品的审美意味是在叙述过程中生成的。叙事性是体现小说审美价值的重要性质，也正是叙述使许多传统题材得到了重新发掘与创造。只有意识到叙述在作品中的重要作用，我们才能从整体上把握作品的审美价值。

第二节 关于"结构形态"

结构是小说的骨架和支撑点，它的意义在于：如何对生活重新组织，如何表现作家对生活的认识和理解。20世纪中国现代小说的结构形态相对于传统小说呈现出繁复多变的特征。

受演义和讲史的影响，中国古典小说擅长采取纵向结构来组织小说，注重全过程的叙述，讲求故事性，追求离奇、曲折和巧合。即使是短篇小说，也力求向读者讲述一个首尾齐全、情节连贯的完整故事。"情节离奇是小说的骨子。必须起初是一个闷葫芦，深藏密闭，直到临了才打破，方为上乘。"②话本和章回小说更是如此，一般由一个全知全能的说话人（即叙事者），沿着线性的情节链或从头到尾，或"花开两朵，各表一枝"式地讲述故事，讲完一个故事再开始另一个故事。分章节分回目，每段故事一个章回，而且用一句章回诗做标题概括和内容提要。章回体从明清到民国，一直延续下来。离奇曲折的故事是打动听众或读者的武器，也是小说成败之关键。一句话，小说不能没有令人满意的故事，小说的总体结构安排也都得服从和服务于这一原则。这就形成了中国古典小说以故事为结

---

① [英]特伦斯·霍克斯：《结构主义和符号学》，瞿铁鹏译，上海译文出版社1997年版，第64页。
② 刘半农：《诗与小说精神上之革新》，鲍晶编《刘半农研究资料》，天津人民出版社1985年版，第132页。

构中心的模式，一切起承转合都是为了使小说的故事更丰满、好看。人物在小说中，只是故事顺利发展和实现的一个被动要素，人物的设置往往是为了故事的推进，而不是展现人物鲜明独特的性格特征。这当然不是说，中国古典小说没有留下一些个性鲜明的、丰满的艺术形象。毕竟人物总是故事中的人，他们的言行举止是推动故事进展的动力，因此，故事的自然发展中也就必然能看到一些主要人物的性格特征，全部的或者侧面的。一些优秀的中国古典小说，甚至在人物形象的刻画上堪称经典。但是，这并没有从总体上改变人物在古典小说结构中的地位。

需要注意的是，"五四"时期，很多新文学家对中国传统小说的艺术结构，都做过激烈的讨论。比如鲁迅，就曾将中国短篇小说的传统结构模式归结为"大团圆"，并称之为"瞒"和"骗"的文学，就是作品的故事，必然最终展示出一个令人满意的结果。他愤慨地指出："凡是历史上不团圆的，在小说里往往给他团圆的；没有报应的，给他报应，互相欺瞒——这实是国民性底问题。"[①] 实际上，鲁迅不只批判国民性，也批评了故事准则对小说结构不合理的制约，批评了由"开端—发展—结局"组成的"善恶终有报"的封闭式的小说结构。周作人说，在传统小说中，"内容上必要有悲欢离合，结构上必要有葛藤，极点与收场，才得谓之小说"，这种观念"正如十七世纪的戏曲的三一律，已经是过去的东西了"。[②] 之所以说这种观念成为过去的东西，首先是因为那个时代激烈的反传统精神，在他们"重新估衡一切价值"的信心中，传统小说也必然成为批判和颠覆的对象，而创造性和个性精神的张扬，以及外国小说新奇的艺术风格，更使他们在反叛情节中心的道路上走得义无反顾。因此，虽然"五四"文学革命并没有公开提倡所谓"非情节化"的主张，但时代的文化精神以及他们的文学主张，必然导致小说更注重人物形象的塑造，更注重人物在小说中的地位和作用。胡适也从小说的结构角度，对小说传统做过抨击，他说："中国今日的文人大概不懂什么'短篇小说'是什么东西，现在的报纸杂志里面，凡是笔记杂纂，不成长篇的小说，都可叫'短篇小说'……其实这是大错的。"他进一步指出："短篇小说是用最经济的文学手段，描写事实中最精彩的一段，或一方面，而能使人充分满意

---

① 鲁迅：《鲁迅全集》第9卷，人民文学出版社1981年版，第316页。
② 周作人：《〈晚间的来客〉译后附记》，1920年4月《新青年》第7卷第5号。

的文章。"① 胡适对短篇小说的定义，不一定准确，但他抓住了现代小说的关键：由写一个完整的故事，到写一个横截面，并赋予这个横截面以充分的意义。胡适之后，瞿世英对小说结构进行了更为深入的研究。他把布局分为"自由的"与"有机的"、"单纯的"与"混合的"几种。"自由的"是指"一件故事是许多不相连接的事情合成的，其统一不是靠动作乃是靠这小说中的主人公，以他为中心，他将一切分立的分子结合起来，这样的小说在事实只是一人一生的经历的历史"。"有机的"是指小说中"人物和事情各有其适宜的地位，不能改变，全文趋向一个结局，结构极其严密"。关于这两种布局的优劣，他的看法很辩证："若要说有机的布局在艺术上比自由的布局好，便是大错。况且有机的布局，组织严密，或者更不自然些。"② 比起胡适，瞿世英的结构观念显得更为合理和科学。

一般来说，现代小说新质的产生都需要对传统小说加以继承、转化、批判。在小说结构观念和结构方式发生转换的过程中，现代小说家在对旧思想和旧形式进行全面批判的同时，也从西方学来了新的小说结构样式，并应用于创作实践中。比如鲁迅的短篇小说《药》，由"买药"、"吃药"、"谈药"、"上坟"等几个片断组成。一反中国传统小说的结构模式，不讲求完整的故事，不追求"大团圆"结局，片断之间的串联也呈现出思维的跳跃性。不讲究环环相扣、因循发展，而是靠时空推进故事。如小说的第四节，一下子跳到第二年清明，通过两个老妇人的上坟，激起人们对命运的反思。郁达夫也努力打破传统小说的结构模式，创造符合自己才情、反映自己创作个性的结构形式。他的很多小说，不追求曲折的情节和周密的构思，却努力写出自己个人的情绪流动和心理的变化，仿佛是靠激情、靠才气信笔写去，松散粗糙在所不顾，只求抒情的真切以成情感的结构。让人很怀疑他是否经过精心剪裁就完成了小说创作。比如《沉沦》，整个作品除了用过一次倒叙笔法外，几乎全是按照时间顺序来抒发人物的情感，也没有刻意营造故事氛围，主人公的情绪波动就是小说情节进展的动力。正是以《沉沦》为起点，郁达夫逐渐形成了他在小说结构上的独特风格——以感情代替故事作为结构线索，布局相对简单，只以人物的情

---

① 胡适：《论短篇小说》，1918年5月《新青年》第4卷第5号。
② 瞿世英：《小说的研究》，1922年8月《小说月报》第13卷第8号。

绪变化或者作者的情感抒发为安排材料的依据。像他其他的作品《迟桂花》、《春风沉醉的晚上》、《青烟》等，都属于这种结构类型。可以说，郁达夫的小说，在结构形式上与传统小说大相径庭，它淡化了小说的故事因素，强化了情感在小说中的地位，并开启了"五四""主情"小说的一脉。因此有人评价说，"不仅增强了小说的抒情、写意功能，而且刷新了人们对小说结构的认识"。①

总之，以鲁迅为代表的新文学家，在结构形式上不断探索，开辟了中国小说艺术的新天地，这些具有"新形式"的小说，代表了"五四"时期小说结构观念的创新，它使小说能以更丰富的形式，反映现代人对生活的感受、理解和认识。也在很大程度上影响了作家思维方式的变化，改变了人们对小说文体的整体认识。尤其是对小说结构功能的发现，不仅使结构成为小说的主体性因素，而且使传统小说绝处逢生，把小说理论的重心转向了文体的革新和开拓。②

"新时期"之初的大多数小说仍然是借助情节模式来组织其结构框架。为宣泄郁积已久的情感，一些作家编造了离奇曲折的故事。如以《伤痕》、《大墙下的红玉兰》、《乔厂长上任记》等为代表的"伤痕小说"、"反思小说"和"改革小说"，大都采用了引人入胜的情节；小说结构将事件纳入线性时间的轨道，赋予它因果式的逻辑解释，小说中的世界因此而变得井然有序，并且很自然地同进化论、决定论、历史进步论等社会思想及历史观念联系在一起。不过在当时，也有不少作家开始尝试新的小说结构模式，如刘心武的《钟鼓楼》，以"花瓣式"、"剥橘式"结构，向读者展示了当代北京市民的生活图景，并在展示中追求生活的自然流动；茹志鹃的《剪辑错了的故事》，则以时空交错的手法，在平行的两个层面上展开故事情节；等等。

当社会情感的释放告一段落，人们开始冷静地整理"现实"与"历史"，加之西方小说思潮的冲击，一些作家开始如此思考：单纯的小说情节模式与博大的世界之间是否存在差距？在情节模式环环相扣的因果链条之外，小说是否遗落了丰富的生活意蕴和广阔的内心图景？

---

① 何永康主编：《二十世纪中西比较小说学》，江苏教育出版社2006年版，第103页。
② 参见何永康主编《二十世纪中西比较小说学》，江苏教育出版社2006年版，第103—104页。

意识流小说的结构模式，首先送来了"异质"的启示。

在中国当代文坛，王蒙是最早尝试运用"意识流"方法结构小说的作家，"也许是出于对当时滞重程式的传统手法的反叛和义愤，这类小说一出场，就带有浓烈的异域色彩……这对于冲破当时艺术观念的厚重樊篱是重要的"。[①] 1979年至1984年间，王蒙先后发表了《春之声》、《夜的眼》、《海的梦》、《布礼》、《蝴蝶》、《风筝飘带》和《杂色》等作品，被称为意识流小说的"集束手榴弹"。这些作品的主题虽然紧紧围绕现实，但艺术方法却不同于传统的现实主义。明显的标志就是，不再以外部故事的进程为小说的结构线索，而是以人物的内心活动、意识跳跃、心理背景为结构纽带和表现空间，这就使小说创作获得了前所未有的叙述自由和广阔领域。王蒙曾经说，自己要写的是人物的"心理活动的历程"，写"正在进行式的思索"，写"人的主观感觉"。他还说："人物的心灵，方寸之地，非常之小，但是它容纳的东西很多，它能够有大的跨度，而且能够重新加以排列组合"，靠的就是"心理活动的结构"。这个心理活动结构正是意识流小说的结构方法，与20世纪西方小说的结构方法遥相呼应。如小说《春之声》，以物理学家岳之峰出国考察归来，又搭车返回家乡探亲路上的所见所闻引起的感受与回忆为线索，表现80年代初期中国贫困而又充满希望与生机的新面貌：随着"闷罐子车"车门"咣"的一声关闭，眼前一片杂乱和拥挤骚动的景象与主人公脑海里浮现出来的国外的高楼大厦、高速公路等现代化景观形成了鲜明对照，让岳之峰心潮翻腾，难以平静；破旧拥挤、空气浑浊的车内，喧闹的说话声、叫卖声与广播里播放的《春之声圆舞曲》的声音互为映衬，这一切促使主人公脑海里不断闪现着中国与外国、历史与现实、愿望与实际之间的交错对比。兴奋与忧患、信心与沉思交杂，成为此时主人公矛盾复杂的心理背景……这篇小说生动地概括了20世纪80年代初期中国社会典型的时代景观和社会心理特征。它以准确的直觉感受，传达出一个富于时代感的主题：漫长的冬天已经过去，春天已经降临。

王蒙的另一部小说《布礼》也是比较典型的意识流小说。作者把社会生活中所发生的重大事件的时间交错起来，按照人物的内心活动和意识流动重新组合，侧重表现主人公心理活动的历程：先是映现出1966年6

---

① 宋耀良：《意识流文学的东方化过程》，《文学评论》1986年第1期。

月主人公钟亦成被戴红袖章的年轻人打得失去知觉的画面,接着,扣住钟亦成在"快要失去知觉的一刹那"所产生的幻觉,把画面切换到1949年1月的"神圣"年代——当时也是虎气生生的年轻人的钟亦成与恋人凌雪互致"布礼"的感人情景;而后,小说又把历史画面剪断,重新接续上现实生活的镜头——钟亦成下意识地举起手向红卫兵小将"致以布礼"……这种按照人的心态意识的轨迹,对时空进行切割和重新组合的叙述方法,在一定程度上适应了表现大的时空跨度、广阔的社会背景和三十年间人的心灵裂变的要求,使作品具有明显的现代叙事特征。此外,宗璞的《我是谁?》和《三生石》、谌容的《人到中年》、李国文的《月食》、张洁的《爱,是不能忘记的》、张贤亮的《灵与肉》等,均采用了"意识流"手法,这对于催生新的小说形态,都有很大作用。

80年代初期王蒙等人的小说实验可以视为当代作家文体意识的觉醒,标志着小说形式美感的再度萌生。在当时,王蒙还设想小说写作的语言形式应该是以多方面、多角度、有韵味的描写和叙述去消解主流话语的单调和图解等弊病。这就为立体语言形式的创造提供了可能,即"那种纯粹的、富有色彩和旋律感、节奏感的语言,那种诗的、哲理的、言外有言的语言,……我喜欢那种比较自由、不受拘束、相当解放的文体,我希望把小说的题材、手法、结构、文体搞得更宽一些,更活一些,匠心是没有丝毫匠气的匠心"。①

接下来,一批更年轻的作家自觉地加入了借鉴"现代派"小说的行列。其中,邓刚的"象征主义",扎西达娃的"魔幻现实主义",莫言的"新感觉主义",韩少功的"荒诞"与"变形",都为小说创作注入了新的活力。小说在时空转换、叙述速度、心理时空系统等方面都采取了切合读者阅读审美需要的姿态,加速了小说观念的革命性转变。而刘索拉、马原、余华、洪峰、格非、孙甘露、苏童等,在小说结构方面所做的种种现代性革新,同样不乏启迪和建设意义。他们的共同努力促成了80年代中后期"现代主义"小说的创作高潮。

如果说,意识流小说的结构模式仍然承载着某种"意义",那么,到了先锋小说家的笔下,结构本身已具有本体论的意味。叙事游戏对整体性的消解,完全破坏了时间的连续性,因果律、必然律遭到彻底颠覆,"空

---

① 王蒙:《漫话小说创作》,上海文艺出版社1983年版,第36页。

缺"和"重复"成了重要的叙述手段。所谓"空缺",就是在故事发展的必要环节上,作者有意识地忽略、隐匿故事因素(诸如人物或人物关系,事件的起因,过程或结果等),造成发展线索的中断,从而拆解常规性的因果故事链与封闭的情节结构线索。在"空缺"之处,往往关系到小说的关键点,并造成读者理解的歧义,甚至会从根本上改变故事的常规语义,进而否定了自身。

先锋小说中最典型的"空缺"设置,当数格非的《迷舟》和《敌人》。《迷舟》叙述由于一次偶然的事件使得军人萧丧生并导致战争局势的转变,在整个叙述中,"萧去榆关"无论是在战争线索还是爱情线索上,都占据高潮地位。但是,它被省略了。于是在情节发展的高潮与转折点上出现了"空缺",出现了小说结构的"断裂"。"萧"的死亡,又造成了这种"空缺"和"断裂"向着根本性的缺乏演变,最终,整个故事的解释矛盾重重。《敌人》叙述了对历史上的一次家族火灾原因的查找。主人赵少忠尽其一生查找家族火灾的原因,企图填补那个历史的"空缺","空缺"非但未能补上,而且填补的过程又带来了新的"空缺"和"迷津"——家人莫名其妙的死亡和失踪。

如果说,叙事的"空缺"或情节的"断裂"造成了故事线索的突然中断或障碍,形成了阅读与接受上的"空白"与"谜团",那么,"重复"与"循环"叙事所造成的迷惑更是有过之而无不及。"重复"和"循环"往往将整条叙事线索变得游移不定,使故事失去了现实性基础。"重复"本是一个修辞学概念,在现代叙事学中被移用为一个重要的叙述概念,即指同一事件的重复性叙述,以及性质类似事件的反复发生。格非的《褐色鸟群》,是重复叙事的典型例证。这篇小说所包含的事实因素非常简单,即"我"向一个叫"棋"的女人,讲述同一个穿栗树色靴子女人之间的若即若离、如梦如幻的关系。但是,小说的结构形态却失去了模拟现实的历史性时间线条和立体性的空间感,失去了情节结构的秩序感,变成了无论因果、不辨虚实、互相缠绕的圆圈。因此,它改变了以逻辑关系推进情节发展的线性结构,呈现为情节相互缠绕又相互矛盾的迷宫式的结构形态。同重复叙事一样,循环叙事也是先锋小说挑战传统结构的策略之一。譬如余华的《活着》,叙述福贵亲人的一系列死亡事件,虽然在时间线索上来说,这些死亡事件有先有后、连续发生,但每一个人的死亡都不是他人死亡的原因或结果,不可能构成他人死亡的叙述动力;而真正的叙述动力,却是死神的不停光顾,是死亡本身的不可预料和不可避免。

当先锋小说激进的结构实验遭到读者拒绝之后,"新写实小说"则以面对日常生活本身的"生活流"结构模式,重新靠向了大众的阅读经验。"生活流"结构,不仅在叙事经验上向普通市民的日常生活形态靠拢,而且在日常经验的组织方式上也向生活形态靠拢。叙事在线性的时间坐标上被铺陈、展示,经验与经验之间,事件与事件之间,没有被赋予一种形式逻辑的阐释框架。典型的作品如池莉的《烦恼人生》、《冷也好热也好活着就好》、刘震云的《一地鸡毛》等。1987年,当池莉的《烦恼人生》在《上海文学》发表时,该刊《编者的话》介绍道:"这部小说的特点是它那完全生活化的尾随人物行踪的叙事方法;它那既有故事、又没有故事模式,让主人公面对实际生活中大量存在的机缘、偶遇、巧合自由行动,因而就像植物的生长发育那样,不是预先定型而是逐渐定型的结构形态;它那接近于提供生活的'纯态事实'的原生美;它那希望由读者自己面对作品去思索、去作判断的意愿。"小说《冷也好热也好活着就好》同样是"生活流"的结构模式,作家似乎是随着"猫子"的行踪,事无巨细地记录他的所作所为,真切地展示了芸芸众生的生存状态。刘震云的《一地鸡毛》则叙说"复杂得千言万语都说不清的日常身边琐事",以生活流式的叙事结构展示主人公小林窘困的生存状态。在"新写实小说"的结构形态中,"不重情节结构的过分戏剧化,而重叙事方式的完全生活化;不重情节间的因果逻辑关系,而重生活的'纯态事实'的原生美;不重故事情节的跌宕曲折,而重生活细节的真实生动"。[①] 它所依据的结构原则主要是时间关系而非因果关系,这种"生活流"式的叙述无疑包含了对传统情节结构、人为地编织故事、并赋予它以因果解释的哲学思维方式,以及相关的进化论、决定论等思想观念的怀疑与否定。

总之,当代小说的结构模式相对于传统小说呈现出多样化的特征。结构特征不仅是作家感知世界方式的外化、符号化,而且同具体的文化语境相联系。情节结构作为一种最流行也最成熟的文本结构形态,已被广泛地指认为传统。而对于现代人来说,小说结构更有理由被称为一种抽象和变形的原则,因为生活经验往往表现为散乱无序的状态,而不是像情节结构所表明的那样井然有序和有因有果。但是,作为一种能有效地组织生活经

[①] 王铁仙、杨剑龙等:《新时期文学二十年》,上海教育出版社2001年版,第296页。

验，并直接传达鲜明意识的结构模式，它成为政治意识、历史意识、道德伦理意识的有效载体，成为意识形态运作的优势文体。"生活流"和"意识流"等小说结构的出现，意味着作家在文学观照、把握生活和自身时，弱化了观念和抽象的思辨性准则，小说文本出现了经验论趋向。这种文本结构，固然可以避免观念性写作由于"独白"所造成的文化及意识形态的单一与僵化。但是，由于缺乏主体性的文化立场和价值判断，这种"个体经验"成为小说创作的新式图腾。而先锋小说的叙事策略，旨在打破故事的因果关系，消解事物的逻辑性、统一性和整体性，并进而颠覆传统的历史文化观念和思想结论，它在哲学观念上指向了虚无。因此，在审视先锋小说结构模式探索性、前卫性与创新性的同时，不能不警惕它在文化上、精神上的消极影响。

第三节 关于"叙述视角"

叙述视角也是个值得探讨的问题。所谓叙述视角（the point of view）的意思是叙述者在叙述故事时所持的方式，它反映了叙述者同他所讲述的故事之间的位置关系，从而决定了事件的被叙述区域和层次。在西方，叙述角度早已引起了作家们的注意。亨利·詹姆斯是西方叙述艺术的重要创新者之一，他提醒人们，现实是无限的，而视角是有限的。此后的理论家都倍感叙述视角的重要性。赫斯·凯伦·马蒂森的叙述观点类型划分、热拉尔·热奈特的叙述焦点类型划分，都代表了理论研究的深入和精细。亨利·詹姆斯在创作实践中也迈开了脚步，他的作品《梅瑟所了解的》缩小了叙述视野，展示梅瑟这个小女孩的观察和她天真无知的意识流动的现象；乔伊斯的《芬尼根的觉醒》也在探索中走向叙述艺术的迷阵。20世纪50年代的法国"新小说"走得更远。由对叙述视角的探索，深入到对作品中一切主观色彩的驱逐，要求作家不带任何主观色彩地表现事物的客观性。随着叙述艺术的探索，要求作家完全退场，有意义的艺术性拓展也演化成为翻新而翻新的圈套。

选择什么样的叙事视角，不同的时代往往有不同的方式。"五四"时期，各种西方的文艺思潮传入中国，出于建设"新文学"的需要，西方的叙述观点及相关理论，也被不少新文学家、理论家引进并介绍，如郁达夫、孙俍工、夏丏尊等人。比起思想意识、创作方法等方面的借鉴与引进，叙述观点理论的介绍是一个薄弱环节。而能剖析西方理论，并能提供使中国文学在叙述方面产生变化的有益理论，更是少之又少。可是，就是在一无理论准备、二无先例借鉴的情况下，新文学家刷新了中国文学的思想内涵和叙述模式。最有代表性的当然首推鲁迅。1918年乔伊斯创作《尤利西斯》之时，鲁迅就以第一人称限制视角的方式创作了白话短篇小说《狂人日记》，开创了中国现代小说创作的新纪元。《狂人日记》采用西方意识流手法，以一个患有迫害狂的精神病患者对周围的事和人表现出的错觉，刻画现实生活中真实的狂人形象，整部作品具有浓厚的象征色彩。《狂人日记》曾因其"'表现的深切和格式的特别'，颇激动了一部分青年读者的心"。[①] 所谓"表现的深切"，指的是它以反封建的精神直指人的现代觉醒和国民灵魂的改造，第一次明确地提出了人的命运、人的解放等具有现代性的主题；而"格式的特别"，则是指小说的现代性技巧、现代艺术品位等。在叙述角度上，《狂人日记》改变了传统小说的单一模式，不再局限于全知全能的第三人称叙述，而是尝试第一人称、抒情独白体、双线结构等。后来，鲁迅的小说创作一发而不可收拾，围绕着中国人如何才能争到"人的价格"、如何才能获得真正的"人的解放"这个主题，从中国传统文化层面进行深刻解剖，并上升为对整个人类命运的哲理性思考。[②] 他的小说具备现代小说的艺术品格：现实主义与现代主义的结合，象征主义的出色运用，典型人物的塑造，尼采等为代表的现代西方文化哲学和弗洛伊德等西方现代心理学说的渗透，内心独白、心理分析、感觉印象等诸种意识流手法的交相并用，故事情节的淡化与人物形象的多面性，小说的"复调"品性，以及既不离开现实主义的塑造典型环境中的典型人物的原则，而又能够缩小光圈，延长景深，对准人类灵魂深处摄像的与陀思妥耶夫斯基相一致的"最高意义上的现实主义"[③]……鲁迅以《狂人日记》、《孔乙己》、《故乡》、《示众》、《药》等小说创作的丰厚实

[①] 鲁迅：《且介亭杂文二集·〈中国新文学大系〉小说二集序》，人民文学出版社1995年版，第20页。

[②] 臧恩钰、李春林：《论中国现代小说的创型与演进》，《辽宁教育学院学报》1996年第2期。

[③] [俄] 陀思妥耶夫斯基：《我》，见《陀思妥耶夫斯基论艺术》，冯增义等译，漓江出版社1988年版，第390页。

绩，不但奠定了在中国现代小说史上不可替代的霸主地位，而且给其他作家树立了现代小说的优秀样板；加上陈独秀、周作人、沈雁冰、郑振铎等对现代小说理论的积极倡导，旧小说的创作模式被抛弃，新的小说艺术风格在创作实践中得以不断完善、创新，带来了现代小说的空前繁荣，并成为中国小说走上现代化进程的重要标志。

现代小说最初的作家大都是采用第一人称来写小说。在很长一段时间内，以"我"为焦点人物的第一人称叙事方式及其变种日记体、书信体小说大量涌现。如郁达夫的《迟桂花》、《茑萝行》，冯文炳的《竹林的故事》、《柚子》，郭沫若的《残春》、《落叶》等。其他一些作家，如叶灵凤、王统照、庐隐等，也在作品中运用第一人称手法。许多作品的"我"既是叙述者，也是人物角色，小说往往以"我"为叙述焦点展开透视，"我"叙述自己的故事和内心真切的感受；小说叙述的过程与"我"的感受紧密相连。这样的视角便于作者准确地表达自我感受，同时，也因为感受的丰富性而获得了审美表现的自由与灵活。比如《柚子》，回忆了"我"与表妹之间两小无猜，但终因祖母为"我"另缔婚约，棒打鸳鸯。小说对旧式婚姻制度的怨恨式表达，因为采用了第一人称"我"来叙述而更加深切。《迟桂花》讲述"我"和翁则生兄妹短暂的交往，因为是讲"我"自己的事情，所以，小说中"我"对翁则生之妹"莲"的感情描述，就更细腻动人。尤其是"我"对"莲"产生"邪心"之后的一段复杂心理，描写地真实感人，传达了一个情欲骚动的青年内心的悔恨和对纯洁心灵的向往。虽然郁达夫本人曾给该小说作附注说，"这小说中的人物和事迹，当然都是虚拟的，请大家不要误会"，但第一人称叙述手法确实增加了故事的可信性。

第一人称的运用摆脱了传统全知全能叙事的格局，成为现代小说艺术探索的标志之一。此外，第三人称限制性叙事也在小说中出现。如郁达夫的《沉沦》，以一个日本留学生的视角，叙述"他"在日本的所见所闻。小说中人物和场景都没有越出"他"的视野，这是典型的限制性叙事视角。鲁迅的《示众》、《肥皂》，施蛰存的《春阳》，沈从文的《薄寒》，凌叔华的《酒后》、《再见》，也有意识地运用了这样的叙事方式。

对第三人称限制视角运用的最具创造性的还属鲁迅。他不仅成功地驾驭了第三人称限制叙事视角，保持了小说文本整体上的叙述风格；同时，还创造性地在多视角之间转换，扩展了小说的艺术表现和审美功能。所谓多视点的限制视角，就是由几个人物分别承担叙述任务，形成移动和交叉的叙述角度。《离婚》的前半部分以庄木三为视角，而后半部分以爱姑为视角；不同的视角，不同的场面和感受，立体化地展示了"离婚"这个事件。《药》则在三个不同视角之间转换，第一个是华老栓，他眼里只有洋钱和人血馒头，因此，他所见到的也就是"颈项伸得很长，仿佛许多鸭，被无形的手捏住了的，向上提着"的无聊看客；第二个是茶客，他们的兴趣在千方百计打听杀人故事，因此刽子手康大叔是他们的焦点；第三个是两位母亲，母亲关心儿子，所以有了最后的"坟前相遇"……三个视角的交互运用，展示了三种的生活层面和心态，如一把三角锥深深插进中华民族愚昧的国民灵魂，表达了作者深沉的忧患意识。另外，台静农的《拜堂》也选择了三个不同的视点：以汪二为第一视点，以汪大嫂为第二视点，以汪二爹为第三视点。通过叙述角度的不断变化，立体式地呈现汪大嫂改嫁二叔一事在全家人心灵中的反应。这种多视点叙述，类似于乔伊斯的《尤利西斯》和福克纳的《喧哗与骚动》，既让我们感觉到叙述者较为客观的态度，也让我们感觉到新鲜和立体的现实生活。

当然，不管是第一人称叙事还是第三人称限制视角，那时候都还处于探索阶段。一些作家在叙事视角的运用上比较混乱。在理论观念上，对叙事视角的运用也有不同理解，甚至很多作家不了解，或者不重视小说叙述角度和叙述理论，限制性的小说叙述，常常受到"全知式"叙述的干扰。如有学者指出：在"五四"作家创作的短篇小说中，"常能发现叙述者不自觉的'越位'——在严格的第三人称限制叙事中，夹入一两段全知叙事。最常见的破绽是作者既选择甲为视角人物，又突然跳出来分析乙的内心活动，破坏了视角的统一"。[①] 这在一定程度上反映了当时小说创作观念的滞后。今天看来，由于理论建构的不足，中国现代小说对叙述角度的要求不够自觉和严谨，根本无法与系统全面、深入细致的西方叙事理论相比。但是无论怎样，对叙述人称和视角的重视，反映了"五四"作家们对小说革新的自觉追求，标志着现代小说创作观念的初步形成，在创作实践和思想观念上具有划时代的意义。

陈平原在《中国小说叙事模式的转变》中把叙述视角类型归纳为三种："全知叙事"、"限制叙事"、"纯客观叙事"，同时指出，这种大致的

---

① 陈平原：《中国小说叙述模式的转变》，北京大学出版社2003年版，第91页。

划分只是"取其大略",是为构造文本的理论框架,而不细究它们之间的区别。本书在阐述80年代小说的叙事视角时,也大致采用陈平原的说法。这样做只是出于一种策略性的考虑,事实上在纷繁复杂的小说文本中,这三种视角显然无法涵盖多种多样的小说现象,而且在同一文本中往往还存在许多"视角转换"和"视角越界"现象。

一般来说,"全知视角"没有固定的观察位置,"上帝"般的全知全能的叙述者可以从任何角度、任何时空来叙事:既可以高高在上地鸟瞰全貌,也可以看到在其他地方同时发生的一切;既对人物的过去、现在和未来了如指掌,又能随意透视人物的内心世界。"全知视角"中的叙述者往往就是作者本人,或充当作者的代言人,不管是采用第一人称叙事还是第三人称叙事,在整个叙述过程中,从观念到行为、从个体情感到理性判断,都体现和反映着作者的立场、情感和意愿。20世纪80年代以前的当代小说创作,主要采取的就是"全知视角"叙事。那时候,曾亲历"文革"灾难的作家们在重返"现实主义"的呼声中,每个人心目中都有明确的揭露、控诉对象,加上特有的文化氛围的影响,他们很自然地选择了传统的"全知视角"来表达他们对已经逝去的历史的认识和把握。叙事者像"上帝"一样洞察一切、通晓一切,他超越于故事和所有人物之上,对作品中发生的每一件事的来龙去脉都一清二楚,对作品中每一个人物的命运都了如指掌。如刘心武的短篇小说《班主任》,全知全能的叙述人高高在上,不仅审视班主任张俊石的外表和内心世界,而且通过张俊石这个班主任的眼光,来审视学生宋宝琦、谢惠敏的心灵世界。如果说,在审视张俊石时,全知叙述人与张俊石是分离的,那么,在审视谢惠敏、宋宝琦等人时,则重合在了一起。还有蒋子龙的《乔厂长上任记》、从维熙的《大墙下的红玉兰》、高晓声的《陈奂生上城》、张一弓的《犯人李铜钟的故事》等,采取的都是全知叙述人的叙述视角,叙述人全部大于人物所看到的、所想到的。在这一阶段的小说创作中,"全知视角"往往是和"宏大叙事"联系在一起的。作为一种主体性高扬的叙事,全知叙述人被定位在国家、民族、集团和他们观念及信仰的"代言人"这一"大我"的社会角色上。他自信掌握着解释现实和历史的密码,是历史和世界的知情者,解释世界、演绎世界的冲动,使他"外在于"、"高于"小说世界及其笔下的人物,把自己视为民众的"代言人",是一种典型的权威话语的外在呈现。

再来看看"限制叙事"。在"限制叙事"中,叙述人采用非全知的限制性叙述视角进行叙事;作者从作品中自觉隐退,并与叙述者分离,不再直接介入作品对人物和事件做主观性的认知评判,而是以"隐含作者"的身份对文本进行隐蔽地操纵与评价,为读者留下充分的自由想象空间。纳塔丽·萨洛特在《怀疑的时代》中曾写道:"现在小说的主要问题在于从读者那里收回他旧有的贮存,尽一切可能把他吸引到作者的世界中来。为了达到这个目的,把第一人称的'我'作为小说的主人公,是既有效又容易的方法。无疑也是出于这个原因,小说家经常采用这种写作方法。"[①] 萨洛特把"限制叙事"推到了本体论的位置,可见"限制叙事"对于小说艺术的革新具有不可忽视的意义。

具体地说,在"限制视角"叙事中,不管是第一人称还是第三人称,作者往往在小说中虚构另外一个叙述者,由他主动承担叙述的功能,使整个叙述保持在冷静客观的分析层面上,以保证所叙之"事"的本来面貌。叙述人被安置在某一局部位置,其叙事视角和范围受到严格的限制,只能以目击者的亲身经历和感受者的亲身体验,来表达作家对客观世界的认识、感受、思考和领悟。在当代小说中,最具代表性的限制视角叙事是80年代初期的王蒙的意识流小说。在他的《春之声》、《蝴蝶》、《杂色》中,叙述者借助于某个人物(岳之峰、张思远、曹千里等)的眼光和心理流程来控制叙事层面,向我们转述主人公的心理感受和心路历程。如《蝴蝶》中,叙述人只能细致入微地描述主人公张思远30年来的命运和内心隐秘,一旦涉及秋云、海云等人物的心理活动时,他就不得不凭借自问、猜测和感觉来传递不确定性,小说中经常出现这样的句子:"而他在海云的眼里呢?也许愈来愈显得冷酷。"这显然和上面所谈到的权威性的"全知视角"叙事大不一样。相比而言,"限制叙事"反倒比"全知叙事"更具有说服力。

从王蒙开始,"限制视角"叙事几乎成了当代小说叙事的主流。后来,谌容的《人到中年》、李国文的《冬天里的春天》、张承志的《金牧场》、陈建功的《飘逝的花头巾》、史铁生的《我的遥远的清平湾》等小说,都采用了"限制视角"叙事。在"限制视角"叙事中,叙述人就整

---

① [法]纳塔丽·萨洛特:《怀疑的时代》,崔道怡主编《"冰山"理论:对话与潜对话》,中国工人出版社1987年版,第564页。

个小说而言，是"个人化"的。叙述人的社会角色、集团角色被置换为个体角色，叙事焦点瞄准的是个体的心灵世界，是一种内敛式的叙事模式，"内心独白"、"心理分析"、"感官印象"等表现技巧成为叙事的主要范畴。因此，"限制视角"在叙事人称、透视关系、文化定位和道德立场上均具有突出的"个人化"色彩；在价值选择上也往往是"个人化"的。这给小说创作带来的突出特征是，小说写作成为真正具有"个人化"特征的创造性活动，价值判断也因此具有"相对性"。但需要指出的是，王蒙、张洁、张承志、谌容等人的小说，虽然采用"限制视角"叙事，但叙述人转述的经验仍然是社会历史在心灵上镌刻的密码，而对心灵的本体性、独立性的探讨尚未展开。因此，从根本上说，这种"限制视角"是方法论的，不是本体意义上的。就叙述人的叙事立场而言，替社会"载道"和"代人民立言"仍是他们的主要信念；小说承载的仍然是人物心灵中的社会记忆和历史记忆的理性传达，"记忆"和"幻想"仍然承载着"宏大叙事"的观念意义。批评家用"东方意识流"来指称王蒙等人的小说，以与伍尔芙、乔伊斯等人的小说相区分，关键就在于此。

　　作者一旦与叙述者分离，将会产生无限叙事的可能性。在叙述者人称机制的选取方面，叙述者有时候以第一人称的面目出现，但它绝不是作者，只是作者为了创造强烈的真实效果虚构出来的。这里存在两种情况：第一，叙述者在作品中以旁观者的身份出现，只承担叙述的功能，整个叙述行为便在"我"的所见所闻中展开，但"我"对一切都不做主观上的评价。布斯在《小说修辞学》中称其为"非戏剧化叙述者"。具体地说，武汉女作家方方的《风景》就是很典型的例子。这篇小说的叙述者被设置为一名死者，即那个夭折的小儿子——"我"，由死者的视角来讲述生存者卑微粗鄙的生存故事，整个叙述在死者的眼中展开。但是，"我"只是故事的旁观者，始终维持着冷静、客观的叙述基调，给读者以内在的心灵冲击，造成冷漠、残酷的美学效果。第二，叙述者不仅承担叙述的功能，同时又作为作品中一个人物，而且同作品中的其他人物一样生动具体，有独立的言行与思想观念。布斯称这类叙述者为"戏剧化叙述者"。整个叙事不仅于"我"的所见所闻中展开，而且常受到"我"的思想观念的控制。这种叙述方式能造成非常强烈的逼真感，在我国当代小说中也极为流行。如阿来的《尘埃落定》，小说叙写的是20世纪上半叶一个藏族贵族家族的衰颓与灭亡，并借此展现了在历史衰颓过程中的藏族贵族家庭的个人命运与风俗世情。小说的故事叙事者"我"是一个充满理想主义的"傻子",同时也是作品的主要人物——藏地麦其土司家的二少爷。"我"经常以"大智若愚"的口气叙述看到的一切:战争、灾难、情欲、家族的毁灭等。所有的事件都带有强烈的个人化色彩,比如对"抗日战争胜利"这一历史事件,"我不知道这一年是哪一年,反正是在一个比往年都热的夏天"。历史事件的重大意义被个体的生命体验所代替。小说最后悲怆的个人"感觉"中结束:在"我"目睹了黄师爷被杀和一些土司"俯首倒戈"的颓败景象后,"我"已经洞悉了"红色政权"下土司制度尘埃般的命运,"我"不再相信"美好前景"的承诺,宿命般地接受了被复仇者杀害的结局。

更为普遍的是第三人称限制性叙事视角,叙述人聚焦于故事中某个人物身上进行替代叙事。它用一种极为冷静的、几乎是纯客观的叙述态度进行叙述,作者不参与文本中进行评论,也不外加哲理、寓意和象征,是真正意义上的"按照生活的本来面目再现生活"。比如我国20世纪80年代出现的"新写实小说",它们用极为冷静的叙述将日常生活的琐碎与人们麻木的心理状态真实地展现了出来。池莉的《烦恼人生》,以工人印家厚的视点叙述他一天的生活和心灵波动,他灰色的日常生活与心灵中残存的梦想构成了小说的叙事动力。这种叙事实际已放弃了作为知识分子叙述人的自我张扬和裁判的权利,自觉认同了人物的灰色人生价值观。另外一篇小说《不谈爱情》采用的也是限制视点叙述,聚焦人物一个是来自知识分子家庭的庄建非,另一个是来自小市民家庭的吉玲,作品中对爱情神话的颠覆,形成了对知识分子价值理想的一种彻底解构。而在刘震云的《单位》和《一地鸡毛》中,年轻的知识分子小林作为限制视角的聚焦人物出现,使知识分子叙述人在文本中缺席,造成了知识分子文化和精神立场上的退却。对此,有些批评家提出指责,认为是作家本人责任感及使命感的缺席导致作品的叙述冷漠。我们却相信,在极为冷静的叙述背后,是作家本人对存在状态的深层思索。只有对民族的历史现状和未来命运极其关怀且怀有深厚感情的人,才能如此洞察生活,才能对具体的存在状态进行如此客观的反映。

当代小说本体意义上的"限制视角"叙事,出现在陈染、林白等女性作家以及韩东、朱文、张旻等"新生代"作家笔下。在他们的作品中,主观化和个人化的叙事立场日渐显现,主张心灵与肉体的双重独立的人文意义受到充分重视。女性作家采用"限制视角"叙事，使叙事深入女性隐秘的内心体验和生理感受，如徐小斌的《迷幻花园》、《双鱼星座》、陈染的《嘴唇里的阳光》、《在禁中守望》、林白的《守望空心岁月》和《回廊之椅》等。正是由于"限制视角"的第三人称叙事，使文本充满了迷幻色彩，读者阅读文本就像走进了"迷幻花园"，女性的生命体验在"迷幻花园"深处灿烂地绽放。她们以这种极其个人化的叙事方式，实施颠覆男权理性叙事的叙事策略，客观上也使长期被男权叙事湮没的女性叙事立场得以确立。

"新生代"作家在确定作者与故事之间的关系时，也常采用第一人称"我"的限制视角叙事。当然，小说在本质上是一个虚构的存在，一般来说，小说中的"我"泛指某个特殊角色，并不指创作主体。但在"新生代"小说中，"我"与作者本人在很大程度上是同构的，叙述视角回到了创作主体的审美视阈中，如邱华栋的《哭泣游戏》、《城市战车》、《把我捆住》、《时装人》等，小说中千变万化的"我"，几乎都是具有相同社会身份和心理感受的单一角色；朱文的《食指》，以真实的姓名造成强烈的纪实意味。叙事人与作家的重构，使他们在叙事中能更加方便地切入自己的内心状态，让话语自由地穿梭于文本与创作主体的心际之间，在一种不留痕迹的双向游离中让叙事拥有更为广阔的心灵表达空间。同时，这种叙事因为深入个体的心灵空间，而彻底消解了"宏大叙事"的话语形态，使远离激情与梦想的"个人化"经验叙事凸显。因此，在"限制视角"的叙事中，世界是多元的，存在多种多样的价值判断，个人体悟和个人经验偏重强调的是个体的文化理念和价值规范。

所谓"纯客观叙事"，按照陈平原的理解，就是"叙述者只是描写人物所看到和所听到的，不作主观评价，也不分析人物心理"。[①] 叙述人不仅无法把握这个充满偶然性的世界，无法理解他所看到的和正在发生的事件；而且也无法对自己的参与和经验做出明确的解释。"纯客观叙事"在法国"新小说"派代表人物罗伯—格里耶那里得到大力倡导。罗伯—格里耶就反对利用人的观点去描写现实，要求完全抛弃人为因素的介入，不带任何主观色彩地表现事物的"纯客观"的存在。他说："至于在我们的作品中，相反，只是'一个人'，是这个人在看、在感觉、在想象，而且

[①] 陈平原：《中国小说叙事模式的转变》，北京大学出版社2003年版，第63页。

是一个置身于一定的空间和时间之中的人,他受到感情欲望支配,一个和你们、我一样的人。书本只是在叙述他的有限的、不确定的经验。"① 在他的代表作《嫉妒》中,叙述人就采取了这样一种"纯客观"视角。中国当代作家虽然并未在理论上公开提倡这种叙事规范,但是,在写作实践中大都有意无意地采用了这种外聚焦的客观视角。如冯骥才的小说《高女人和她的矮丈夫》,以团结大楼的居民的视角为观察点,描写一对外形高矮不协调的夫妻的生活和命运,外部的行为遭际是看得见的,可是人物的内心活动、感情世界则是隐秘的。这种外视角的选择,使小说获得了广阔的想象空间,造成了"此处无声胜有声"的效果。较为特别的,还有"意象小说"、"先锋小说"中的一些文本,也采取了相对客观的叙事视角。如莫言的《球状闪电》、《金发婴儿》,何立伟的《白色鸟》等,纯客观视角叙事使叙述人无从知道人物看到、听到之外的任何信息,小说的一切印象、感觉、情绪都由"外视角"的牵引自行涌现和自行消失;我们不知道故事的人物从何处来、到何处去。先锋小说中最具代表性的,是格非的小说《青黄》,"青黄"本来是一支九姓渔民组成的妓女船队的编年史,"外乡人"的客观叙事却使这种探寻一步步走向迷幻,使小说中的故事处于某种有意味的含混状态,小说因此平添了丰富的虚构性和不确定性。同时,这种叙事方式也表现出作者主体性的退场,世界本身在作者眼中都是虚幻的、难以把握的。格非的《迷舟》、《镶嵌》、《唿哨》等,都让人联想到罗伯—格里耶的《在迷宫里》,难怪曾经有评价者用"迷宫叙事"来总结格非的小说。

以上对一些常规性的叙事视角进行了大致论述。实际上,在众多的小说文本中,还存在许多"非常态"叙事视角,如"视角转换"和"视角越界"等现象。同是"限制视角"叙事,李陀的《七奶奶》、宗璞的《我是谁?》,都采用了单一视角的限制叙事。所描述的形象、意识都是主人公七奶奶、韦弥的主观投影。但在张辛欣的《在同一地平线上》中,则存在一个"视角转换"现象。小说同时立足于男女主人公的内心视角来审视他们之间的爱情关系,使两个人的内心世界彼此参照、互补和衬托,每个视角都保持自身的独立性和感官化,相互之间并不遵循,更不受

---

① [法]罗伯—格里耶:《现实主义与新小说》,崔道怡主编《"冰山"理论:对话与潜对话》,中国工人出版社1987年版,第523页。

制于某种先验的外在形态和完整的叙述框架，在"视角转换"的对照距离中，呈现多方位的生活态度和价值取向。"寻根小说"和"先锋小说"在讲述"我爷爷"、"我奶奶"、"我姥姥"、"我姥爷"的故事时，则存在明显的视角越界现象。"我"是小说的第一叙述人，但作者的焦点并没有固定在"我"身上，小说在语法人称上采用了"我"，但在透视关系上，却是全知全能的。如莫言的"红高粱家族"，苏童的"枫杨树乡"系列，洪峰的"瀚海"，等等。在讲述父辈、祖辈的故事时，都采用了独特的叙事视角。"我"既不是故事的主人公，也不是故事的旁观者，而是一个外在叙事者，由故事之外的"我"叙述他人的故事。尽管"我"不在故事中，却又是血缘上和精神上的旁观者，是"亲缘叙述者"，旨在突出作者精神的"在场"。因此，"我爷爷"、"我奶奶"、"我姥姥"、"我姥爷"的叙事方式，突出了叙述人的双重身份——"我"作为叙述者保证了作者精神的"在场"；而"我"的血缘身份，又是极具"个人性"的。同传统的"全知全能"第三人称叙事形态相比，这种"双重叙事"看上去似乎容易造成混乱，但在实际效果上却体现出一种"多声部"的叙述形式。并且在声部与声部之间往往以差别为特征构成矛盾，从而使叙事产生意义膨胀。而对叙述人"我"的个人身份的强调，也造成了作者价值取向的退场，"我"讲述自己家族的故事，弱化了主体意识的介入。叙述人的这种身份，突出了故事的私人性、传奇色彩和民间性质。[①]

　　在先锋小说中，叙述视角的转换和越界现象，往往给小说阅读带来很大的障碍。小说中的叙述人或者似有似无，或者多个叙述人相互干扰，多叙述层面相互纠缠，甚至相互否定，从而造成了叙事的含混和多义性。以马原的《冈底斯的诱惑》为例，作者把几个互不相干的故事拉扯到一起，联结它们的纽带只是伪装的几个叙述人。而叙述人在文本中的地位又含混不清，他们时而被叙述，时而被取代。小说中有一个全知的叙述人，但他的存在非常武断，在讲述每个故事之后，又将每个故事的秘密戳破，造成奇异的反讽效果，这是第一个叙述层。小说中还有一个第一人称"我"，"我"似乎参与了故事，但故事刚刚开始，"我"就神秘地消失，然后被置换为替代叙述人姚亮，这是第二个叙述层。每个故事都有一个叙述人，如姚亮、穷布和作为探险顾问的老作家，这是第三个叙述层。不同视角的

---

① 参见陈慧娟《后新时期小说叙事人称的几点变异》，《江淮论坛》1995年第5期。

叙述人不是相互支持，而是相互拆解；多个叙事视角的替换，强化了叙述的自我指涉功能，从而使故事无法超出叙事方式的意义。

"全知视角"、"限制视角"、"客观视角"等叙事视角的不断变化，在一定意义上也是知识分子叙述人由主体性高扬到不断退场的过程。从"伤痕小说"、"反思小说"的知识分子全知叙事到马原、洪峰、邱华栋、朱文等先锋作家、"新生代"作家逐渐边缘化的叙事立场，主体精神的建构逐渐被物质化、欲念化的经验性表象所取代。作家对叙事视角的选择也逐渐偏离了主体性高扬的立场，向边缘性、民间性转移。这不但弱化了作者对小说文体的介入，而且在意识形态上也进行了置换，使主流话语的"宏大叙事"走向了边缘话语的"民间叙事"和"个人化叙事"。由此可见，当代小说叙述视角的变化，不仅具有形式变革的重要意义，而且蕴含着丰富的文化内涵和价值取向。

第四节　当代小说叙事转型及意义

如前文所述，叙述是叙事主体采用语言媒介表达一定内容的动作行为。叙述视角、叙述手段及叙述人称机制的选取与转换，使小说产生了丰富的美学意味；同时，也带来了不同小说之间审美效果的差异，"杰出小说与拙劣小说的差别主要不在于故事题材上，而在于讲述的方式方法上"[1]，可见，叙述方式对于小说写作的重要性。

依据传统的小说观，小说就是讲故事，讲述已经发生的或可能发生的故事。客观现实是沿着时间的一维性，于一定的空间内向前发展的，小说作为对现实世界的审美呈现，对于人、事的具体描写必须在一定的时空内展开，才能呈现故事的完整。因此，小说也就具有时空的统一性。在时间的延续过程中，我们看到了故事的开端、发展、高潮、结局；于特定的空间状态下，我们看到了整个事件的展开过程。传统的小说观认为，小说文本中的时空与物理意义上的时空是一致的。所以，小说里的故事往往遵循一定的内在逻辑而展开，并显示自身存在及发展的客观理由与依据。19世纪的现实主义创作突出表现了这一点。一方面，时空的统一不仅使故事

---

[1] 徐岱：《小说形态学》，杭州大学出版社1992年版，第48页。

完整有序地展开，而且使作家与读者的情感活动得到及时的表现；另一方面，在传统小说叙事中，作者与叙述者往往是合而为一的。作者可以直接介入文本中进行评价、议论或抒情，叙述者一般充当作者代言人的角色。不论选取何种叙述人称机制，在整个叙述过程中，从观念到意识，从感性认知到理性判断都体现着作者的立场、情感和意愿。读者在阅读欣赏时，往往不由自主地受到来自文本世界的价值观念的牵制，丧失自由的判断力。这是传统小说叙事的主要特征。

20世纪80年代中期以前的小说创作，大都沿用传统的叙事方法。虽然那时候作家在人们眼中就如同魔术师一样，通过不停地变换手法，带来一个又一个新奇的艺术作品，并且在文化启蒙和文学复苏的浓厚氛围中，小说园地里有层出不穷的题材突破和花样翻新的艺术实验，甚至有各种艺术手法，诸如"意识流"、"荒诞派"、"魔幻现实主义"等的运用。而且这些尝试也确实带给人们日新月异、眼花缭乱的阅读感受。但尽管如此，由于支撑这些小说创作的艺术观念没有发生根本性变化，即：把小说艺术视为一种高于现实的审美的精神性存在，是主体在现实生活体验和感受基础上所进行的艺术创造，是主体对生活进行提炼和审美化的结果。也就是说，在艺术与生活的关系层面上，这一时期风格各异的小说与传统小说没有本质的区别。从这个意义上讲，小说叙事的真正转型是20世纪80年代中后期才实现的。在此之前，无论是韩少功、王安忆、郑义、汪曾祺、郑万隆等人的"寻根小说"，还是邓友梅、冯骥才、陆文夫等人的"风俗画小说"，或是王蒙、宗璞、刘索拉等人的"现代派小说"，都是在上述基本的小说观念的统摄之下进行的艺术探索。举个例子，曾经轰动一时的"意识流小说"，虽然当初王蒙在西方现代小说艺术技巧的启迪下，不再以外部故事的进程为小说的结构线索，而是以人物的内心活动、意识跳跃、心理背景为结构纽带和表现空间；淡化小说的情节因素，并采用限制性第三人称叙述来讲述故事，使小说获得了前所未有的叙述自由和表现空间。但是，小说与现实生活之间，仍然是反映与被反映的关系，作者还是试图使人们相信，世界是有本质的、是可以认识的，社会生活存在着恒定的价值标准和规范，小说能在对终极价值的追寻中走向超越。

进入20世纪80年代中后期，小说创作出现了一种新的叙事方式。代表性作品的是先锋小说和"新写实小说"，这两类小说因其所依凭的小说观念和审美追求的不同，而区别于以往的小说文本。就先锋小说而言，它与传统小说的不同之处是显而易见的：从语言层面看，传统的叙述性描写被感受性、想象性表达所取代；从情节结构看，传统小说所遵循的时间的延续和因果关系规律被彻底摒弃，而按照"生活或存在的自身的逻辑和规律"[①]来组织材料；从文本与现实世界的关系看，小说与现实世界的对应关系被取消了，小说世界的构成，不是以作家对现实生活的体验为基础，而是以作家对文本世界和内心世界的体验与感知为依据。这些区别使先锋小说形成独异其趣的美感形态，种种陌生而新奇的艺术建构方式，带给人们以全新的审美世界。这主要表现在：其一，传统小说中，往事总是被情节化、故事化，不仅线索清晰可辨，人物、事件之间的因果关系也井然有序，遵循着现实世界所具有的或然律和必然律；而先锋小说中，故事不是面对现实世界的，而是与现实世界相背离的，它不再遵循任何现实的因果律，更不承担呈现情感、揭示理性内涵的义务，而是作为一种触发情绪、感觉和想象的媒介，为建构以心理逻辑为基础的"感觉的真实"服务。其二，传统小说中，语言往往被作为人们表情达意的工具，是一种外在于内容的符号，而先锋小说由于在表达对象上发生了根本性的变化，对包括语感、语式、语境等种种语言因素在内的小说语言方式进行了转化与更新，导致语言形式与意义世界之间的界限消失，使小说的语言符号系统直接构成意义本身，从而使新的美感形态得以诞生。此外，先锋小说在叙事上所采取的是梦境式结构——梦境的非逻辑性和情景转换的即时性、随意性特点，被先锋作家理智地运用于小说文本结构的营造，从而在非常态的时空维度中传达作家的独特思考与感悟。[②]

如果说，先锋小说是以放弃小说文本与现实生活之间的对应关系来实现叙事转型的。那么，"新写实小说"则是通过对现实世界的直接呈示和客观还原来实现其叙事转型的。

长期以来，人们普遍认同的观念是：文学世界必须是审美的和富有诗意的。审美世界所具有的超越性和独立性是不言而喻的。而"新写实小说"则以模糊这种区别为宗旨。"新写实小说"对生活原生态的客观绘写、对世俗生活的悉心描绘，目的都在于用生活本身来表现生活、揭示生活。但是，这样的审美取向招来了批评家的指责："'新写实小说'在摈

---

① 格非：《小说艺术面面观》，江苏文艺出版社1995年版，第61页。
② 参见管宁《90年代的叙事转型与新世纪的文化转向》，《求是学刊》2003年第6期。

弃掉生活中的本质内容与意识形态经验,仅仅抓取到日常性经验与生活现象后,实际将生活中诗意与理想性的一面给舍弃掉了,生活只呈现为'烦恼'、灰暗、一地鸡毛般纷乱、沉重的'风景'。"① 然而,在"新写实"作家们看来,以往文学所具有的理想主义、激情和诗意固然令人念念和向往,但是,却在很大程度上遮蔽了生活的另一面。文学应该向整个世界敞开,让世界的全貌而不是局部,呈现在人们面前。

不难看出,20世纪80年代末的这两次叙事转型,根源于作家小说观念的变化。当然,小说观念的变化后面还有种种复杂的社会文化因素,甚至还有小说自身发展的原因。但不论怎样,这种转型给我们的启示是双重的:一方面,我们认识到,小说艺术必须在不断的求新、求变中才能获得长足发展;另一方面,我们也开始意识到,随着市场经济体制的逐步建立和商业化社会的到来,小说将面临越来越严重的危机。事实上,这个时期的叙事转型已在某种程度上表现出小说面对现实社会变迁的一种调整、一种挣扎。也正因此,在步入90年代之后随着商业社会的降临,小说艺术出现新的叙事转型是在所难免的。

总体来说,在我国当代小说创作中,对叙述的漠视一直是导致作品审美价值下降的重要因素。虽然余华、苏童、格非等作家在20世纪80年代中后期开始背离传统的写作模式,追求各种小说形式的创新,传统的故事因素暂时被挤出了文本的中心。然而,到了90年代,这些作家又逐渐感觉到叙述的疲惫,又重新回到故事的叙述上来,寻求叙述与故事的最佳结合点,从而创造出具有生命意味的小说文本。余华后期的小说创作转型充分验证了这一点。事实上,小说创作观念的变革,在某种程度上,都在小说和故事的缠绕中得到了深刻的体现,小说的发展在以故事为轴线的历史流程中上下波动,保持着动态中的张力平衡和多元中自我确认的基质。当然,真正的形式变革也不是单纯的智力游戏,重要的是,它有一种内在的精神向度,例如卡夫卡的作品,夸张、变形手段的使用,是为了对人类存在境遇进行深入探寻,否则单纯的夸张、变形可能还会削减作品的深层意义。形式即内容,内容即形式,两者互相依赖,同步发展。更何况,它与

---

① 孙先科:《英雄主义主题与"新写实小说"》,《文学评论》1998年第4期。

作家的使命意识紧密相连,"作家的根本使命是对人类存在境遇的深刻洞察"①,所以"真正的形式应该是内在而深邃的"②。如此看来,现代小说叙事就是在作者与叙述者基本分离的状态下,对人类的生存状况的深刻洞察,从而赋予文本较丰富的思想内涵及浓厚的艺术意味。毕竟任何悬置存在的文本都不会有太持久的审美价值。正是由于叙事方式上的不同,导致了作品之间不同的审美效果。

八九十年代中国小说的"新变"还有不少,比如语言表述的创新、叙事情感的变化等。这里就不一一交代了。客观地说,20世纪最后20年的中国小说,在短短几年的时间内,几乎是共时性地走过了西方"现代派"文学一百多年的发展道路。象征主义、表现主义、未来主义、意识流文学、超现实主义、存在主义、新小说派、黑色幽默、魔幻现实主义等等,纷纷登陆中国,在文坛产生了广泛的影响。面对异域文学的辉煌成就,中国作家产生了强烈的认同感。"探索、创新,是80年代文学界的普遍强烈意识。探索、创新、突破、超越等,是文学批评界使用频率很高的几个词语。"③ 小说文体革新和技术实验的浪潮彼伏此起,使当代小说及时地补上了形式的功课。从根本上改变了中国传统小说单一的叙述模式,象征、意识流、变形、零度叙事、解构叙事、元小说,等等,各种各样的小说可能性都被引进、模仿并加以改造和吸收。

创新意识固然显示了小说创作的活力,但同时也是文坛浮躁心态和焦虑情绪的体现。时至今日,当我们回望、考察80年代中期以来的小说创作时,一方面,为小说艺术含量和技术含量的大幅度提高而高兴;另一方面,又不无遗憾地发现,小说文体革新与技术实验的种种局限。首先,对小说文体的探索偏重叙事风格、话语表达、情节安排等纯形式层面的内容,对小说的精神向度和价值命题重视不够。就像某些评论者所指出的,"作家不断地把各种不同的生存体验,化解到词语自身的欢悦之中,一度使文学的价值立场变得模糊不清"。④ 西方"现代派"小说具有深厚的历史传承和广阔的文化背景,它是西方社会特定文化积淀的产物,有其自身

---

① 谢有顺:《通往小说的途中——我所理解的五个关键词》,《当代作家评论》2001年第3期。

② 同上。

③ 洪子诚:《当代文学史》,北京大学出版社1999年版,第250页。

④ 谢有顺:《我们内心的冲突》,广州出版社2000年版,第97页。

的理论根基和艺术系统,往往牵一发而动全身。而当代作家对这些问题缺乏全面深入的研究,加上东西方文化的异质和错位,在吸纳小说叙事技巧的时候,他们往往忽视西方"现代派"小说的人文内涵和精神内核。这样,在运用现代叙事技术书写本土生活经验时,就难以完成创造性转换。总是给人亦步亦趋之感。那些对社会、对人生、对艺术的理解和表达,几乎都可以在西方"现代派"小说中找到源头和出处,甚至有时候连人物的性格、小说的框架、文字表述、修辞方式都差不多。这有点过于模仿的味道了,难怪被人称为是西方"现代派"小说的移植和翻版了。其次,小说家们在借鉴西方小说技巧的时候,大都忽略了民族的审美传统和审美范式,对东方文化精神、本土叙事资源缺乏应有的重视。"事实上,以西方'现代派'为中心的文学的'世界性'乃是一种'有缺陷的世界性',势必遮蔽后发国家和民族的文学独有的精神风貌与审美特征。"[①] 面对扑面而来的"全球化"浪潮和咄咄逼人的西方强势文化,富有正义感和良知的中国作家们,当立足中国传统,放眼世界潮流,大胆汲取异域文学的优长,融入自我,以"我"为主,努力创造具有"东方"风味、华夏气派的"现代主义",并在同传统小说、各种现实主义小说的竞争中,突现自己的个性和精彩,从而真正实现小说领域的"百花齐放"。

[①] 参见王育松《小说生命力衰退的原因初探》,《湖北社会科学》2001年第5期。

第四章

20世纪90年代自我书写的困境：
以邱华栋小说为例

  小说是讲故事的语言艺术，无论是在讲述故事过程中，还是在小说家的心灵世界中，故事都是一个完整的存在。小说中的事件是连接故事发展脉络的因素，或者说故事的外在形式。在小说中，事件是显性存在的，故事是隐性存在的。作家有自由调节、安排事件的主动权。他可以使很长的事件以比较简洁的篇幅来完成，也就是，既有能力删除故事的某些过程，又可以使故事完整而有张力。在没有事件、故事却依旧发展的部分，有作家丰富的艺术想象在隐性地存在着，这些地方是小说家给予读者艺术想象、艺术再创造的空间和机会。在这样的部分往往显示着小说家对小说叙事的虚构能力，也使小说具有丰富的底蕴和张力。海明威的"冰山理论"形象地说明了艺术想象的魅力和作用。一些评论家指出中国当代小说，尤其是20世纪90年代之后的中国小说，在还原现实的趋向中造成了小说艺术空间的收缩，这正是作家们没有充分展开艺术虚构和艺术想象的结果。此外，小说创作中的成功制作都有深刻内涵及耐人寻味的审美意象。一般来说，作家从现实生活中积累的表象越多，在创作中就会越感到左右逢源、收放自如。但是，如果作家直接将头脑中的表象不加思考地拼贴在作品中，就必然造成作品经不起推敲的现象。优秀的小说家总是立足于表象而又不满足于表象的。他们以自己的审美理想为方向，以饱含美学意识的审美感悟为动力，鼓荡起艺术虚构的翅膀，让表象充分地分解、组合、生成、凝聚。缺乏艺术虚构能力的作家显然无法做到这一点。近年来，中国当代小说在呈现现实生活表象、书写个体欲望方面，可谓十分丰富。但是，由于作家们没有达到审美意象的彼岸，作品缺乏应有的深度感，致使人物乃至情节都没有耐人咀嚼的滋味。这似乎恰恰从反面证明，仅仅注重现实生活表象的书写和个体欲望的表达而放弃艺术虚构，是很难产生高品位作品的。

以20世纪90年代风头正健的北京青年作家邱华栋为例,作为当代中国现实生活的记录者和亲历者,邱华栋的小说写作在90年代文坛取得了巨大的商业成功。对物质欲望的崇拜、对人性堕落的无奈等主题,在他的写作中被表述得淋漓尽致。我们甚至可以说,他的小说提供的种种生存表象涵盖了90年代最本质的时代特征,并进而构成了我们这个时代城市文化景观最具特色的一面。特别是,他以对城市生存的体认切入当下现实,使自己的小说创作走出了"先锋派"文体实验的迷宫,获得了再度繁荣的勇气和力量。但是,在充分肯定邱华栋小说创作实绩的同时,也必须清醒地认识到其存在的问题和文本的局限。即,在他的大量以"城市"为叙事源头和归宿的作品中,除了极少数涉及较深刻的"存在"、"异化"等主题之外,大部分还只停留在表象描写的层面,并没有出现真正称得上是直逼城市灵魂,给人深刻心灵震撼的力作。在大面积的城市生活表象的包围中,作家常常盲目地认同并迎合现实生活中各种庸俗的价值观,或者干脆退守到自身狭隘的生活空间,书写各种隐秘的欲望场景,甚至靠堆砌简单机械、重复琐细的城市生活表象来支撑文本结构。在这种陷阱式的写作中,我们看到,邱华栋已经无法摆脱日趋狭窄的精神视野,无法逃离日渐匮乏的叙事资源,更难以开启对当代生活本质的思虑。在对他前期的小说创作加以回味时,我们的阅读感觉是,由于缺乏题材的开拓与艺术上的创新,那些曾经给人新鲜质感的作品也越来越乏味。一度以"闯入者"姿态冲击文坛的"新生代"代表作家如今停滞不前,很大程度上只是重复原有的文本模式,甚至出现作品间的雷同现象。粗浅的叙事手段和雷同的创作理念,使他的小说无论语言风格如何殊异,却始终给人以气味相投的感觉。这样的文本更多地具有现象认知的意义,而难以承担思想提升的使命。正因为如此,今天我们回顾这些文本,仍能肯定其为我们提供了转型初期城市生活掠影的价值,却不再为阅读初期的惊异而欣喜。因为仅就"现象"而言,已随时间推移消失的部分或是已司空见惯的部分都无法再震撼我们——假如这种"现象"不再经发掘而深入到我们永恒的人性深处。

表面上,这种状态的出现似乎预示了邱华栋小说创作潜力的枯竭。但当我们深究下去,就不难发现,外因是转型期读者对于日新月异的时代新景的隐形阅读期待与获知要求,内因则是叙述主体对于欲望化表象的亲历与热衷，根源在于创作主体价值判断的暧昧与小说观念的模糊。邱华栋比以往时代的作家更深切地体味着欲望的张扬，更彻底地拒绝宏大叙事，消解当代生活的精神性价值，表现出一种热爱物质生活和厌恶精神生活的文学天性，进而放弃了对形而上意义的追寻和探索。文学也由此充当了世俗生活谦卑的秘书，被欲望化的生活表象牵着鼻子忙不迭地一路狂奔。如此一来，欲望化叙事的扩展乃至泛滥，就在很大程度上直接导致了当代小说世俗化趋势愈演愈烈的精神征候。这种令人担忧的精神征候，迫使我们不得不去反思世纪末小说写作的合法性问题以及它对于文学在未来的走向到底意味着什么。

第一节 密集化的情节

小说写作赋予了青年邱华栋登上文坛的最初感觉。作为一种虚构性的叙事艺术，尽管小说的个人化写作风格和卓尔不群的叙述方式一再成为90年代作家关注的焦点，但艺术形式方面的探索无论如何都遮蔽不住作家介入现实、体察现实的姿态和立足点。与50年代作家丰厚的历史经验和青春记忆不同，邱华栋有自己可以支撑文本存在的独特的人生资源。从精神气质上说，他和大多数"新生代"作家一样，最大限度地舍弃了"道德"、"启蒙"等宏大的历史性概念，将叙事目标直接投向了城市人的生存本相和个体生命的庸常状态，以欲望化的叙事法则直接书写自我的存在。在他身上，我们很少能看到某种社会使命意识和时代话语的制约，也无法感受到他对自身知识分子角色的焦虑。那些60年代作家群共同体现出来的对物质现实的激愤与体恤，对现代文明的景仰与眷恋等复杂心态，在他身上有着明显的体现；70年代作家们所表现出来的对个人欲望的沉迷与狂欢，对世俗生活的投入与肯定，他也表现出极大的热情。也就是说，他非常清醒地将自己抛入了90年代迅速变化的消费社会的现实景观中，在个人化的欲望叙事中，表现自己作为城市人可能做出的带有价值判断性的反应。他所接受的人生信仰、城市生活的经历和他的文学观念，共同构成了他文学创作的对象和出发点：经历成为阐释意义、价值的载体，也自然成为显示作家价值观念的逻辑起点。于是，他开始了小说写作，写作是自我证实的过程，是将自己做怎样的社会认可的意识形态行为。"书写自我"则意味着对个体人生经历的留恋与肯定,书写自己可代表的混乱不堪的道德体系和暧昧不清的价值判断,折射出的恰是邱华栋在经历过精神惶惑之后,对"崇高"的躲避,对"启蒙话语"的逃离,以及对"平面化"生存状态的认可,对城市"中产阶级"生活方式的迷恋。

依照小说自身的美学规范,我们来考察邱华栋的小说创作。

福斯特说过:"小说是说故事。故事是小说的基本面,没有故事就没有小说。这是所有小说都具有的最高要素。"[1] 这就是说,小说与故事密不可分。尽管"故事"在20世纪小说创作中受到很大冲击,甚至在少数作家手中遭到放逐。然而,作为小说重要构成因素的故事的地位,并没有因此而动摇。而怎样讲故事也意味着怎样叙述;故事讲述的好坏,取决于作家对事件的把握程度。叙述部分实际上是小说事件得以被看见的一个框架,它给绝对事件提供了一个场所,即小说家对事件的看法。当小说家对事件了如指掌时,他会有意识地留有叙述空白,用海明威的话来说,空白就像海平面以下的部分支撑着海平面以上的冰山壮观地移动着。[2] 可是,我们阅读邱华栋的小说会发现,他的文本叙述过于充实,过于密集,缺少空白。不管是对以北京为代表的城市生活状态的描写,还是对城市人灵魂堕落的剖析,都被他完整地记录下来:《手上的星光》写的是青年杨哭在北京的奋斗史——大学毕业后"闯入"北京,迅速地熟悉城市的"游戏规则",在试图用爱情和婚姻换取政治上的发展失败后,杨哭"下海"做生意,成了"半个阔佬";《闯入者》讲述了少女杨灵的堕落——杨灵进入城市打拼,一次次失业,一个偶然的机会与吕安认识,追逐物质享受使她走上不归路。可以说,邱华栋特别善于营造完整有序的城市故事,城市人的奋斗、城市男女的情感纠葛是他作品的重要主题,不间断场景的高速运行与紧密拼接,使他的作品情节线索严丝合缝。表面看来,邱华栋的城市叙事极其流畅,故事情节也相当吸引人。但是好看、流畅的故事掩盖着另一个事实,即事件呈现的一览无遗。可以说,他对事件的把握远远没有达到这样的地步:在日常生活中发现了事件,而且找到了一种展示的方法,以使事件自己展开自己。这样的事件是拒绝作家人为的解释的,它们

---

[1] [英]福斯特:《小说面面观》,苏炳文译,花城出版社1981年版,第21页。
[2] 刘俐俐:《"书写他者"的困境和批评的失语——论毕淑敏文学创作及其现象》,《文艺争鸣》2000年第4期。

因为内涵的丰富性而没有准确的解释；或者说，正因如此，可以容纳无数相对的解释。换一个角度说，也就是邱华栋的作品缺乏丰富的、耐人咀嚼的文本意味。这种缺陷在其他作品中也未能避免。还是以他的《闯入者》为例，小说开篇就安排了主人公吕安和杨灵在五星级大酒店相遇。在这里，邱华栋极力渲染店堂的流光溢彩和晚宴的奢侈豪华，一幕幕景观让人目不暇接。接下来，邱华栋又费尽心机地写吕安在晚会活动中获奖，并拥有了在这个酒店的总统套房享受一晚的机会，等等。作品的很大一部分篇幅，都是城市生活的外部形象和蒙太奇式的画面拼贴与快速切换。其实，这一部分描写对整个小说的情节发展并不是不可缺少的。作者安排这一巧合的用意，无非为了把读者的视线引向五星级酒店豪华奢靡的总统套间，给没有机会目睹这种场面的读者提供一种视觉上的享受，借以表达他对城市时尚生活的迷恋以及由此而生的优越感。如果删除大段的物象展示与情绪渲染，那么，这部作品的情节就显得异常简单与枯瘦。

可见，在邱华栋的小说中，感觉化的叙述已经构成了对文本主题意义的遮蔽，我们根本无法探触到潜伏于表象之下的、具有相对稳定性的现实样态。小说的深度意义也被平面化的呈现所消解，只剩下了表象自身的单薄。生动新鲜的表层经验往往是邱华栋小说的阅读焦点，同时他又以此来迎合读者的阅读期待。殊不知，小说不是让读者退出的艺术，而是让读者如何合适地介入的艺术。小说的叙事速度必须迂回有致，给读者留出一定的想象空间，以便小说中那些难以言传的意味在一些情节和事件的缝隙中慢慢地升腾起来，并且成为起承转合的胶黏剂与润滑剂。否则，紧锣密鼓的叙事反而拒绝了阅读者的审美参与，缺少枝蔓的情节拖着读者往前赶，带给读者的也只是某些事件的碎片，注定无法在受众心中留下痕迹。就像杰里米·里夫金所说："我们得到的信息越多，我们就越难做到信息灵通。做出决策成为难事，而且我们的世界也使我们更加糊涂。……发出的信息越多，我们可以吸收、保留和利用的信息就越少。"[①]

[①] [美] 杰里米·里夫金、特德·霍华德：《熵：一种新的世界观》，吕明、袁舟译，上海译文出版社 1987 年版，第 115 页。

第二节 平面化、雷同式的人物

　　人物是小说的核心或主角，故事的叙述、物象的描摹以及抒情与议论都源于或围绕着人物；同时，人物又是作者对客观世界独特观照的结果。尽管某些作品的主人公还或多或少地隐含着作家本人的因子，但早已独立于作家主体之外，成为"角色主体"。所谓"角色主体"，就是指作家在小说中创造的被赋予精神主体性的角色，并具有不以作家主观意志为转移的精神机制。"角色主体"按照自己灵魂的指引独立活动，按照自己的性格逻辑和情感逻辑而发展变化。"角色主体"一旦确立，整部小说就必须为他提供活动空间，小说世界就成了"角色主体"感知、体验、活动于其中的天地。此时，作家主体便隐退到幕后，让读者从"角色主体"身上认识和体悟客观世界。但是，如果作家的主体意识过于强烈，不能平心静气地观看事件自己展开，过多地用个人的理解强制事件进行，或者干脆把自己的意愿强加给角色主体，这样，就改变了"角色主体"原本具有的性格逻辑，使作为"角色主体"的人物成为作家主体的附庸，随之失去了鲜活和复杂，平面而没有咀嚼空间。这种我们不愿看到的现象在邱华栋小说中出现了。

　　先来看看邱华栋小说的主人公形象。

　　邱华栋一直喜欢用第一人称"我"叙述故事，这个"我"一般都是具有相同社会身份和心理感受的角色，常常是外省青年，受过高等教育，从事过多种职业，且独身、有精神优越感、迷恋艺术、喜欢纯真女人……即使"我"变成"他"或者一个经常被叫作"乔可"的男人时，也不能掩饰叙述过程中隐含着的叙述者的自我重复色调。而且作者与叙述主体以及处于它们之间的隐含作者总是三位一体，重叠在一起。如此一来，作家的批判视角与叙述者的观察视角之间就构成了一种契合关系。我们往往从邱华栋那些城市系列小说中，读到作家自己的影子和自己的心理变化。这样，邱华栋的小说写作就成了彻底的自我书写——书写他自己的得意与失意，书写他对城市的仇恨和对财富的羡慕。与其他"新生代"作家相同的是，邱华栋也试图以"个人化"叙事达到对现实真相的逼近，而且采取了一种与叙述者的生存状态保持一致的"平视"眼光。这种"平视"

眼光在拒绝大众代言人身份的同时,也消解了隐含作者与叙述者的距离,使他的小说具有强烈的"私人化"色彩,作者与叙述者以及隐含作者的"互文性"关系极为突出。可是,这样的叙事视角已经不自觉地建构了一个作家主体的神话——他是叙述上的"侵略者",而不是"聆听者"[①],他更倾向于"阐述"欲望化的表象生活和城市生存的意义,而不让位于"角色主体",以带领读者接近自我失落的精神世界。"这就是人类生活的当代空间,一个纷乱而又死寂的世界,一个亲密而又孤独的群体,一个多样而又单一的构造。"(《闯入者》)"你没有理由俯瞰人类","走得太远其实是每个人有时都在所难免的"(《爬着城市的玻璃山》)。诸如此类的"意义"阐释破坏了文本的叙述力量。在《手上的星光》、《环境戏剧人》等重要小说中,叙述者更是带有严重的自恋倾向。自恋成为作家难以摆脱的情结,遮蔽了他观察生活的眼光,也妨碍了小说中"角色主体"性格的形成、展开。结果是,只能面对当下的自我困境或者被欲望不断驱赶着的自我,除了展示自己无所依傍的灵魂,以及在纷繁的现实中极为混乱的情绪之外,便无法抵达更加深刻的艺术境界。

经历就是资本,就是可自我肯定的筹码。看一下他的作品,我们就能明显地感到,自恋情结和自我肯定意识是怎样妨碍了他对小说文本的体悟。

其次,在邱华栋的小说中,人物雷同现象也是随处可见。

阅读他的小说,不难发现,作为人物出现在他小说中的"城市人",是一群具有明确角色意识的"单面人"、"平面人",比如,时装人、公关人、持证人、直销人、别墅推销员、环境戏剧人等。他们是伴随着市场角色分工步入城市生活的,市场规范像无形的枷锁一样规定着他们的命运;个体失去了选择的自由和逃避的权利,而只能进入角色规范,以角色身份进行交流。随着角色意识的强化,他们开始被扭曲、变形为"单面人"、"平面人"。

小说《公关人》,就给我们提供了一个被城市异化的角色的命运。W在公关生活中逐渐变成了像他名字一样的符号,他的生活处处充满了角色意识。"遇到什么样的人,他就变成什么样的人","没有一个角色是真实的,但他又从来都是真实的"。于是真实性消失了,连他的妻子都"发现

[①] 王杰:《邱华栋小说批判精神的再认识》,《当代文坛》2001年第5期。

他好像越来越不真实了"。W沉浸于角色表演，完全被异化为角色规范的化身，即面具人。他甚至认为，"只有角色才真正能显示出当代人的灵魂"。最后，他只有逃离"人"的位置，躲进面具中寻求安慰。

小说《时装人》中，时装这种现代生活的产物执行着它强大的复制功能：消除现代人个体的真实性和差异性，使之一体化，成为毫无二致的符号化存在，就像作品中说的："所谓的个性已经在城市中消失，人的个性因为时装的出现成了流动的东西，时装暂时将人的个性和灵魂固定下来，成为彼此交流的符号。"时装对现代人个性和灵魂的扼杀，同样显示了角色规范的强大制约作用。我们从小说中读到的，是商业化生存对现代城市人灵魂的挤压与奴役，这恰恰验证了弗洛姆所说的，"人之所以沦为奴隶，是被他们自己创造的物和环境所奴役"。[①]

小说《直销人》中，"物"的强大力量更是让人触目惊心：妻子是一个"物"的狂热追求者，她以"物"来对付生活中的一切，甚至以"物"——摄录机，来对付夫妻私生活，而丝毫不顾"物"的降临已使婚姻生活变得冷冰冰。由于她的缘故，"我"无法拒绝直销人的强行闯入。最后，面对"一张有奇特功能叫人做美梦"并能"代替丈夫"的"床"，"我"不能不发出疑问："我是可以被人替代的，我还有意义吗？我只是一个符号、一个象征、一种位置、一种配置吗？""我觉得我已经没有了我的生活，我事先被规定、被引导、被制约、被追赶，包括像那架摄录机所为一样被窥视，我能有我的生活吗？"个体的破碎使人无法辨认真实的自我，最终跌入困惑绝望的现实中。

在邱华栋的作品中，城市人永远是物质化时代的机器零件。他笔下那些与"单面人"、"平面人"等概念联系在一起的人物，很明显是借用了马尔库塞的"单面人（单向度的人）"概念，希望在理论上有所依据：

> 在城市中，几乎所有的人都是单面的。 ——《城市中的马群》
> 我发现我正在沦为平面人，没有深度的人。 ——《所有的骏马》
> 你看这城市，它已越来越使人在欲望之海中变成了平面人，我甚至变成了不读书的平面人。 ——《手上的星光》

[①] [美] E. 弗洛姆：《马克思关于人的概念》，涂纪亮译，《哲学译丛》1979年第2期。

可事实上，我们从他的城市故事中，根本看不到表情丰富、有主体意识的主人公，只有一群符号化的脸谱在相互张望。作者所追寻的目标，也许是不在场的，但却随时构成意义：

> 城市已经彻底地改变与毁坏了我们，让我们在城市中变成了精神病患者，持证人，娼妓，幽闭症病人，杀人犯，窥视狂，嗜恋金钱者，自恋的人和在路上的人。我们进入城市就回不去故乡。
> ——《环境戏剧人》

> 这座城市已经变得越来越不真实了。到处都是虚假的东西在泛滥和生长。
> ——《飞跃疯人院》

类似的有关"单面人"的句子，在邱华栋的小说中随处可见，它表明了作家对物欲城市的一种批判与反省。"单面人"的概念是马尔库塞提出来的。在马尔库塞看来，发达的工业社会其实是一个"病态社会"，"这个社会具有一种自杀的倾向"，人与社会的关系赖以得到实现的那些社会文化方式遭到破坏，所以，个人屈从于社会成了"各种异化的、采取形形色色面貌的匿名势力的总和"[1]。它的"基本制度和关系（它的结构）所具有的特点，使它不能使用现有的物质手段和精神手段使人的存在（人性）充分地发挥出来"，这种社会"已经发展到歪曲、破坏人的本质"[2]的地步。在这种单面社会中，科学技术的发展，不是起到解放人类的作用，而是使人更加异化和更受物质的压迫。所谓的"单面人"已经彻底地告别了性格发展的线性轨迹，很少有充沛的情感活动方式，甚至丧失了批判意识，丧失了合理地批判社会现实的能力，再也没有否定原则，商品体现出了他们全部的幸福意识。简言之，这些人物已经成为一种被高度抽象化了的东西，是一种人的"物质性"的符号和代码。

邱华栋无疑是受到了马尔库塞的影响，他对物欲城市的警觉几乎随处

---

[1] 文化部教育局编：《西方现代哲学与文艺思潮》，上海文艺出版社1987年版，第181页。
[2] ［德］马尔库塞：《当代工业社会的攻击性》，伯幼、任荣译，《哲学论丛》1978年第6期。

可见，不仅体现在他对人物关系和命运的处理上，同时体现在他时时不可抑制的议论中，我们在他的小说中总能见到这样的段落：

> 那么城市的要素是什么？……不是，都不是。城市的天空之下，城市的白昼与城市的夜晚之间有一个拉链。城市只有耳朵，城市没有乳房。城市只有心脏。城市是隐形的，城市是叫喊的。城市是一头机器兽。现在它在喘息。
>
> ——《翻谱小姐》

> 可最近得出的结论却是：人是贫乏的，人的肉体是让人厌弃的，人的灵魂没有固定的面孔，只有面具才真正呈现出当代人的灵魂……而同时，我本人也已是一个面具人、没有深度的人、假设人，我觉得最终可笑的是我自己，所以，我选择了出走和死。人啊，我是厌弃你们的！
>
> ——《公关人》

> 我突然发现，所谓的个性已在城市中消失，人的个性因为时装的出现成为流动的东西，时装暂时将人的灵魂固定下来，成为彼此交流的符号。
>
> ——《时装人》

类似的议论在他的作品中不胜枚举，这使邱华栋在创作中不自觉地从观念出发去进行现象还原，由此出现了情理互扰乃至情理相悖的局面。对"单面人"、"平面人"的书写，最明显地呈现出理念化的预设写作，就连作者自己都认为"简直有所谓'主题先行'之嫌"[①]。尽管邱华栋称得上是"新生代"作家中最多产和最富有激情的一个，尽管他也曾得意地夸耀自己，"没有哪一种文体是我没有写过的"[②]。但模式化的创作观念和对小说美学规范的漠视成为他不能有新突破的深层原因。很多评论家担心邱华栋的生存焦虑有所缓解，世俗欲望获得满足后，或者由边缘进入主流

---

① 林舟：《穿越城市——邱华栋访谈录》，《花城》1997年第5期。
② 邱华栋：《正午的供词》，江苏文艺出版社2001年版，第383页。

后，他的写作激情会枯竭。提出这些问题，显然不是没有理由的。

要之，邱华栋的自我书写非但没有开启小说创作的新局面，反而走向了隐私化、平面化的误区。其实真正的自我书写并不是以袒露隐私的方式来迎合大众的窥视欲，也不是对生活状态的拼贴式呈现，而是作为现代人拯救自我的方式，作为对个人自由意识确认的人文姿态，作为对集体话语的"祛魅"和颠覆出现的。也就是说，自我书写首先是一种价值重构，其次，还是一种个人心灵的外在指涉。可是，在邱华栋笔下，个人感受正由概念传达演变成"常规"写作，个人叙述难以摆脱固定的认知模式，最重要的是自我书写意识的膨胀，消解了小说作为艺术形式存在的价值和魅力。平面化、大众化、商业化的写作对于我们的时代是远远不够的。从这意义上说，自我书写不可能开启一个新的文学时代，只能是个人抵御庸俗化现实的暂时栖息地。

第三节 缺乏隐喻的语言

小说有两种，一种小说，叙述的语言和方式都是记录性的，为了加强故事的真实性和现场感，作家往往采用客观化、场景化、视觉化的语言，来代替艺术语言的模糊性、多义性、弥散性。这和作家对生活的理解、对小说艺术的理解有关：生活有他自己存在的真实性，真实性只能通过记录性描写来达到。还有一种小说，也是在讲故事，作者的意图是另外的东西：迂回曲折的精神挣扎、入木三分的性格刻画、欲说还休的生命况味等。随着人类审美追求的日益新奇化、陌生化，人们会越来越不满足对现实的平面记录。从视觉欲望来说，影视的直观性更适合人类对形象的需求。或者说，传统小说在开掘内心世界、描述思想细节、展示生活的复杂性等方面的优势，已经大大受到视觉艺术的阉割。针对这一点，纳塔丽·萨洛特曾警告过小说家："如果再不警醒起来，电影这个条件更好的敌人总有一天会从不长进的小说家手里夺去宝座。"[1] 如此警告实在应该引起中国作家的重视。在信息化迅捷发展的90年代，"电视等来势凶猛的现

---

[1] [法]纳塔丽·萨洛特：《怀疑的时代》，崔道怡《"冰山"理论：对话与潜对话》，工人出版社1987年版，第554页。

代电子传媒已经向传统阅读中的最大宠儿小说发起了最凌厉的攻势,越是在乎小说艺术形态的人们越能急切地感受到,这种凌厉的攻势正在加快和强化,小说的发展乃至生存正在受到威胁。电视以声讯并用的强势叙事冲击着小说的叙事性特征,以全面甚至是立体的图像化远远超越了小说的形象化,以无与伦比的纪实功夫消解了小说贴近人生的优势,于是,在艺术传播和艺术欣赏的意义上,在电视这一新兴的艺术传媒挤逼之下,小说失去了属于自己的大部分优势"。① 文学(小说)日趋边缘化成为无可争议的事实,小说的独立性正面临着严峻考验。

但是,反过来说,小说作为语言表述的基本载体,其所传达的言语意义和艺术魅力也是任何图像化载体无法替代的,小说寓情于意的"弦外之音"是与影视竞争的有利条件。我们把小说的这种"弦外之音"称作"隐喻"。它代表着生活中隐而不彰的内在逻辑和同义反复的思想细节,它是小说这种艺术形式得以独立存在的前提。遗憾的是,我们从邱华栋的小说中几乎看不到"隐喻"的力量。由于刻意追求小说世界与现实世界的对应关系,邱华栋用大量的日常化语言来替代富有张力的艺术语言,用堆砌城市生活表象来排斥对人物内心状态的分析,最终,单一、平面化的顺叙手法,使小说失去了穿行于历史、现在、未来之间的自由感与纵深度。城市小说在一定意义上,固然的确与灯红酒绿、五光十色的享乐气氛有关,与猎奇的、刺激的性爱游戏密不可分,但问题是,在邱华栋的文本中,这些只是符号化的东西,只是作为城市生活的标签充当作品的外在构成因素。有深度的作家会挖掘文化符号背后的意蕴,可是,在邱华栋的一系列以"都市新人类"命名的小说中,我们无法找到。在小说写作过程中,他也正是把这些标志性的符号当成了无所不能的标签,直截了当地贴在故事上,导致小说除去这些标志性的符号描写之外,就很难再有深刻的意义可寻,甚至符号化描写成了结构小说文本的要素。这无疑削弱了作品的艺术探索和思想价值。阅读邱华栋的小说,确实可以让我们了解很多当代城市青年的复杂心态以及多样的生活方式,但是,我们很难发现脱离故事层面之外的深层意义,而那些意义应该是小说最有价值的部分。

事实上,自邱华栋出道以来,对他作品的评论很多,可是较深入的分析却极为鲜见,这与他作品的单薄有很大关系。"隐喻"的缺失让批评界

---

① 朱寿桐:《世纪末小说批评的活祭现象》,《文艺争鸣》2001 年第 3 期。

逐渐失语。没有"弦外之音",换个说法就是小说缺少立体感,是生活的表象化描绘。近年来,理论界用拒绝深度、追求平面复制、无视原创性价值等来概括"后现代"艺术的表现,批评家常常从作家创作的出发点来判定作家或者为精英或者为通俗。其实,就客观效果来说,即便是像邱华栋这样,始终被认为是及时触摸城市脉搏的作家,他的作品却恰恰平面、没有深度、无意味可寻。从阅读效果来看,一次性阅读就可以大致明白小说所言,也就是,小说没有为读者提供发挥想象力的空间。

此外,邱华栋的写作还不能摆脱他作为记者的职业特点,他偏爱在小说中填塞大批量的信息。他说:"没有一个大作家不是反复强调自己的想法的。所以,一定要写作写作再写作,波普波普再波普,复制再复制,把你对世界的认识与态度尽可能地运用各种媒体传播出去,进行话语覆盖。"①虽然他认为这样可以增加作品的后现代特征,但这无疑也是对想象空间的剥夺。在介绍自己的写作计划时,邱华栋说:"夏季以后开始写长篇,描写青年人的现实处境,一对30岁左右的夫妇的社会风俗画,已经构思好了,涉及花卉知识、家庭用品等。我现在经常逛商场研究这些东西,把我们日常的东西写到作品里,给这个时代的产品留下备忘录。"②这种追随日常生活的真实而忽视深度的写作,只能迷失在物的包围中,无法切入城市的精神内核。

第四节 碎片式的思想

截至小说《雪灾之年》,邱华栋所关注和思考的基本是清一色的城市问题。他的自我书写始终困扰在镜像式的物像扫描和价值观念的堆砌中。或者说,在文学中,他让自己的价值得到承认,让自己寄予其中的思想碎片得到承认,让自己曾经奋斗多年的城市经历得到价值认定,从而在心理上获得优越的姿态。他的自我书写有一定的意义。可是,一旦将自我书写膨胀成"权威话语",就会销蚀文学的本性和作家的灵性。而当作家一旦

---

① 李敬泽:《集体作业——实验文学的理论与实践》,中国广播电视出版社1999年版,第39页。

② 赵晋华:《中国作家2001年做什么》(上),《中华读书报》2001年2月28日。

固执地认准自我书写的社会价值时,小说写作的危机就不可避免了。

在邱华栋的创作初期,政治和经济上的"边缘人"身份,使他一方面对欲望化的生存状态有强烈的认同,一方面却又担心自己丧失某些精神性的追求。这种灵魂的分裂常常让他陷入无所适从、进退两难的境地。于是,他和他作品中的人物一样,都处在一种边缘化的状态,"对城市的感觉确实是矛盾的,既想进入又想拒斥,既想拥抱它又感到害怕,既想融入它又想疏离它……我无非是要向它索取。所以,一开始我对它是充满敌视又想尽快地融入,被它接受"。[①]他这一时期的小说对城市、对欲望表现出极为复杂的情感:有对上流社会奢华生活的向往与暂时还无法拥有的激愤,有对生活困境的恐惧与焦虑,"我憎恶北京自高自大的气质,我更喜欢这里。但我惧怕人,我害怕与人握手、交谈,我宁愿一个人对自己说话……"[②]也有对闯入者自我异化与迷失的思考——这一切矛盾纠结在一起,涌动着野心勃勃的青春气息。虽然这时候,邱华栋小说的叙述视角有些狭窄,对现实的批判力度也不够大,但毕竟充满了一种鲜活与激昂,尤其是在对城市人异化状态的呈现方面,更显出其思考的深度。

为了更好地表达异化主题,邱华栋还把西方现代主义大师们的思想碎片拿来,作为小说重要的叙述动力之一,这似乎使邱华栋站在了较高的层面上来关注20世纪90年代中国城市人的生存状况。萨特、加缪、海德格尔等存在主义大师的理论片断,塞林格、卡夫卡、巴塞尔姆等法国荒诞派戏剧大师笔下的经典情节和核心情绪,甚至中国某些操持后现代话语理论家的削足适履的评判,都杂糅在邱华栋的小说文本中,成了他赖以解读中国现代城市人的工具,成了他精神的支柱和批判的武器。各种碎片式的思想以一种未经梳理、面目模糊、泥沙俱下的集束方式,对读者进行狂轰滥炸,企图造成一种强烈的视觉冲击力和震撼心灵的效果。可事实上,这种观念化的批判,让人产生的是一种苍白、粗浅、无力之感。如他的一系列作品,从"异化"角度切入城市生活的操作观念,本身就是对西方现代派的简单模仿。"人"被抽象化与符号化,作品中的形象缺少生气。对此,作家也坦然地承认"往往先在脑子里预设了一个观念,通过它来促

---

① 林舟:《穿越城市——邱华栋访谈录》,《花城》1997年第5期。
② 邱华栋:《环境戏剧人》,《上海文学》1995年第5期。

动情绪，连缀情节、结构成篇"①，很显然，这种以未经内化的观念统摄小说创作，以芜杂的思想代替生命体验的文本操作，暴露出作家内在精神的贫乏和价值取向的迷乱。

到现在为止，邱华栋的创作取得了很大成功，他"可以平静地说"自己"是一个作家"了。至今，他仍以为"最初触动他写作的创造欲、倾诉欲一直都存在"。② 但是，当作家在文坛上谋得一席之地，返回城市并融入其中时，最终落入了世俗化的商业陷阱中。在后期的作品中，邱华栋开始站在城市的上空，以一个成功者的眼光俯瞰挣扎于其中的芸芸众生。青春的激情日见委顿，对城市的愤懑化解为认同，对城市浮华的赞美比重加大，对物化社会的批判也随之呈现疲软，正好印证了作者的说法："因为在这个城市里有了固定的经济收入、有了朋友圈子，基本的生活要素解决了，那种焦虑有所缓和，因焦虑而起的写作激情也逐渐转向，转向人的更深的层面。"③ 虽然邱华栋一再声明自己的创作理想，可是他对"人的更深的层面"的揭露并没有取得多大成功。《哭泣游戏》便是一个颇有代表性的文本。"我"在"行为艺术"的实验中，实际上充当了"城市法则"的同谋与帮凶，共同把黄红梅变成了一个城市欲望符号。深谙"城市法则"的"我"，表面上的失落与内心的残忍构成了一种悖论，这种荒唐的情节编撰的背后，其实隐含着作家对所谓"城市法则"的认可，成为对他批判精神的嘲弄。实际上，这种倾向在《环境戏剧人》中就已初见端倪，"我"寻找女友龙天米的过程，其实就是"我"对精神性价值由怀疑到否定的过程。当然，我们不否认，邱华栋有对当下人心理危机和精神动荡的准确把握，但是，正像众多的通俗文学一样，这种把握是浅层次的、表象的、蜻蜓点水式的，缺乏应有的深度。恰如李敬泽所说的："文化产业生产值和生产的逻辑使我们成为天然的历史乐观主义者，……我们也不在意'进步'是否发生，我们在意的是'进步'的气氛，喧闹、繁华、快速荣枯——这是市场的气氛。"④

邱华栋的小说的确为我们营造了一种喧闹、繁华的气氛，也许读者从他的小说中得到的商品信息远远超出文学上的信息。邱华栋的小说在展示

---

① 林舟：《穿越城市——邱华栋访谈录》，《花城》1997 年第 5 期。
② 邱华栋：《邱华栋小说精品集·自序》，华文出版社 2001 年版。
③ 林舟：《穿越城市——邱华栋访谈录》，《花城》1997 年第 5 期。
④ 李敬泽：《新生代作家小说精品·"新生代"的故事》，北京十月文艺出版社 1999 年版。

当下城市商品化、物化的同时，其自身也被商品化、物化了。有人认为，"后现代主义美学则无不和当代社会的商品经济和消费文化相合拍，因而试图越过高雅和通俗之边界，填平（先锋艺术与大众文化之间的）鸿沟。"① 邱华栋的小说正显示着这种趋势，其作品《黑暗河流上的闪光》又向通俗文学迈了一大步。小说写到，电视节目主持人罗宁与妻子不和，跑到千里之外的一个小城进行实地采访，结识了一位酒店的服务员（三陪小姐），并用车将其带回住处。途中发生车祸，服务员被淹死。罗于是陷入官司之中，这背后又牵涉到许多人……整部小说由色情、命案、官场倾轧组成，完全是为了满足大众的消费口味而炮制。谈不上什么艺术创新，更谈不上先锋性。这一现象表明，商品经济规律已经控制了作家的思想，文学创作正在变为文学制作，真正的"先锋"距离我们越来越远。

可以说，脱离边缘进入中心使邱华栋失去了创作的动力。作家内心价值立场的缺失，生活积累的苍白，精神资源的匮乏以及商品化运作等各种因素的合谋，又促使他沦入一种更加迷乱的滑行状态，叙事越来越浮泛空虚，情节也越来越重复。在这种情况下，作者所追求的"批判精神"也就成了一种自欺欺人的徒劳之举。归根结底，批判的无力乃至疲软，源于邱华栋批判视角的狭隘、内在精神的迷乱与独立人格的缺失。置身于媒体时代和商业社会，"从来不是在面对虚无写作"的作家，似乎也未能逃出沉沦于世俗成功如影随形的"怪圈"。

综观20世纪90年代中国文坛，我们痛心地看到，不单单是邱华栋，其他作家也难以抵抗商业大潮的召唤，在物质利益的诱惑下开始逃离文学阵地。文人"下海"被潇洒地说成是"换个活法"，作家"触电"成了"为稻粱谋"的捷径。以苏童为例，"在他的起居室的屋顶上，张贴着两幅同样的美国性感女星黑白照，他喜欢流行歌曲，喜欢穿名牌服装，喜欢到南京大大小小中式西式的餐厅去锻炼自己的胃口"。② 潘军也很直白地承认："电视剧是个破东西，不过很赚钱。"③ 当然，不是说作家就应该理所当然地过苦日子，不能追求高质量的生活享受。只是，对于那些已经深受物欲诱惑的作家，还能指望他们为人们提供多少特立独行的精神资源

---

① 王宁：《后现代理论与思潮》，《光明日报》1994年4月27日。
② 王干：《苏童印象》，《刺青时代》，长江文艺出版社1993年版。
③ 潘军：《答何锐先生问》，《山花》1999年第3期。

吗？我们看到的只是他们对物质生活的过分沉迷，对感官享受的精致描摹。这种沉迷与描摹，虽然有着很鲜明的叛逆性和前沿性，可透过这种表面化的反叛性话语，我们却发现，创作主体的道德律令完全消失，对现实生活的价值评断也彻底缺席。换言之，这是作家们对时尚化生活盲目追求之后，所形成的一种审美价值体系的崩溃。"新生代"作家在集体溃退，邱华栋当然也不例外。在一次谈话中他曾说，在这样的时代，能捞到就赶紧捞一把。① 丹尼尔·贝尔在《资本主义文化矛盾》一书中曾指出，大众消费的兴起导致了现代社会的文化改造，技术革命、市场的发展使得整个社会进入享乐主义时代，"娱乐道德观"代替了"行善道德观"，流行艺术取代经典艺术，享乐主义时代是市场的时代。从邱华栋的上述表白中，我们不难看出市场力量对其小说创作的巨大影响。快乐的基础是金钱，而要想获得金钱，只有扩大作品的销量，这就意味着，必须投合大众的消费口味，降低作品的艺术品位。对此，福塞尔也曾指出："在一个充满了闹哄哄地将空洞和垃圾似的物品标上高价的时代，保持高度警惕区分何为恶俗，是时下'生活乐趣'中的一个重要部分。"② 这应该引起当代作家的重视。

---

① 刘心武、邱华栋对话《在多元文学格局中寻找定位》，《上海文学》1995年第8期。
② [美]保罗·福塞尔：《恶俗》，何纵译，中央编译出版社2000年版，第3页。

第五章

20世纪90年代物化写作的危机：
以城市小说为例

所谓城市小说，是与乡土小说相对而生的概念。应该承认，城市小说在中国经历了一个漫长而艰难的发展过程。"五四"新文学以来，在启蒙与救亡的双重变奏下，城市生活方式一直被当作是消遣话语而被排除在小说叙事之外。早在1926年，鲁迅先生在谈到俄国诗人勃洛克时曾经赞誉他是俄国"现代都市诗人的第一人"，并且不无遗憾地指出："中国没有这样的都会诗人。我们有馆阁诗人、山林诗人、花月诗人……没有都会诗人。"① 直到20世纪20年代末30年代初期，城市题材才开始出现。30年代以刘呐鸥、穆时英、施蛰存为代表的"新感觉派"作为半殖民地城市文化的产物，第一次完整地再现了现代都市特有的畸形商业繁荣、快速的生活节奏以及都市人所面临的强大的心理压力。其渗透在文字间的对城市的感情"在现代文学史上第一次使得都市成为独立的审美对象"。② 可惜的是，"新感觉派"的经验和感情在当时的中国只限于上海这个畸形繁荣的城市之内，没有多少普遍性，自然无法引起大多数读者的认同。而且从整体来看，它缺少一种对现代都市文明的批判和反思精神。1935年茅盾的《子夜》以敏锐而深刻的精英意识和社会批判锋芒，发现并描绘了大上海繁华下的复杂微妙的生态和民族资本家的命运，同时对病态城市的生活方式有所涉猎，或隐或显地批判了城市生活及其滋生的种种世俗欲望。但由于作者负载了过多的观念性的意识形态，使革命、阶级、民族、历史潮流等这些大写的字眼占据了文本的显要位置，以至于在城市化、现代性

---

① 鲁迅：《集外集拾遗·〈十二个〉后记》，《鲁迅全集》第7卷，人民文学出版社1981年版。

② 吴福辉：《中华文学通史·现代文学》之第16章《五光十色的上海文坛》，华艺出版社1997年版。

的反思力度上无力超越。到了40年代，张爱玲以及新浪漫派徐訏等人，将战争状态中城市人的生活和心理展示给读者，并将西方现代主义对人性的思考融入作品，从侧面反映了城市复杂多面的人生风景。另外，以老舍为代表的京派作家则偏重于表现"烂熟型的半封建性的皇城帝都文化"，[①]怀着对城市化进程的恐惧和喟叹，表达了对北京文化特有的含蓄、精致、优雅的韵味的眷恋以及这种文化美趋于灭亡的失落之情。[②]但是总体来说，除了极少量配合启蒙叙事的城市题材作品外，绝大部分描写城市生活的作品一直处于现代文学史序列的边缘位置，城市小说创作的总体面貌并未得到足够呈现。

这种情形，在新中国成立以后也没有多大改观。新中国成立后四十多年的小说创作大多还是徜徉在广阔无垠的乡村。无论是在北国原野、南国山海间的徘徊，还是在乡土写实、田园牧歌中的寻梦，作家们对于故土家园那种执着的眷恋、异乎寻常的偏爱，都使乡土小说的创作异彩纷呈、流派迭出。而与乡村相对立的文化空间和文明形态——城市，依然长期遮蔽在乡村耀眼的光环之下，徘徊于小说家审美视野的边缘，农村题材小说大面积的丰收与城市题材小说的寥落冷清形成了鲜明的对照。

之所以出现这种情况，首先是因为解放初期我们在对城市工商业者的社会主义改造以及后来的全面取消私有经济的过程中，整个社会的经济形态全部纳入了单一的计划经济轨道，城市作为"市"的性质大大削弱。城市之所以称为城市，是因为城市起源于"市"，先由一个个小的进行商品交换的"市"场，逐步发展为一个人口众多的大"市"场，进而发展成今天的城市，这是城市形成的最基本的过程。可是，由于新中国成立后我们不断地革"市"的命，官僚资本收归国有，民族工业全部公有制，城市个体工商业者全部实行国营或集体化，相互之间缺少竞争意识。发展到后来，大部分商品都凭票供应，实行的完全是一种非常原始的分配方式。同样，工厂全部属于国家，从设备、原材料到产品全部由国家统一调拨，基本上不具备严格意义上的商品交换性质。最终，城市工商业运转方式的非市场化取消了城市的基本特征，城市空间在中国社会里已经没有多少实质性意义。其次是来自对城市文化一次又一次的清理。新中国成立之

---

① 谭桂林：《现代都市文学的发展与〈子夜〉的贡献》，《文学评论》1991年第5期。

② 同上。

后，大批农民出身的干部走进城市，过于浓厚的乡村经历使他们对城市的灯红酒绿有着一种天然的反感，从五光十色的霓虹灯到轻歌曼舞的歌舞厅，这些城市文化表征的东西也都被当作资本主义的货色一扫而光，喧嚣繁华的商业城市变成单调平静的大村庄。①"'农村包围城市'，防止刚入城的干部被城市文化腐化，不但成了意识形态的指标，而且影响到了文学艺术的创作。"② 因此，"新时期"以前的当代文学不论是写城市生活的还是写农村生活的，基本没有质的区别，作品的内容和主题都有着惊人的相似。而从创作主体的角度来看，中国作家内心深处那种无法释怀的乡土情结、田园意识，使他们对农业文明、乡土记忆有着与生俱来、难以割舍的依恋。而城市在其文化视野内则是一个污秽冷漠、纸醉金迷的病态空间，这就使他们往往缺乏一种自觉的"都市意识"。因此，尽管有的城市小说能够提供五彩缤纷的生活景观和光怪陆离的世态百相，却从没有超越传统的"城乡文化冲突"主题和审美模式，更没有把握住城市生活的精神内核。仅有的几部城市题材小说，如艾芜的《百炼成钢》、草明的《乘风破浪》等，以工人阶级与资产阶级的较量和对抗作为小说的结构模式，阶级斗争、思想斗争、路线斗争等尖锐的政治内容则是作品的主要情节。作品中有的是"无产阶级"与"资产阶级"的矛盾冲突，而没有以城市生活为公共背景并在此基础上形成的相对独立的市民文化与市民心理。正如雷达所指出的，新中国成立后，"在大一统的计划经济的覆盖下，城市居民与农民在文化心理上并无多大区别，城市文学独立的审美品格也并未建立起来"。③

从20世纪80年代开始，中国的城市终于走出了农村的包围，走向了自我成熟，处在了经济发展的核心地位。城市的现代化特征也日渐明显，城市化成为社会发展的主要趋势。城市文明的高速发展，带来了文学观念的转变，也促成了城市小说这种文学样式的勃发，出现了诸如张洁的《沉重的翅膀》、程乃珊的《蓝屋》、李国文的《花园街五号》、蒋子龙的《赤橙黄绿青蓝紫》等以城市生活为背景的"改革小说"。城市小说成熟的主要标志就在于它们正在逐步摆脱主流意识形态的大一统制约，力图真

---

① 李广萧：《城市文学的诞生》，《文学自由谈》1997年第4期。
② 王洪岳：《城市文学与"城市欲望"的否定性书写——重读〈上海的早晨〉》，《语文学刊》1998年第1期。
③ 雷达：《城市景观与乡村况味》，《光明日报》1996年3月14日。

实地展示城市多元的文化态势。但这些作品关注的重点仍然是改革与反改革的意识形态问题，它们的主人公被突出的是"知识分子"、"工人"、"改革者"、"保守派"等具有鲜明的意识形态色彩的身份，而不是作为"市民"的公共身份。

1980年前后出现了另一类城市题材的小说，就是陆文夫的"姑苏系列"、邓友梅的"京味小说"、冯骥才的"津味小说"等。当时的评论界和小说界都注意到了这种创作现象，但因为很多人对"城市"还毫无概念，也就意识不到从城市文化的语境去理解作品。比如作家刘绍棠曾宣称"现在，建立北京的乡土文学时机也已经成熟了"。① 显然，刘绍棠还是从地域文化的角度去衡量"京味小说"的艺术价值的。而就此类小说创作的实际情况而言，的确没有独立的城市文化审美价值，多数还是从文化角度描写"都市里的乡村"，作品的着力点在于某一特定地域的风土人情和社会心态，着重展示中国文化中具有鲜明民族性、地域性的文化心态、生活方式、风俗习惯等。这一类作品把市民文化看作城市传统的积淀物和遗留物，与"乡土小说"对乡土文化的审美态度异曲同工。1983年在北戴河召开首届"城市文学理论笔会"的时候，绝大部分作家仍然浸润在乡土世界中，对"城市"还没有自觉的认识。直到1986年还有论者发表文章，感叹王安忆等知青小说家虽然生活在上海大都市，却对城市没有感觉，只会写些"小鲍庄"、"大刘庄"。并把"寻根热"归咎于王安忆、孔捷生等人城市意识的淡化，认为"现代都市意识的淡化，导致文学'寻根热'"②。

刘索拉的《你别无选择》、徐星的《无主题变奏》和刘西鸿的《你不可改变我》在80年代中期名噪一时，但现在回过头来审视这几部作品，会发现其实它们离真正的城市小说还很远。它们更多的是在对于"个性"、"自我"等现代观念的放大中讲述现代人的故事，而不是表达现代城市的故事。同样，其后红极一时的刘毅然的《摇滚青年》等小说，虽然描写了城市亚文化群体的生活状态，但其精神主旨依然落实在现代式的生存感受和精神反抗上。所以，这些"城市题材小说"并不能算作真正意义上的城市小说，因为它们仅仅是在背景上涉及了城市，它们书写的是

---

① 刘绍棠：《建立北京的乡土文学》，《北京文学》1981年第1期。
② 张列奥：《文学的呼唤，现代都市意识》，《广州文艺》1986年第9期。

发生在城市的故事，而不是真正的城市故事。李洁非在谈到90年代以前的当代文学时曾说："真正意义上的城市文学，即以完整的城市概念本身为对象的文学，实际上一直阙如。"①

80年代中后期至90年代以后，中国发生了翻天覆地的变化。而90年代后的变化之大、之迅速，以及影响程度和范围都是有目共睹的，首当其冲的就是城市。随着社会主义市场经济体制的确立和城市化规模的推进，中国的城市真正突飞猛进地繁荣起来，经济发达的东南沿海等开放城市尤其突出。"愈是产业发达人口众多的城市，便愈表现出现代的都市文明，其变化与进步之迅速，绝非百年前的城市居民所可梦想。"② 城市作为一种独立的社会形态，"开始拥有了自己的主题，自己的价值形态，自己的生存方式，自己的矛盾，自己的希望和危机……"③ 特别是90年代以来，西方后现代主义文化思潮及生活方式迅速进入中国，不但以惊人的速度改变了中国城市的面貌，而且促成了城市内在结构向现代类型的转变。一个真正现代意义上的"城市时代"正在向我们走来。来看一组统计数字：

官方的统计数字表明，新中国成立初期，中国的城市化水平极低，并且增长速度缓慢。以浙江省为例，1949年，城镇人口比重为11.5%，30年后的1978年，仅仅增长了3个百分点，达到14.5%。改革开放后，城市化速度有所加快，1994年，浙江省的城镇人口比重已达27.67%，从以上的数字文明可以看出。新中国成立后40年浙江省的城镇人口比重共增长5个百分点，而进入90年代以后仅仅四年即增长了11个百分点！而全国的城市化平均水平已达28.2%。④

1990年我国城市只有467个，而到1995年则增加到640个，1999年更达到668个，城市以每年几十个的惊人速度在增长着。而全国城市人口则从1990年的1.1825亿增加到1999年的2.3亿。与此同时，城市群、城市带也在辽东半岛、山东半岛、京津唐、长江三角洲、珠江三角洲，京广、津沪—沪杭、京哈等重要铁路沿线以及长江沿岸逐步形成并扩大。⑤

---

① 李洁非：《城市文学之崛起：社会和文学背景》，《当代作家评论》1998年第3期。
② 杨人楩：《近代经济之形成及其矛盾》，1933年12月1日《青年界》第4卷第5号。
③ 李广蒱：《城市文学的诞生》，《文学自由谈》1997年第4期。
④ 刘亭、倪树高：《试论浙江城市化进程》，《浙江社会科学》1996年第4期。
⑤ 薛小和：《城市化道路怎么走?》，《经济日报》2000年5月19日。

到90年代末,中国城市增加到近700个,城镇人口占全国总人口的比例,包括农村劳动力向非农业转化以及农村人口向城镇转移的人数,已经达到45.2%。[1]

分析经济发展与城市化进程两者的内在联系,我们轻易地就会得出这样的结论:经济的发展与城市化的过程是互为因果、紧密相连的。从20世纪80年代起,由于中国实施现代化进程的加快,持续几千年的"以农为本"的生存图景开始发生深刻的变化,建设一个高度富强、文明的现代化国家成为全国人民共同的梦想。而所谓的"现代化",当然意味着政治、经济、社会、文化等多方面的现代化,但毫无疑问,就人们所能直观感受到的社会现象而言,"现代化"最明显的表征便是城市化,在某种意义上来说,城市化程度的高低标志一个国家文明程度的高低,也是一个国家现代化实现程度的关键。"工业化的快速推进时期,一般也是城市化的快速推进时期,工业化与城市化是国家现代化过程中密不可分的两个方面。"[2] 90年代中国城市发展的现实状况提醒我们,城市化已是无法抗拒的历史大趋势。迅速膨胀的城市空间,"蓄发着当代中国最汹涌的能量,交织着当代中国最响亮的音符,孕育着当代中国最深刻的未来"。[3] 80年代中期以后,特别是1992年邓小平的"南方谈话",使中国彻底从"非社即资"的二元对立思维模式中挣脱出来,中国社会也由此真正进入了以经济建设为中心的年代。城市生活逐渐从政治化中走出,经济生活成为整个社会生活的中心。城市这个空间,第一次取代乡村而成为代表中国现代化发展和社会现实的中心舞台,城市文化终于构成了独立于农业文化的文化实体,拥有了自己的价值形态和生存方式,由此成为中国文化当下和未来的发展轴心。相反的情况是,传统的乡村社会及其代表的乡土文化空间在历史转型期逐渐衰落。到现在,城市已不仅仅是一个地理概念、社会概念,它还是一个内涵极其丰富的文化概念——它意味着一种与乡村完全不同的生活方式。城市正在重新规范人与人的关系,重新注解人性本身,重新赋予我们以各种基本的价值理念和社会意识。"金钱的地位取代了过去政治权力的地位而变成社会与生活中最有力的价值尺度与调节手段,人

---

[1] 靳尔刚:《中国城市化发展走向》,《新华文摘》1999年第1期。

[2] 王建:《美日区域经济模式的启示与中国"都市圈"发展战略的构想》,《战略与管理》1997年第2期。

[3] 李洁非:《城市像框》,山西教育出版社1999年版,第7页。

们的生活习惯、观念与情感完全被更新了，物质欲望及其被满足成了社会生活的主流……"① "人们的价值观念趋于理性化和实力化，人们的关系从礼俗化和自然化变为契约化，新的道德模式和准则出现了。"② "社会观念的世俗化空前盛行……实用标准代替理性标准成为判断事务的基础。姓资姓社的意识形态标准让位于生产力标准，道德良心标准让位于金钱标准……"③ 现代城市汇集了当代最高端的工业、最活跃的商情、最智慧的头脑、最奢华的生活和最煽情的传奇。它已经由原来单纯的政治、文化中枢，进一步兼任了工业和商业的中心，开始摆脱与乡村的同构性而取得了相对于乡村和传统城市的异质性和独立性。城市，不光外表在日新月异的变化着，城市人的心态和生存状态也在变化着。所有这些都表明，20世纪90年代中国出现了真正意义上的现代城市与现代化的城市生活。

第一节　90年代城市小说的崛起及内涵辨析

面对城市的扩张与喧嚣，作家们不可能再无动于衷。在20世纪90年代，以"新生代"为主体的城市小说家浮出地平线并迅速崛起，中国开始出现了真正意义上的城市小说。就连许多乡土作家，也强烈地感到了"城市"的存在。贾平凹就是最典型的例子，他早期的作品以描写乡村世界的人和事著称，到了80年代后期，贾平凹描写城市的想法越来越强烈，长篇小说《废都》"后记"中就清晰地表达了他写"城市"的企图："一晃荡，我在城里已经住罢了二十年，但还未写出过一部关于城的小说。"④ 作家为自己居住在城市多年却没有写出"城"的小说感到内疚，以致不敢"贸然下笔"，贾平凹的"后记"反映了当时很多作家的心态。与此同时，不少文学期刊、杂志的风格和趣味也发生了极大变化，有些杂志开始增添"城市文学"专栏。一时间与"城市"有关的文学创作遍地开花。1985年山西太原市还创办了题为《城市文学》的杂志，专门发表描绘城市生活的小说。但这份刊物格调不高，所刊小说缺乏对城市生活的深入理

---

① 李书磊：《都市的迁徙》，时代文艺出版社1993年版，第14页。
② 同上。
③ 杨帆：《市场经济一周年》，《战略与管理》1993年创刊号。
④ 贾平凹：《废都·后记》，北京出版社1993年版。

解,更没有反映出现代城市的生活风貌。相比而言,活跃在南方的几份刊物对城市的理解和把握显然要高于北方。1985年《广州文艺》开设了"都市之光"栏目,1990年《广州文艺》又组织了"城市文艺"笔谈;1994年深圳《特区文学》推出"新都市文学";1995年《上海文学》和《佛山文艺》联合推出了"新市民小说联展",集中介绍了以描写城市生活为主的作家作品。这些刊物确实培养了一批称得上"雅俗共赏"的城市作家,比如广州女作家张欣、张梅等。张欣就承认她是专门写城市的,一直在寻找"都市的脉搏",她还认为写城市不一定就是通俗读物,无论是农村题材还是城市题材,在揭示人心、人性方面都各有优长。应该说,张欣对城市文学的理解是比较全面深刻的。

在谈到城市文学时,批评家李洁非曾总结城市文学崛起的两个背景,一是中国自身经济改革向纵深发展所引发的城市化过程,一是世界范围内的经济全球化浪潮。但笔者认为,更重要的是经济发展带来的城市嬗变激发了作家的城市意识,使他们忠实记录了现代化过程中人和城市的变化。从邱华栋到何顿、丁天,从王安忆到张欣、张梅等,他们的作品都不可避免地打上了城市的烙印。小说中大量的欲望描写以及近乎奢侈堕落的都市生活,为我们展示了现代都市物欲横流、人性堕落的一面。这些以前被称为"资产阶级情调"的生活写照,让人仿佛重新回到三四十年代的上海外滩。50年前海派作家对城市的感情也得到了一批年轻作家的呼应,就像邱华栋所说:"城市,它的人群在新时代中人与人的关系是如此多变,使我再次充满表达的激情。"[①] 随着作家对城市了解的深入,像《长恨歌》、《富萍》、《上海往事》、《上海的金枝玉叶》等诸多有分量的作品也不断出现。在这些故事中,个人和城市之间的联系越来越深入,在城市的世界里我们看到了个体的身影,而透过个体生活的世界,我们也看到了丰富多彩的城市场景。这些都意味着,中国当代文学的叙事空间开始变化,城市小说逐渐摆脱乡土小说强有力的积压和制约,以崭新的艺术姿态和文学品质成为世纪末文坛上的一枝奇葩。

在90年代的城市小说中,城市不再是一个模糊的背景,而是一个清晰的形象;它不再是一个地点,而是一种"存在"。对那些与土地断绝了直接联系的"新生代"作家来说,城市就是他们的文学生存空间,"城市

[①] 邱华栋:《前进》(创作谈),《作家》1996年第6期。

是小说中的现实,是小说中人物的命运,是叙事的源头与归宿,是美学上的新的象征与隐喻"。① 至此,他们已经完全成为城市的主人和囚徒,城市是欲望的陷阱,是现代病的温床,既赋予他们活力和动力,也使他们陷入绝望和疯狂。90年代的城市小说不仅以饱满的写实笔触,网罗了城市中迅速生长的纷繁景象,摄录了现代城市形形色色的生存风景,而且触摸到了斑驳物象掩盖下现代城市特有的矛盾、特有的生活方式和人际关系、特有的外部命运与内部心理,等等。

　　90年代是城市小说的重镇,这不但表现为城市小说在绝对数量上的急剧增长,而且表现为它在90年代文学中所占比重的不断增加、内涵的日益丰富。虽然城市小说创作还存在很多不足,但不能否认这是一片全新的文学景观。正如1994年年底《上海文学》和《佛山文艺》刊出"'新市民小说联展'征文暨评奖启事"中指出的:"城市正在成为90年代中国最为重要的人文景观。一个新的有别于计划体制时代的市民阶层随之悄然崛起,并且开始扮演城市的主要角色。在世俗化的致富奔小康的利益角逐之中,个人的生命力空前勃动,然而它又是极其原本与粗始化的。城市的发展将成为中国当代文化的生长点之一,它最终会给古老的中华文明带来什么,现在尚难完全把握,但是它已经成为我们时代一个不容回避的人文命题,处于城市社会生活的现实背景之下的文学作品和文学期刊,也必将对这一命题加以自己的演绎和阐释。"②

　　由上面的论述可见,"城市小说"在20世纪中国文学史上是一个内涵不断变化的概念。不同的历史时期它有不同的定义,不仅30年代有以上海为中心的"新感觉派",以茅盾为代表的左翼城市小说,还有以老舍、张爱玲为代表的市民小说,而且80年代初期的"市井小说"和"改革小说"也被认定为城市小说,可见,20世纪90年代之前的城市小说是纷繁芜杂的,人们对城市小说的甄别多是一种感性、表层的认识,往往凭借其灯红酒绿、勾栏瓦肆和工厂车间的外部表征区别于乡土小说,缺乏清晰明确的理性认识,以至于到目前为止,对于何为城市小说这个问题仍然是众说纷纭、莫衷一是。这与城市小说蓬勃发展的局面极不协调。鉴于此,有必要对本章将要探讨的90年代城市小说的内涵和论域做大致界定。

---

① 邱华栋:《哭泣游戏》,长江文艺出版社1998年版,第380页。
② 《"新市民小说联展"征文暨评奖启事》,《上海文学》1995年第1期。

本书所说的城市小说首先是一种题材分类,即"城市题材小说"。其基本前提是关于城市生活的,以城市为描写对象,反映当代城市的现状、过去和未来,以及城市人的生存状态和心灵状态,这是90年代城市小说的基本特征。在这个意义上,城市小说是与乡土小说相对应的题材类型,它包容了多种多样的小说潮流。诸如"新写实小说"、"新体验小说"、"新状态小说"、"新都市小说"、"新市民小说"和女性文学的一部分等,几乎20世纪90年代每一个能引起较大反响的文学潮流都与城市有关,都可以划归到城市小说范畴。以2000年第4期《文艺研究》刊发的一篇论述90年代城市小说的论文来说,作者就按照描述形态的平行分类标准,把90年代城市小说分为"世情生态"、"市情商态"、"问题写实"三脉,① 囊括了自"新写实小说"以来的各种小说潮流。所用概念与论述对象保持绝对的一致性,立论平稳顺畅。但是,这种论述并没有抓住城市小说的本质,也就是说,城市题材小说的合理性和日益多样化、城市化的社会现实并不能保证城市小说这一概念无所不包,也不是所有关于城市或城市生活的小说都可以叫城市小说。早在1996年就有人指出,"单从题材上来界定某一类文学,可以说是很笨拙的。我们说'都市文学',显然还主要是着眼于它从都市生活取材这一点。但若我们停留于此,则把自己降为生物分类学家了"。② "中国文学中一向比较缺少对城市的表现。城市精神和农村精神,都市文学和农村文学,二者存在着一种更本质的区别,作家可能面对的题材是农村题材,是荒原、远古式的题材,但它所贯穿的却可能是一种都市精神,这就说明城市文学和农村文学的分野,不仅仅是以题材划分的,更重要更本质的,是一种内在精神。""我们更多的不是从一种题材方面来探索,是要探索一种文化精神,一种富于个性的时代精神。"③ 所以,80年代后期的研究者开始强调"现代意识"、"都市意识"对城市小说的重要性,认为"现代意识"、"都市意识"应该是城市小说的核心。"从创作方面来说,城市文学不仅是题材的问题,关键在于是以陈腐的传统观念,还是以现代意识去观照正在蜕变中的城市生活和都市人的复杂心态。所以说,现代都市意识是城市文学的灵魂。"④ 对于这种观

---

① 杨经建:《90年代"城市小说":中国小说创作的新视角》,《文艺研究》2000年第4期。
② 朱辉军:《走向现代都市文学》,《光明日报》1996年1月25日。
③ 胡滨:《文学的"现代性诉求"和作家的"现代意识"》,《特区文学》1995年第1期。
④ 张韧:《现代都市意识与城市文学》,《开拓》1988年第1期。

点，表述最明确的是司徒杰："都市文学所抒写的题材理所当然地应该是都市生活，这是我们界定'都市文学'这一概念的起点线。也就是说，都市文学首先应该是'都市的'文学，以期在题材上和'乡土的'文学区别开来。但'都市的'文学不一定就是都市文学——逆命题不成立……在理解'都市文学'这一概念的时候，我们并不能把它仅仅看作是'都市的'文学，以期只在题材上和'乡土的'文学相对应，而应更多地把它理解为现代都市意识观照下的文学，以期在文化的指谓上和建立在自然经济基础上的传统意识观照下的文学相区别。"① 从物化角度对城市文学进行界定的主要是李洁非，他认为"在真正的城市文学中，必须包含物和商品的理念，人的命运和他们彼此的冲突、压迫，不论表面上看起来是不是采取了人格化形式，必须在其背后抽取出和归结到物、商品的属性"。②

以上种种界定，说明城市小说不单纯是题材性的，更是由题材衍生出来的都市意识和都市审美形态的协调统一体。隐含着作家的现代意识和文本建构水准两种因素，突现出作家对乡土小说的扬弃程度和对社会认识的深刻程度。因此，城市小说在20世纪90年代呈现出越来越清晰的轮廓，同时也超越题材限制成为内涵与外延相对明确的小说形态。这样一来，城市小说就有了特定的指涉范围。即，90年代以来侧重表现和探索城市、城市人以及发展着的各种价值观念的内涵，并着重强调现代化的城市生活方式和思维方式，强调以现代城市意识为指导的现代意义上的城市小说，它在本质上是新的都市文化在小说中的反映和折射。具体来说，包括北京、上海、广州、南京等现代化大都市的以"新生代"和"70年代出生作家"为主体的创作群，代表性的作家有北京的邱华栋、荒水、丁天，上海的卫慧、棉棉、朱文颖、唐颖、殷慧芬、沈嘉禄，广州的张欣、张梅，南京的韩东、朱文、魏微等，另外，广西的凡一平、湖南的何顿也非常引人注目。他们的作品既让我们感受到现代工商业文明锐不可当的冲击力量，又捕捉到都市人在欲望和意义追寻中的矛盾体验。无论是题材选择还是价值观念、叙事模式，都与当前的社会文化转型同步互文，描述了多维文化空间的基本图景。在这种形势之下，尽管"作为一种整体文学现

---

① 司徒杰、钟晓毅：《圆梦都市文学》，《广州文艺》1995年第2期。
② 李洁非：《城市文学之崛起：社会和文化背景》，《当代作家评论》1998年第3期。

象，城市文学对我们无疑是一个很新鲜的事物"，可是"若从文学与社会的关系这一角度看，应是当代文学研究的首要对象——里面包含着我们民族的历史和文化的重大价值内容，无论就远近来说，都如此"。[①]

以上是对城市小说发展脉络及内涵略做分析。从目前中国的社会发展趋势来看，城市小说不但不可能是昙花一现，相反，还会越来越繁荣。20世纪90年代由"新生代"作家奠定的以城市小说为中心的文学格局，随着中国城市化进程的深入，随着更加年轻的城市人的成长并逐步走上文坛，将在很长的时间内维持下去。这个过程，势必极大地影响中国文学的总体面貌，给文学带来新的题材和物象、新的精神内涵和审美表现，甚至使文学的深层特征发生质变。这也决定了本书选择城市小说作为研究对象的必要性。

第二节 小说空间的物化特征

毫无疑问，进入20世纪90年代，城市已经取代乡村成为代表中国现实的中心舞台。当乡村社会及其文化形态逐渐失去代表性地位时，文学随之出现了意味深长的转折。尤其是随着后现代主义和消费主义文化对当代城市文化的重铸和改造，城市小说作为当代文学的主流开始呈现其自身的特色。就当下文学杂志来说，所刊登的小说至少有70%以上是城市题材作品，而90年代走上文坛的"新生代"和"70年代出生"作家，差不多清一色地全是以城市为写作对象，如邱华栋之于北京，张欣之于广州，何顿之于长沙，卫慧之于上海，一座座现代化大城市在作家笔下气象渐成、品格渐显。与较多地保留了自然景观的乡村相比，纵横交错的快速干道、名牌荟萃的高级商厦、目迷五色的娱乐场所、喧嚣不息的人流车流……这一切构成了一个高度物质化的城市空间，它不仅为人们提供了一个全新的感知框架和实实在在的生活场所，而且为各种文化想象和欲望投射创造了条件。当下的中国城市已悄然褪去了20世纪80年代所具有的浓厚的政治色彩，物质力量逐渐上升为城市生活的支配性力量。90年代城市小说正是这个时代如期而至的精神镜像，它直面城市化进程中嘈杂纷乱

[①] 李洁非：《城市像框》，山西教育出版社1999年版，第209页。

的文化经验和欲望体验，在对城市生存的逼真摹写中处处突现现代城市的物化特征。同时，以缺失为基础的欲望也昂首阔步地走到了舞台的中央，成为城市叙述的真正主角和动力。尽管不少作家试图以各种精致的装饰物来掩饰、转移城市文本内在真实的欲念，但欲望的时时"在场"却是现代社会的一个显著特征。用英国文化理论家特里·伊格尔顿的话来说，"以普遍的个体占有为形式的贪欲正在变成时代的秩序、统治的意识形态和主导的社会实践，更因为在这个社会制度里，积累的目的是为了进行新的积累，让人感到欲望的无限性"；因此，欲望"成了一个晦暗不明、深不见底的物自体，开始恶魔般地横冲直撞，毫无目的和理性地自我推进，像一个狰狞的神灵"。[①] 它成了人们在新时代的精神偶像，成为人们集体膜拜的新式图腾。可以说，20世纪90年代城市小说让我们亲眼目睹了城市化进程中物的尖锐叫嚣与欲望的急剧扩张，更深切地体验了物对城市生活的颠覆与支配。

城市，是小说创作的背景，物质与欲望，是进入城市内核的两条路径。

30年前，弗洛姆曾预言，2000年将是人类变成没有理想和没有感觉的机器时代的开始，这句话在世纪之交一语成谶。在物质文明高度发展的今天，现代人不但没有体验到人性的自由和精神的愉悦，相反，却时时感受到生存的荒诞和存在的虚无。物质文明的进步和生活环境的改善是人类文明的一贯追求，但现实情况却是，物质的不断发展挤压乃至取消了精神发展的空间，使人类一步步迈向物化时代。

所谓物化时代，就是当经济发展到一定阶段，物质取消了精神的权威性，不仅获得了自身的合法性，还占据了社会的垄断地位，并把自身塑造为控制一切的权力话语，从生产力到生产关系、从人的行为准则到思维方式，都渗透了物的独裁。物质的作用和能量以前所未有的方式控制着人类。

站在关注精神的批判立场上看，物化时代有三个特征。首先，是整个社会对于物质（尤其是金钱）的疯狂追逐和对于精神信仰的极大漠视。物质和金钱不再作为必需的生活资料存在，而成为高高在上的统治者，它

---

① ［英］特里·伊格尔顿：《历史中的政治、哲学、爱欲》，马海良译，中国社会科学出版社1999年版，第273页。

被认为是社会的唯一价值尺度和个人获得尊严和地位与否的关键。相反，精神、理想、信仰等人文主义概念，因为不具有现实效益而遭到了前所未有的嘲笑、鄙弃，只能为物质让路甚至被遗忘。其次，是整个社会已经变成了消费社会，消费成为社会生活与生产的主导动力和目标，人们日常生活的全部内容和意义就在于消费。人们不仅消费物质，而且消费精神和知识，即便是爱情和性，同样也是一种特殊的消费品。"'消费者文化'成为我们时代的一个不可阻挡的特征，这一制度通过生产和再生产对它的一种总体性依赖的能力，使其地位不可动摇，这一制度是由作为当代西方社会枢纽的市场制度支持的。消费者文化使男人与女人被整合到一个首先是作为消费者的社会中。消费者文化的特征，只能用市场的逻辑来予以解释，从这里生产并发展出当代生活的所有其他方面——假如还有不受市场机制影响的其他领域的话。这样，文化的每一个方面都成为商品，成为市场逻辑的从属者，不管是通过一种直接的经济的机制，还是通过一种间接的心理的机制。"[1] 以往人与人之间复杂的心灵关系，被置换成人对物单纯的消费关系，人越来越处于物的包围之中，不断减少与他人之间的情感交往。消费品使人的物质需求得到极大的满足，从而滋生出新时代的"幸福感"，这种"幸福感"又使人加倍沉迷于物的消费。人的精力、时间、体能被消耗，人的丰富感受被挤压到单一平面上，人由具有主动性、创造性的精神主体变成被动的、机械的、消费的奴隶。再次，是人们感到生存的孤立和精神的无处皈依，生存的孤立并不是个体与他人的分离。在物化时代，人们具有比以往任何时期更便捷的通信方式，人们可能整天处于拥挤的人群中，却从心底感到孤立和无家可归，这种无家可归感来自个体同存在的历史本质的脱离。禁锢于"现在"的人们，思维被削平于物的狭窄空间，只能体验到即时性的渺小，缺乏真实、博大的存在感。另外，物质和精神虽然在一定程度和范围内相互转化，但仍然有着本质的区别。五光十色、光怪陆离的物质表象背后，只是物及各种形态衍生物的堆积和交换，始终无法突破物的界面而进行向质的穿刺。进入物化时代已经成为无法逃避的现实。[2]

---

[1] ［英］齐格蒙·鲍曼：《立法者与阐释者——论现代性、后现代性与知识分子》，洪涛译，上海人民出版社2001年版，第221—222页。

[2] 参见李妍、李梦遥《在物化时代中的挣扎或重生》，《山东文学》2002年第9期。

90年代写作者敏锐地感应到物化时代的狂乱气息并迅速做出反应。实力派青年作家邱华栋是这样表述的：

> 我发现我们的社会现实以其丰富的变革给作家提供了无比丰富的写作资源，可惜我们的作家还没有真正去正视和利用。但中国当代文学的发展已过了全面移植西方文学表现技巧的时期了，对现实的关注与表现毫无疑问将成为九十年代中国文学发展的多元格局的强势元。①

正是怀着这样的想法，邱华栋并不赞同那些寻找理想和价值杠杆的作家们，他认为"存在的价值不在抽象的理想中，而在彻底地'现实化'过程中"。② 正是随着中国社会现实的发展，随着现代化进程的不断加快，作家们在90年代的时空下，摆脱了知识分子面对商业浪潮的惶惑不安和无所适从，寻找到了新的状态和新的维度，满怀激情地投入了广阔的写作天地中。在具体的文本操作层面，邱华栋说：

> 我在写作时，就非常注意以90年代城市标志的一些细节来填充作品，比如大饭店中各种美食的名称、各种流行汽车牌号、各种流行摇滚音乐以及别墅中各种设施，都在我作品中予以凸现，我想我得以我的作品保留下90年代城市青年文化的一些标志性"符码"。③

这似乎可以代表90年代小说家的共同心声。对他们来说，物化的城市空间已不再仅仅意味着一个简单的地理区域名词，更象征着一种文化样式、一种生存方式。生活以它惊人的包容性为来自不同地域、不同阶层的人们提供了一个生存、寻梦和纵欲的舞台。因此，有别于以往作家的批判态度和意识形态话语写作，90年代小说家明确地将"物质"作为一个特定的审美对象纳入小说叙事。

首先是高度现代化的物质景观。看看邱华栋对北京的描写：

---

① 林舟：《穿越城市——邱华栋访谈录》，《花城》1997年第5期。
② 刘心武、邱华栋的文学对话：《在多元文学格局中寻找定位》，《上海文学》1995年第8期。
③ 同上。

北京完全是立体的，多层面的，它无比丰富，如同一片海洋一样容纳了各种各样的生物，各种各样的人欢欣地在这里生长。我发觉北京比其他城市更宽容，更具包容性，其实这里几乎没有几个人是真正的北京人，那些满嘴京腔的人，只要上溯两代，他的祖籍立即就变成了外地人，即使是居住在北京上百年的满族人也是明代末年从关外杀进来的。

——邱华栋《哭泣游戏》

鸟儿们已经全部从城市中消失。城市，人类的伟大杰作，这个由繁密的地下管线，比如排水系统、煤气供应系统与地下铁道，以及地面之上的所有楼厦，以及空中的无线电路和空中花园，所构成的庞大的空间，这就是人类生活的当代空间，一个纷乱而又死寂的世界，一个亲密而又孤独的群体，一个多样而又单一的构造，有翼生物在城市中飞翔、奔忙、生产、排泄与死亡。

——邱华栋《闯入者》

在邱华栋笔下，北京不是四合院、胡同式的民俗展示，不是千年皇城的历史阴影，甚至也不同于政治中心的政治谋略。它是由商场、写字楼、娱乐场所等大众文化工业构成的具有浓重物质气息的商业性大城市，更多地呈现其作为工业制造、商业贸易、金融活动以及科学文化中心的特征，甚至被赋予了生命的血肉，并有着与小说"人物本身一样重要"[①] 的地位。阅读邱华栋的小说文本，我们可以清楚地感受到物质带给人的压抑与震撼。他们在物质挤压和欲望诱惑下往往不知道自己身陷何处：

在黑暗之中，这一地区仿佛是升浮起来的岛屿，有多少快乐的人群在那里欢宴！那些被高级商场与名牌轿车吞吐的男人和女人则像是一个种群，他们的笑容与声音混合着淫靡的气息与华贵的灯光，构成了城市森林中迷人又叫人厌弃的风景。这时候吕安忽然产生了一种幻觉，他觉得自己是这座森林中的一只鸟，一只奇怪的鸟，也许还瘸了一条腿，像某种鸟那样在大街边向城市眺望。

[①] 刘晖：《世纪的渡过》，《哭泣游戏·跋》，长江文艺出版社1997年版。

——邱华栋《闯入者》

湖南作家何顿的小说则充满了喝茶、泡情人、洗桑拿、夜总会、歌厅、生意上的庆功宴和电视广告等场景描写，这些叙事场景与文本外的现实生活互相印证：

> 这个世界被流行音乐和流行歌曲的泡沫浇灌着，商店的音响里、街头的广播以及电视机里，都充斥着港台歌曲和大陆一些通俗歌手的歌声。二胡和小提琴都成了文物了。

——何顿《只要你过得比我好》

诸如此类的对物化空间的描写随处可见，它既让我们感受到现代生活的躁动不安、变幻莫测，又使小说在文本形态上获得了特殊的规定性。

其次，是自由、开放的内在品格。相对于80年代浓厚的政治化色彩，物化的生存空间更多地承袭了现代工业文明轻松、活跃的一面，显示出极强的包容性。特别是它不再以庄严肃穆的姿态拒绝外来者的进入，谁都可以在自由平等的商业竞争中，一夜之间改变自己的身份和地位，实现自我认可的人生价值。因此90年代小说文本更侧重摹写现代人的奋斗史以及青年群体的多样化生存状态。如邱华栋的中篇小说《公关人》中的W，大学毕业后分配到某国家机关，"只呆了一年就如脱缰的野马一样冲了出来，仗着优秀的专业底子和外语在外企干起了公关人的首领，迅速地成为这个痛苦而辉煌的转型期社会中白领阶层中的一员"；《手上的星光》中，"我"是一个来大都市淘金的"拉斯特涅式"的人物，在"一个喜欢追逐与满足欲望的时代"，希望"靠写作赚钱与成名"。生存空间的宽容、开放同样为黄红梅（《哭泣游戏》）、林薇（《手上的星光》）等人提供了堕落的机会，堕落使她们从身无分文的穷光蛋一跃而成为城市的新贵阶层。另外，何顿、张欣小说也显示了90年代生存空间的开放化、自由化特征。《只要你过得比我好》中的江哥，虽然没读过大学，却能在这个"撑死胆大的，饿死胆小的"社会中呼风唤雨，"我"投靠江哥之后也迅速发迹。

从本质上来说，这是一个充分世俗化、欲望化的生存空间，它不可避免地携带着现代化进程中的种种丑恶：对金钱的顶礼膜拜，对堕落腐朽的迎合屈从，对信仰道德的调侃嘲讽，对庄严神圣的自觉放弃……这些被作家用平静、客观、叙述性极强的话语展示出来。于是，我们面前的生活愈加呈现出复杂多变的面孔：它时而是高度丰富的物质世界，时而是极其贫乏的精神荒漠，时而是生命力勃发的家园，时而是欲望泛滥的场所。90年代小说，让那些阴暗迷离的生命宣泄和放纵赤裸裸地展现在我们面前，让人们在精神的委顿和情欲的混乱中，体悟到生命的无聊与空虚。

　　物化空间已经成为作家笔下各种时髦或优雅故事中的不可分割的一部分。许多作家开始把生存背景拟人化和性格化到作品中，有力地映衬了"新新人类"西方化的生活方式。以卫慧的《上海宝贝》为例，在某种程度上，这部作品可以视为20世纪90年代都市白领生活方式的集体展示。它用浓彩重笔加以渲染的是洋味十足的咖啡馆、酒吧舞会，中产阶级优雅、时尚的生活方式：她们早上化着不淡不浓的妆，坐空调巴士或出租车去Office上班；中午在装潢洋气的咖啡馆和小餐馆吃"白领套餐"；华灯初上的时候，"迈着猫步"走过淮海路"陈列着世上顶尖名牌的橱窗"。她们的脸上常有"淡淡的倦意淡淡的满足"。[①] 一般来说，她们的活动地点大多是"西方60年代的那种狂欢的诗歌沙龙"，女性肯定有人穿黑色"chanel长裙"，男性则肯定有人穿"gucci西装"。男女见面的方式很西化，不是来个"法国式亲吻"就是"意大利式拥抱"……在对幸福生活的满足和享受中，作者感觉上海的阳光像"泼翻的苏格兰威士忌酒"，城市里的景色则"像欧洲电影里的一种情绪"。潜藏在整个文本娓娓动人的叙述背后的并不是中立的、无动于衷的态度，而是充溢了太多的炫耀和得意。它是对时尚生活的倾心向往，对进行中的城市欲望的全力赞美，这一切编织成了崭新的现代叙事，重新书写了城市人的生活主张。在其他小说中，我们也能看到类似的描写：唐颖的《丽人公寓》中，宝宝和海兰潇洒地穿越城市的五光十色，然后坐进烛光摇曳的"莉莉酒吧"，吃一份引进的德国情人皮萨饼，放一大杯扎啤在边上……潘向黎的《无梦相随》中，奚宁悠闲地踱入名品商店，精心地挑选一组冬天用的口红和圣罗兰皮具，其精致独到的心理描写，使人联想到那种只有繁华的大城市才会有的"购物人生"以及仅属于城市人的物质体验。邱华栋的作品同样充斥了当代城市的流行表征：国际大厦、赛特购物中心、保龄球馆、广告人、行为艺术家、自由职业者、蹦迪、桑拿、假面舞会等，他偏爱用一些具有中产

---

　　① 卫慧：《上海宝贝》，春风文艺出版社1999年版，第114页等处。以下引用均出此书。

阶级享乐意味的名词，以制造富裕生活的乌托邦，满足商业时代大众普遍的"慕富"心理。

小说中人物的一切活动也都与物化空间有着直接或间接的联系。空间，不再只是作为背景出现在作品中，而是对人物的生存与生活产生着越来越重要的影响。它是个体赖以活动的场所，是标志个体现代性特征的身份证。在裘山山的《戈兰小姐的否定之否定》中，物不仅是场所和身份证，而且结构了城市人本身。小说中曾出现两个截然不同的戈兰，一个是洗尽铅华，神态慵懒，退居私人日常生活的戈兰，一个是用旗袍式黑衣裙和恰到好处的化妆包装起来，并被卡拉 OK 混响器强化了的戈兰，当其被介绍给孙先生时，孙先生对第一个戈兰毫无兴趣，对第二个戈兰则心醉神迷，并不由得发出这样的感叹："看来，对人的了解是要有个过程的。"[①] 了解的意义在于获得真实，而在孙先生看来，那个离开了物的资助和包装的戈兰不是真实的戈兰，物构成了戈兰小姐身体的一部分，甚至在强大的物质力量面前，作为主体的人反而丧失了主动性，只剩下受动性并进而成为物的奴隶。

这种对物本身的极度关切在当代小说中随处可见。一方面，物本身具有取代人的全部意义，甚至成为现代人自我主体建构的核心元素。另一方面，物超越了原有的话语体系，提供了一种新的生活的可能性。90 年代作家们对物欲的表述并不是反抗某种外在的对于欲望的克制，而是物质本身在文本中成为一种新的文化力量，既传达了人对于物质生活的高度迷恋，又混合了人对自我的想象方式，"'自恋'不仅仅限于身体本身，而且包含与身体相关的各种'物'的存在"。[②] 可以说，90 年代小说家是自新文学产生以来，最为详尽和细致地捕捉物质欲望和身体感受的作家。

第三节　世纪之交的欲望表达

在后现代主义和消费主义文化语境中发展起来的城市小说，不可避免地遭遇到欲望的问题。所谓欲望，按照丹尼尔·贝尔的说法，就是指超过

[①] 裘山山：《戈兰小姐的否定之否定》，《上海文学》1996 年第 6 期。
[②] 张颐武：《迷乱阅读：对"70 年代作家"的再思考》，《南方文坛》2001 年第 6 期。

了绝对需要，满足个人优越感、表明个人地位的永无止境的东西。欲望主要体现为人的本能欲求：比如物欲、情欲、权欲等。从本质上说，人的存在是一种欲望的存在，人的一切都无法逃离生命本体内在的各种欲望的驱动。整个人类社会的发展史，在某种程度上说，就是一部人类与自身欲望的斗争史，就是理性的道德规范和非理性的欲望潜能较智较力的演变史。在早期的人类生活中，人们的欲望相对简单得多。进入文明秩序以后，随着人的生存标准和价值理想的不断更替，人的需求越来越多，欲望变得越来越复杂。人类文明的程度越高，社会结构的体系越完备，同时也意味着人的非理性的自我潜能越受到制约，人的欲望越来越受到钳制。任何一个法制完备、价值体系健全的社会，都只能使欲望空间变得越来越小。而文明自身带来的高度物质化的现实，又不断地引诱着人类内在欲望的自觉攀升，从而形成了现代社会中存在的另一种悖论。由此形成的结果是，人不断地进入自我设置的荒谬境域。实际上，中外很多作家都强烈地感受到这种存在的荒谬性，并通过各种艺术方式进行了卓有成效的表达，从陀思妥耶夫斯基、卡夫卡、乔伊斯、尤奈斯库到加缪、萨特、卡尔维诺、米兰·昆德拉，等等。无数现代艺术大师早已将人的存在困境作为艺术探索的焦点。

在当代作家生活的90年代，中国的社会意识由极端压抑人的本能欲望，逐步过渡到欲望得以释放、追逐。这种变化起先是隐藏在经济政策开放、建设现代化大城市、与国际接轨等一系列的现代化的话语系统中悄然生长，最终，则成为这一切目标的根本动机和最终目的。[①] 因此，当代作家在直面中国当下的生存境遇时，自然也被这种欲望化的现实所深深折磨；而且这种折磨更多的是以一种感受式的面貌出现的。即，他们总是努力从各种层面上对这种难以调和的生存悖论进行全方位出击，并不断地将它们放入各种生存语境中，演绎成各种生命形态和生存方式。而当欲望经由市场的消费逻辑堂皇登场，成为人们日常生活的主要内容，成为一个时代日益明确的生活目标时，它迫使我们不得不摒弃传统的道德主义文化视角，重新思考当代文学的生存环境和发展命运。

商品化社会以满足人的物质需要为内在动力。在商品经济发展的初级阶段，需求的物质性由于被过分强调，不但占据了相当重要的位置，而且

[①] 陈思和：《现代都市社会的"欲望"文本》，《小说界》2000年第3期。

因为社会的普遍认同而变得合理化了，单纯的物质性享受由此成为一种社会时尚。90年代的社会转型，以计划经济向市场经济的全面转轨为标志，整个社会语境发生了全然不同于80年代的变化，如果说，80年代的启蒙话语和改革热情，更多地使人们沉浸于对未来的热烈而虚幻的憧憬之中的话，那么，90年代的商业浪潮，则激起人们前所未有的对物质利益的追求。人们仿佛一夜间意识到物质、金钱的重要性，迅速地从既往的道德和价值体系中挣脱出来，物质享受成为普遍的价值追求。"获利的欲望，对盈利、金钱（并且是最大可能数额的金钱）的追求，这本身与资本主义并不相干。这样的欲望存在并且一直存在于所有人的身上。"① 在这种社会文化语境下，人性所拥有的丰富的意识倾向被单一化和简单化了，人们放弃了对昨日所谓神圣的精神文化和人格操守的追求，价值取向明显地倾斜到物质需求这一翼。"发财致富"成为谈论的中心话题，现代人着迷似地拥抱物质世界，梦想一夜之间改变自己的贫民形象，确立新的生存地位。就像邱华栋所说的："我表达了我们这一代青年中很大一群的共同想法：既然机会这么多，那么就赶紧捞上几把吧……否则下层人就很难跃入上层阶层了。"② 他和他作品中的人物一样，"内心充满了野心与狂想"③，迅速膨胀的世俗欲望使他们学会了在竞争中凭借年龄优势、青春激情去争取一切利益，也学会了运用新的价值观念为自己做辩护：

> 在这座具有摇滚节奏的城市里生存下来并且活得好并不是一件十分容易的事情。
> ——《公关人》

> 现在这个世界，真的是强者的世界，是弱肉强食的世界。没有人同情什么弱者，只有人仰慕成功者。我要反抗自己，反抗命运。
> ——《告别自己》

> 生命的意义就在于让自己愉快。不愉快就绕开它，不然就是

---

① ［法］马克斯·韦伯：《新教伦理与资本主义精神》，于晓、陈维纲等译，三联书店1987年版，第7页。
② 刘心武、邱华栋：《在多元文学格局中寻找定位》，《上海文学》1995年第8期。
③ 赖翅萍：《论邱华栋的市民意识与城市写作》，《小说评论》1998年第5期。

负担。

——《弟弟你好》

诸如此类的言论在城市小说中比比皆是。它表明了城市人对利益原则的认同，又标志着商品经济下一种新型价值观的确立。

邱华栋的《城市中的马群》中"我"和商人杨胜利有这样一段有趣的对话：

> 我有些糊里糊涂地，我问他你为什么要开那么多的公司？赚那么多钱干吗？是要把月亮买下来吗？
> "嘿，真是可笑至极，告诉你吧，在未来的社会中，国家将不再存在，只有公司才是国家的真正支柱，世界今后将由跨国公司构成，庞大的跨国公司实际上就是国家，以赚取货币为唯一的目的。只有公司和货币才是真实的。"
> 杨胜利说着，眼睛里流露出奇异的光亮。他现在激动地像一只豹子一样在屋子里走来走去，一边挥舞着手中的报纸，一边滔滔不绝地演说着。
> "那么，你是否可以告诉我，你开公司、玩股票、赚大钱，这一切的一切，到底是为了什么？真的是为了买下整个月球？"我笑着问他。
> 杨胜利忽然愣住了，他把报纸扔在地上，两只眼睛瞪得老大："臭小子，你什么也不懂，你快点滚蛋吧，只有你才想去他妈的月亮上呢。"

可见，在这个时代，追逐物质已经成为一种生活潮流，许多人被这股潮流裹挟向前，将攫取物质财富当成了人生的最高目标。"在物质时代，女人追求物质，男人在创造物质。"[①] 人们用对"物"的占有来体现自身的价值，并作为自我存在的见证，却忘记了"物"应当是使生活更加幸福才存在的手段。邱华栋对物化城市做过这样的概括，城市"只是一个祭坛，在这个祭坛上，物是唯一被崇拜的宗教，人们为了物而将自己毫无

[①] 邱华栋：《蝇眼》，长春出版社1998年版，第24页。

保留地献给了这个祭坛"。① 当城市人虔诚地把"物"奉为神灵顶礼膜拜的时候，人便被"物"异化。一些人刚开始以自己的肉体和灵魂作为赌注来追逐物质与金钱，到后来却反过来被"物"控制，最终成为金钱的猎物和奴隶。马克思在评述货币的作用时，曾这样写道："它把坚贞变成背叛，把爱变成恨，把恨变成爱，把德行变成恶行，把恶行变成德行，把奴隶变成主人，把主人变成奴隶，把愚蠢变成明智，把明智变成愚蠢。因为货币作为现存的和起作用的价值概念把一切事物都混淆和替换了，所以它是一切事物的普遍的混淆和替换。从而是颠倒的世界，是一切自然的性质和人的性质的混淆和替换。"② 当代小说是这段话的绝好注解，也是探讨物化时代个体生存境遇与命运的经典文本。

上海作家唐颖的《丽人公寓》，以相当细腻的笔调，描述了一个城市女孩如何在物质诱惑与保持人性尊严之间挣扎，最终堕落的故事。小说的主人公宝宝是一家五星级酒店的前台接待，她年轻美丽，精明能干，矜持自尊。她鄙视小梅那种为了钱而出卖自己的女孩。所以，当她察觉到已有妻室的华侨富商安迪对自己非同寻常的热情时，她谨慎地保持着与他的距离。然而，在安迪的金钱攻势下，她一点点地被俘虏，她的内心深处不愿承认自己和小梅是一类人，她告诉自己她是被他的魅力所吸引。但是，她无法否认他的魅力来自他"成功和富有的背景"，也来自"他的不计较得失的花钱方式"。当安迪为她买下价值20万美元的公寓时，她"相信她已被他深深地吸引"，"她现在不是焦虑如何与他保持某种距离，她焦虑的是，他何以不成为她的情人"。衰老、身患绝症的安迪，最终用物质手段征服了宝宝，使她心甘情愿地钻进金钱编就的笼子。广西作家凡一平的《女人漂亮男人聪明》，题目本身就是对物质世界的认同。主人公宋扬在经济利益的驱动下，放弃了警察职位转而去办广告公司。他对到南方求职陷入困境的女孩彤彤说："你只要肯向世界上最强的两类——人和物（男人和金钱）投降，你就有前途。"为了获取一笔巨额广告费，他让高柳飞委身于大房地产商。小说中所有人物的命运都是被金钱所左右，自由理想、人格尊严完全成为金钱的附属品。就像宋扬所说的，"我连爱情和

---

① 邱华栋：《手上的星光》，华文出版社2001年版，第247页。
② ［德］马克思：《1844年经济学—哲学手稿》，《马克思恩格斯选集》第42卷，人民出版社1979年版，第155页。

荣誉都不要了,再不要钱,我就太傻了"。

欲望的对抗与利益的交换成为生活的目标,决定着人们的行为方式和价值取向。在物欲诱惑下,许多人义无反顾地踏上了"悲惨的不归路"。《手上的星光》里的林薇,从一个"单纯、美丽、清爽、自然"的女孩变成"在路上流浪的一只猫",一个与无数男性有过暧昧关系的"小脏孩";《生活之恶》中的眉宁,从纯情少女变为毫无羞耻感的高级娼妓;《焱玉》中的焱玉,从一个"捧着书本的学生味浓浓的、有理想有激情的女教师"变成空虚冷漠的城市白领;《何日君再来》中的小蜜,更是义无反顾地走向堕落……可以说,城市点燃了无数人的欲望之火,欲望又营造了残酷的生活之恶。物的诱惑和物质诱惑下青年人的堕落,成为城市小说所着力书写的主题之一。

另外,广州作家张梅对城市女性生活情状的描摹,对商业背景中种种时尚、欲望的捕捉也为文坛所注目。她的《孀居的喜宝》中,有这样洒脱的表述:"我们都抓住了世界的本质,我们都爱物质文明,我们不作茧自缚。"① 人对物毫不抵抗地拥抱,事实上是人的一种自我放弃。正如弗洛姆所言:"他已从他自身中分化出去,这正如某种商品的出卖者从他所想推销的那些商品中分化出去一样。……这时候他的'自利'已转变为专心致志地把'他'塑造成为能雇佣'他自身'的主体,塑造成为在人格市场上能赚到上好价钱的商品。"②

物的挤压粉碎了精神的独立性,爱情、友情退化成待价而沽的商品。张欣的作品以温和的笔调表达了对物化时代由衷的亲近,对感情的理性思考。她说:"我实在是一个深陷红尘的人……我在写作中总难舍弃最后一点点温馨,最后一点点浪漫。"③ 她往往给欲望裹上一层玫瑰色的浪漫,让主人公"有理由地堕落"。《难以逾越》中的丰媚媚,《亲情六处》中的简俐清,《岁月无敌》中的乔晓菲,《仅有情爱是不能结婚的》中的商晓燕,都是在欲望中放纵自我的都市女性。丰媚媚年轻貌美、精明干练,经济条件优厚,堪称"单身贵族"的代表,享受型的人生目标使她接受了做情人的角色。当某银行行长童川伟向她示爱时,她直言不讳地表示:

---

① 张梅:《孀居的喜宝》,《上海文学》1995年第4期。
② [美]弗洛姆:《寻找自我》,陈学明译,中国工人出版社1988年版,第176页。
③ 张欣:《深陷红尘重拾浪漫》,《小说月报》1995年第5期。

"我不是不讲爱情,而是任何一个女人都是有价码的,我不是奉献型的女人,我值这个价,绝不低就。""人生苦短,我需要的是享受人生。"《亲情六处》中简俐清说:"贫困时,我们不懂爱情。"其男友焦跃平正是那种"优秀但是贫困的男人",一旦认清了这个,她果断地与他分手,做了赵总的包姐。一年以后,她得到了卡迪拉克车,可以出入代表财富的"柏宁俱乐部",并且拥有一间高档时装屋,开始了自己所谓的事业。乔晓菲原本只是一个三流明星,她为了前途灿烂,傍上了一个香港殡葬业的老板,用老板的钱把自己炒得大红大紫,名利双收。商晓燕的生活目标就是"嫁一个成功的男士",她先是做总经理的情人,被抛弃后,与有过商务关系的智雄同居,当智雄提出与妻子离婚和她结婚时,她拒绝了,因为智雄没钱。虽然在她最困难的时候,智雄给了她温暖和安慰,但她认为:"结婚和情感是两回事",并坦言:"我是很看重自己的利益的,智雄和一个房地产公司的总经理,无疑我会选择后者。"当那个总经理重新向她求婚时,她毫不犹豫地离开智雄。可见,在现代商业社会,金钱主宰着一切,爱情成为奢侈和多余,成为一种诱惑和陷阱。她们这种功利性的生活态度、直截了当的欲望表达方式,都与现代商业社会混乱不堪的价值观念相契合。

欲望是真实的,又是隐秘的。严格的现实准则,文明的伦理外衣,决定了每个人不可能赤裸裸地、毫无顾忌地展露自己的欲望。但是,巨大的物质诱惑,非理性的本能冲动,却使人无时无刻不陷入种种欲望的泥沼。当代作家在直面这种人性的两难境遇时,显然不再以居高临下的态度来批判小说人物道德的沦丧,也不再用悲天悯人的情怀来慨叹人性的迷失,而是从容地承认世俗欲望的合理内涵,用事实来昭示一个不断向物质利益倾斜的城市新人类的形成。不管承认与否,这都是 90 年代市场经济大潮中涌现出来的真实图景。

第四节　欲望主体的现代性焦虑

截至 20 世纪 80 年代末期,在中国当代的城市写作中,我们几乎看不到物对人的诱惑和威胁。刘震云的短篇小说《单位》为我们描述了计划经济体制下城市人的生活方式:人们普遍地隶属于一个相对稳定的"单位",终其一生为"单位"服务,生老病死也全部由"单位"负责。城市人除了从领取工资、吃商品粮、生活条件优越等方面意识到"城市"的存在之外,对城市并没有多么深刻的认识和体验——没有失业的压力,没有巨大的机遇和风险,没有货币的饥饿症与恐慌症,没有物化力量对人性的考验和挤压,没有消费冲动和梦想,没有因欲望膨胀引发的道德危机,等等。如果说物质对城市人尚且存在压力,那么,也只能说是贫穷的、食不果腹、衣不遮体的生活压力。人们也有对物质的渴望,但这种渴望根本谈不上是"物欲",充其量也就是满足生存需求的温饱要求。所以,80年代的城市小说,即便是表现生活中物质的匮乏和人们对物质的渴望,也往往只触及城市人的生存表层,即,表现物质匮乏所造成的人物的外部生存困境。

在90年代,这种情况发生了变化。首先,90年代现代城市的迅速崛起,在带来高度发达的物质文明、改善人的生存条件的同时,又以物质的形式全面改变了人的生存环境。在物欲驱使下,原有的价值体系迅速崩溃,传统伦理道德被颠覆,人际交往法则被修正,个体由此陷入了被物诱惑又被物蒙蔽和割裂的生存困境。城市不再是人们休养生息的乐土,而逐渐变为一种异己化的敌对力量。在城市空间内,越来越强大的"物"和越来越弱小的心灵形成了巨大反差。城市对现代人巨大的诱惑力量和同化能力,以及随之而来的心灵分裂和精神悬浮成为作家们关注的重点。其次,90年代的社会转型为人们提供了多种价值选择的可能,但一元价值观解体带来的信仰真空,又使他们面临价值定位的危机,最终在选择的焦虑与盲目中感受到精神的焦虑。90年代城市小说把物化力量作用于人的理解,从主要是造成外部的生存困境转移到了造成内部的生存困境上。也就是说,90年代城市小说所着力表现的,是物化现实中城市人在物的挤压下所产生的孤独感、迷茫感、漂泊感、焦虑感。就像邱华栋说的:"我更关心的是大厦里的思想与灵魂、更深地关注在大厦里走动的心灵。我要表现这些城市焦虑的灵魂。"[1] 这些"焦虑的灵魂"正成为作家关注的焦点。比如在他的《手上的星光》中,"我"与杨哭到北京闯天下,为了挤进权力中心经历过种种坎坷,悲凉遭际后面是"我"面对繁华都市的复杂心态——对自身欲望心理的恐惧与迷惘;在都市生活中感受到的伤感与

---

[1] 张东:《一种纯粹守望着的理想》,《南方文坛》1997年第4期。

孤独，等等，这才是作家要表达的东西。《环境戏剧人》中"我"寻找龙天米，在寻找过程中体尝着都市人情的冷寂，而"我"的愤懑情绪也恰恰是作者对都市的反思而非沉湎。

90 年代城市小说倾尽全力地表现人的欲望与梦幻，表现不断膨胀的欲望与人自身现状之间的冲突所导致的困惑与焦虑，表现生命个体沉浮于世俗欲望不能自拔，最终变成彻底的物欲俘虏增值者的悲哀。

已故作家李肇正的《城市生活》，讲述了一对城市夫妻因为不断膨胀的物欲而导致家庭破裂的故事，为我们演示了城市人怎样由追逐物质到被物质追逐的悲剧。小说的主人公教师杜立诚、宋玉兰夫妇是一对上海知识青年。从江西调回上海，与杜伯伯、姆妈挤在一间八平方米的小屋内，房子小，结构又老旧，没有卫生设备。那个时候，他们最渴望拥有一套真正属于自己的房子。当这一梦想成真后，宋玉兰开始了大规模的装修行动，用她的话来说，"她要尽其所能地创造出一份属于她的华美"。为了筹钱，她在业余时间疯狂做家教。新房子总算装修好了，她又向更高的标准看齐，所以装电话、买空调、买大彩电又势在必行。为此，宋玉兰又想办法抠钱，不但与婆家在金钱上锱铢必较，不惜让丈夫为难尴尬，而且背着丈夫向他义务辅导的贫困生"逼债"。装好电话，买好空调和彩电，她还嫌不足，又去银行以贷款的方式买下一套中外合资的橡木家具和一套猪皮沙发来陪衬现代化家电。家具送进新房，安排到位，连送家具的工人都惊叹"新房子真漂亮"，宋玉兰站在房间当中，也产生了一种"非凡的感觉"。可宋玉兰的幸福感稍纵即逝，只要一想起同事姚老师的家，她就意兴全无，觉得自己的家"总是差一口气"：真皮沙发的皮面粗糙，中外合资的家具光面有色差，水曲柳的地板纹太夸张；彩电的色彩不够鲜艳；空调声音太响。看着这一切，她沮丧地"瘫倒在沙发上"。于是，又一次下定决心要向着姚老师那样的豪华家居奋斗……物质的诱惑使善良的小人物走上了一条"西绪福斯"式的没有终点的路，在这条路上，她不断抛弃妨碍她获得物质财富的东西，师生情、夫妻情、母子情……最终除了钱之外，她两手空空，一无所有。作者把人所生活的物质世界命名为"城市生活"，就是在这个强大无比的物质世界里，人被一个回合接一个回合地击败。

在物质欲望不断挤对精神操守的年代，城市的堕落与狂欢成为最耀眼的图景。城市可以提供喧闹的气氛、欲望的满足、物质的享乐，却无法消除寂寞，安置灵魂，寻求救赎。所以。城市人认同、依恋城市，又拒绝、反抗城市。何去何从的价值取向问题，一直是困扰城市人生存的难题。尤其是在年轻的城市文化人身上，这种精神层面的思虑显得更加凝重、滞厚。张欣《岁月无敌》中对人性温情的怀恋，张梅《殊途同归》中对城市生活的嘲讽，殷慧芬《焱玉》中对物化情感的慨叹等，都深刻地展示了城市人灵魂遭到放逐而无处皈依的痛苦。唐颖的小说《不要作声》，还将笔触伸向城市女性狂乱躁动、寂寞无奈的内心世界，写出了城市生存的内在匮乏感、无所皈依的漂泊感。女主人公"我"尽管衣食无忧、有钱有闲，但生活已被貌合神离的规范和优雅精致的物质形式所窒息，面对城市，"我""除了想逃避，再也没有其他念头"。在此，城市被塑造成与精神性彼岸截然对立的此岸状态——冷漠、功利、平庸、浮华，丧失深度意义和诗性追求……人类学研究表明，人类对城市的最初观念中潜藏着一种罪恶感，因为城市意味着与个体世界的分离，是亵神的、反自然的。《不要作声》中，主人公罪恶意识的闪现，恰恰透露出在城市生活的强烈冲击和震荡下，女性个体与外部世界之间的正常联系被割裂了，这种生存的断裂感导致了主体的认同焦虑，而焦虑体验进一步强化了主体对城市文化的否定性和异己性体认。对城市的逃避实际上是对物质化生存方式的否定和超越。而"我"的痛苦就在于，这种力量已经内化成一种惯性力量，甚至是一种无意识的内在需求。"我"的"心"是超越的、独立的，但"身体"却无法拒绝城市的诱惑。那种困惑、迷失的城市感觉传达出这样的信息：在新的生存空间下，城市人还缺乏主体建构的生存能力。

城市似乎总是给那些追逐物质欲望的人一些承诺、一些满足，它对人的改造、异化总是于无声处。但当世俗欲望膨胀到极限，便会像肥皂泡般破灭，到头来只剩下一片虚空。总之，在物欲横流的年代，人如果完全被物所役使、所钳制，那就只能走向个体生命的破碎和消亡。城市小说从个体价值的角度为城市生存做了明确的阐释。

由于物质欲望得不到满足而产生的焦灼与困惑只是心灵在物化世界的暂时状态，更可怕的恐怕还是另外一种状态，就是当人的物质欲望得到满足之后，心灵的空虚与失落。毕竟物质生活不是人的全部，物质无法取代精神追求，无法拯救人的灵魂。

何顿的《生活无罪》中，原本立志做画家的何夫经过一番"奋斗"成为大款。然而，当他实现了自己发财的梦想并坐上副总经理的位置时，却感到"这个世界真让人感到痛苦"。马民(《荒原上的阳光》)和李建国(《无所谓》)在经济时代为了满足世俗欲望而拼命挣扎,混进"成功人士"的行列中。但在经济富足之后,他们的精神领地因为失去了信仰和生存理念,又比原生态的市民阶层生出更多的心理困扰,比如《荒原上的阳光》中的马民,在赚足了生活资本之后,心灵的空虚使他也无法找回个体生存意义和在社会中的位置。韩东的小说《障碍》和东西的小说《睡觉》,对于放纵的欲望生存进行了反讽式的穿透,揭示了深受挤压的现代人生命存在的盲目、无聊、焦虑、厌倦、极其卑微的本质。弥漫于小说文本的欲望给人带来的并不是轻松愉悦,穿梭于欲望画面之间的是一种内在的紧张和焦虑——欲望的焦虑。这是一种对无法遏制的欲望的向往和恐惧相糅合的复杂情绪。

邱华栋《蝇眼·天使的洁白》更是把物欲满足后城市人精神的悬置状态表现得入木三分。小说中的主人公、摄影记者袁劲松通过拉广告的方式挣了不少钱,然后把吃穿、日用的很多世界顶尖名牌都像吃快餐一样享用了一番。但他发现他体会到的快乐竟然如此短暂——拥有物的短暂快乐并没有使他感受到他所期待的幸福,却使他"渐渐体会到了那种沦陷的感觉"。为了不被物化的城市异化为平面人,他左奔右突,却总是步入绝境:渴望通过纯真的爱情来提升自己,却落入别人设好的圈套;希望通过本能的放纵解除焦虑,却染上性病。袁劲松在现实生活中找不到摆脱困境的有效途径,他开始变得焦虑不安、寂寞难耐。他常常一个人在街上游荡,在陌生的人群中走动,他感到"孤独这个可怕的虫子咬噬着他那颗被黑夜浸泡的心"[①]。袁劲松的痛苦是可以理解的。人在物化现实中,尽管刚开始的一段时间内会被物质欲望所驱使,甘于物对自己的奴役,而且从对物的占有中可能体会到一时的"幸福感",但最终,这一切必将变成本体性的痛苦。袁劲松的悲剧向我们喻示:焦虑是高悬于现代城市人头上的达摩克斯剑,面对它,城市人无处逃遁。另外,在邱华栋的小说《蝇眼·午夜狂欢》中,于磊的幻象游历,秦杰的神经麻木症,何晓的"飞行死亡"等,折射出来的欲望满足后的虚妄状态,也达到了巅峰和极致。

当然,邱华栋笔下的几个女性形象也体现了欲望满足后精神的空虚。在小说《闯入者》中,杨灵18岁离开家,进入城市打拼,先后干过许多

[①] 邱华栋:《蝇眼·天使的洁白》,长春出版社1998年版,第2页。

职业却一无所成。正当她又一次失业，处于茫然困惑的时候，一个偶然的机会她认识了吕安，在城市里无家可归的杨灵成了吕安租住房子的"闯入者"。后来的同居生活使她获得了情感上的满足，感受到家的温暖和幸福。但这一切并没有使她放弃追逐物质享受的初衷，反而加快了她追逐欲望、走上"不归路"的脚步。杨灵原本是一个争强好胜、敢打敢拼的女孩子，她聪明、乐观、积极进取，但在对城市欲望的追逐中，她性格中的优点一点点丧失，最终变成了为欲望而生、为欲望而死的城市"平面人"，精神世界坠入一片虚无的深渊。《生活之恶》中的吴雪雯和眉宁，是两个让人过目不忘的形象。生活之役扭曲了她们的灵魂，把她们放逐到欲望之壑的边缘，她们便放逐自己的灵魂，从此开始了与男人们的游戏与征逐。在她们看来，感情是虚空不可依靠的，只有从男人那里得来的物质的东西才是实实在在的。她们放纵欲望，疯狂地报复男人。吴雪雯以摧垮男人的意志、折磨他们的情感为快感，可是却在物质欲望的极大满足后，走向虚妄苍白的人生之路，最终，以收集与之有过性关系的男人内裤为乐趣。想要报复生活，却最终被生活所吞噬，是邱华栋笔下女性的共同命运。眉宁的"欲望之舟"似乎是在不知不觉、稍不留意中，就驶向了邪恶的港湾。在与罗东的一场肉体交易后，眉宁的灵魂发生了裂变，以丧失与男友尚西林的圣洁之爱为代价，走上了原本不属于她的生活道路：义无反顾地踏着欲望的节奏，成为一个高级妓女，一个真正的城市空心人。相比来说，眉宁的选择比吴雪雯、林薇们更令人感到震撼，更使人感到世俗力量的强大。《哭泣游戏》中的黄红梅，本来是一个由四川来北京的打工妹，在"我"的帮助下，由小保姆、按摩女摇身一变成为餐饮部新秀，物质的极大满足使她的精神走向空虚，灵魂变得虚妄。她抛弃了感情，在城郊建起了占地200亩的花园别墅，穷奢极欲，最终走上了欲望的祭坛。评论家李洁非曾说过："表面上看，物化现实满足了人的需要，实现了人的欲望，而在暗中，它也使人走向自己的反面。更准确地说法是，物化现实造成了人的自我分裂：它满足你的一部分需求，却又夺去你另一部分的需求；提供给你身体的享受和自由，同时却又提供给你心灵、精神上的空虚和不自由。"[①] 的确如此。90年代城市作家以其丰富的小说文本，实践着他们的创作宣言，给我们提供了90年代物化现实形形色色的悲喜剧。

[①] 李洁非：《物的挤压——我们的文学现实》，《上海文学》1993年第11期。

变幻莫测、高速运转的城市生活引发了城市人的现代性焦虑，它弥漫于城市的各个角落，如影随形地追赶着人们，压迫着城市人已经脆弱不堪的神经。在唐颖的小说《爱的岁月最残酷》中，女主人公万新与丈夫两地分居，寂寞难耐，希望借助婚外恋获得情感的抚慰，以拯救苦闷的心灵，却因无法得到真诚的感情而极度焦虑，患上了严重的忧郁症。丈夫彭家庆则徘徊于修复家庭与另择新欢之间，陷入进退两难的焦灼中，最后老做同样的梦：膀胱胀得发痛却找不到厕所。这个梦其实是现代人灵魂处于焦虑状态的隐喻。"充满焦虑的人从来不以确定的态度面对和审视他所感受到的东西；这种情感不仅自我显现，而且也震颤到它的对象上。在这里，与从主体自身充分引起（即使不是产生）生命以及死亡焦虑的社会现实状况相关的否定内容，即客观上引起焦虑的东西被完全表达了出来。没有这个否定的内容，焦虑就根本不能构成。"[①] 焦虑和绝望之后，城市人往往更渴望安宁温馨的精神家园。可是，城市人何时能寻找到安顿灵魂的栖息地呢？

漂泊与寻觅是人类永恒的文学母题。自亚当、夏娃被驱逐出伊甸园，人类就开始了漂泊返还的旅程。相对于浮躁喧嚣的城市空间来说，乡村往往以其古朴纯厚、恬淡宁静的田园生活，被人们视为灵魂的家园和栖息地，一再得到文学家的歌咏。城市是不具备温馨、质朴、宁静等安抚心灵品格的。它充满竞争、挑战和压力，在现实和文学中注定无法扮演"精神家园"的形象。不仅如此，城市还被赋予了一种道德的含义：城市是罪恶的渊薮，人们在城市这个文明与邪恶并存、冒险与机遇同在的时空里漂泊，仅仅是借助城市来实现某个梦想或获得一个较好生存环境。无论是城市闯入者还是土生土长的城市人，对现代城市都没有天然的亲和与由衷的情感眷恋。人在城市，永远是在"路上"，永远处于无根的漂泊状态。城市的现代化所导致的这种本质性的漂泊感，既是一种居无定所、四海为家的生存状态，又代表了一种失去人生方向和心灵寄托的精神状态。生存漂泊是90年代城市小说的关注热点。

北京作家丁天有一篇小说的名字就叫《漂着》，朱文在《弟弟的演奏》中，更是逼真地描写了"奔走者"的场景：

[①] ［德］古茨塔夫·勒内·豪克：《绝望与信心》，李永平译，中国社会科学出版社1992年版，第6页。

没有人追我，只有我自己在拼命地向前奔，我和我血淋淋的心脏一起，在半空中没命的向前奔，在一颗飞行的子弹的前方，在一颗子弹追上我之前，我仿佛知道这是我最后一次就要被结束的奔跑。这是我最后一次的奔跑，这是凝聚我一生的奔跑！我要在这最后的几米中耗尽我所有的爱所有的恨，所有的理想所有的空虚，然后应声倒下去，在这阵天旋地转中坠入死亡之谷，但是我怎么总觉得自己漂浮着，坠不下去，还没有死干净吗？我还趴在现实的地面上吗？

在90年代城市写作中，"漂浮"是一种典型的生存状态。类似的主题词"漂泊者"（白烨语）、"游走"（王干语）、"奔跑"（葛红兵语）都是城市人"价值悬浮"和"理想空缺"的表征。单从小说的篇名上我们可窥见一斑：丁天的《漂着》、张人捷的《狂奔》和《我现在就飞》、韩东的《交叉跑动》、许辉的《走》、鲁羊的《出去》、棉棉的《告诉我通向下一个威士忌酒吧的路》、周洁茹的《飞》……类似的作品我们还可以排列出许多。

商品经济的飞速发展使人丧失了自己的世界，失去了对于未来和过去的连续感觉。他们始终处于一种价值判断、理想追求缺失的漂泊状态中，而这种"坠不下去"的感觉又使他们不断地狂奔。不幸的是，这种"奔跑"状态往往预示着人生目标的丢失。典型的作品是朱文的《尽情狂欢》，小说中，"我"为了一个十万火急的信息狼狈奔突一天，原来这则信息竟是一个玩笑；而所谓的目的地"光华门"也成了一个匆匆而过的站台。朱文的另一个小说《到大厂到底有多远》，表现的是"距离的无限"。其实，"大厂"本来是一个实际的存在，"朱文"曾在那里工作栖息，可他仍像陌生人一样发问，自己反而成了自己的陌生人。正如葛红兵所说的，他们的"奔跑"是"一种抽象的生存方式，一种强迫症行为，一种无端的消耗感、隔阂感，是无法立定、停止、站住、守望、守神、稳住的苦恼"。①

西飏的《青衣花旦》描写了一群精神失重的城市"空心人"：两个无所事事的男人与两个陌生的舞女都备感空虚和迷茫，彼此之间的试探、摸索也无法填充精神的虚空。结尾的时候，四个人一起爬到楼顶乘凉。他们

---

① 葛红兵：《新生代小说论纲》，《文艺争鸣》1999年第5期。

"好像正在某次航行中,但他们不知道自己在茫茫大海何处,也不知道船最终的目的地"。① 这是对城市漂泊者精神状态的形象写照。丁天的小说《饲养在城市的我们》,则以伤感的笔调诉说失去理想支柱的城市青年的心态:"我们"这个青春群体,没有任何理想和目标,整日漂浮在生活表层,找不到一个坚实的精神寄托。在他的另外一篇小说《告别年代》中,"我"试图在理想与现实之间寻求一个平衡的支点,努力探询活着的意义,但始终寻觅不到灵魂的栖息地,只好让精神"飘着"。

90年代城市小说中的人物总是喜欢流连于街道、商场、舞厅、酒吧、夜总会等,他们在这些地方演绎着自己的悲欢离合,而很少在"家"里。这种漂泊无依的生活,实际上正是现代城市人精神上"无家可归"的隐喻。

在这个欲望极度膨胀的时代,一切既有的理性秩序、伦理观念和价值取向,都不可避免地遭受着巨大的冲击乃至无情的颠覆。由此导致的结果是,在自由竞争和物质时尚的浮华外表下,人与人之间的信任开始出现大面积的危机,亲情、友情、恋情……一切源于生命本能需求的情感支点,也都被卷入无根的漂浮状态。人,作为独立个体的人,越来越走向自我灵魂深处的迷惘、怀疑与焦灼,他们最大的恐惧是不知道无限膨胀的欲望会把他们带向何方,生命不能承受之轻才是他们的现实"焦虑"。这是现代人类无法逃避的精神事实。正如丹尼尔·贝尔说的:"现代主义的真正问题是信仰问题。用不时兴的语言来说,它就是一种精神危机,因为这种新生的稳定意识本身充满了空幻,而旧的信念又不复存在了。如此局势将我们带回到虚无。由于既无过去又无将来,我们正面临着一片空白。"②

现代人正面临着信仰的危机,他们很难在当下生活中找到安顿灵魂的精神家园。现实五光十色的魅力只出示实利和诱惑,根本无力给人提供新的精神生长点,所以任何诗意的、浪漫的追求都显得荒唐可笑。我们期待他们在经历了欲望化的阵痛后,能更充分地认识到生活本身是变动不定的,但是生活的真正价值应当从一个不容变动中的永恒秩序中寻找,这种秩序不是在我们的感官世界中,必须靠我们的判断力才能真正把握它,因

---

① 西飚:《青衣花旦》,《上海文学》1997年第8期。
② [美]丹尼尔·贝尔:《资本主义文化矛盾》,赵一凡译,三联书店1989年版,第74页。

为判断力是自由、自主、自足的。①

第五节 物化叙事对小说美学规范的疏离

作为一种叙事策略，先锋作家之后的小说家，从一开始就把小说彻底地理解为一种"平民艺术"，除了极少数人还能冷静地直面心灵的探询外，他们中的大多数已经不像20世纪80年代的知识分子那样，热衷于充当大众启蒙者的角色，也不像先锋小说家那样充满着对人类生命存在状态和终极困顿的探究勇气，而是常常为内心世界灵与肉的冲撞焦虑不安，为物质世界与心灵需求的失衡郁闷难平。在他们看来，充满自由竞争和实利追逐的市场经济已经吞噬了人们的精神追求，所谓道德的、政治的、知识的眼光，在审视现实世界时都必须经受欲望的考验。欲望如影随形，无处不在。面对小说，首先就要面对欲望的层层逼视，面对生活本相的呈现和描述，也就是直陈生活现场。在作家眼中，小说写作是"作为特殊的精神冲突和难题"②的缓解，是"克服自己难以克服的某种情绪，为了更好的生活下去"③，是"行走在现实泥土之中的人内心的一种飞翔的愿望"④。这种逃离了任何超越姿态的写实性叙事策略被当代小说家普遍认同之后，带来的叙事倾向便是：热衷于书写欲望化的表层生活。

事实上，他们中的大多数人都自觉地将叙事话语停滞在生存表象的陈述上。因为他们觉得在一个信仰崩溃、理想破灭的时代，批判和否定大众的生活方式是一种费力不讨好的事情，而任何试图建构价值体系的行为更是枉费心机；只有物质性的实利原则才能引人注意，也只有以大众喜闻乐见的日常审美经验博取阅读市场，才能在更深的意义上为作品的存在和作家自身的物质利益打通生存之路。所以，当代小说家所选择的文学方式与其感受生活的经验方式之间几乎很少有缝隙，小说存在的多维性与现实存在、意识存在之间形成了相互印证的同构关系，小说叙事完全成为对作家主体所处的人生状态的直接记录。相应地，小说存在的意义也基本剥离了

---

① ［德］卡西尔：《人论》，甘阳译，上海译文出版社1985年版，第11页。
② 韩东：《小说的理解》，《作家》1995年第1期。
③ 朱文：《片断》，《作家》1995年第2期。
④ 鲁羊：《天机不可泄露》，《钟山》1993年第4期。

意识形态方面的使命和义务，不再诉诸形而上的观念的批判性表达和终极价值的探询，而只是限定在与现实生活息息相关的体验和感觉之中。就目前的创作实践来看，90年代作家也正是以他们对表象的及时捕捉为显著特征的。他们用个人化的叙述书写当下社会的生活状态，用直观的经验化意识构造小说的情节。经验的雷同使小说不折不扣地变成了一部现实生活的复印机，将不断流淌的日常经验和世俗人生复制下来，一览无余、事无巨细地放大在读者面前，让我们充分地感受到现代工商业文明冲击下人性的堕落与狂欢。可以说，对当代生存现实的镜像式书写，构成了一幅逼真的商品拜物教与消费至上主义的时代全景图。

90年代作家坦然地把欲望化的个体经验作为主要写作资源的同时，在创作上必然寻找与他们的现实生活经验相匹配的表现形式，发展一种畅快淋漓、无所顾忌的表达方式——表象化叙事。概括来说，这种表象化叙事的特点就是，第一，摒弃深度叙事模式，排斥过分铺陈的叙述，完全凭借个人的感觉去构架故事；第二，重视对现象的捕捉，冷落对本质的探掘，不再将融注着历史性的当下作为透视人生繁杂体验的审美对象，而是在割裂历史的前提下毫无保留地介入当下；第三，将各种感觉碎片随意地拼接在一起，以造成表象捕捉与拼贴手法结伴而行的叙事效果。

表象化叙事是这个时代最流行的文学术语，对表象的书写和表象式的书写构成了当代小说写作的基本法则。

表象化叙事在湖南作家何顿的小说里表现得最为明显。何顿曾说过自己的小说，"很多都是对当下生活的记录"。[①] 他的中篇小说《我不想事》、《生活无罪》、《弟弟你好》，长篇小说《就这回事》、《只要你过得比我好》、《我们像葵花》等，都将叙事放置在多元化的商业语境中，以朴实无华甚至粗糙单一的文字，讲述着一个个活生生的物化城市时代的故事。有个体经济小商人在原始积累阶段如何发家致富的故事，有知识分子如何义无反顾地辞去公职闯荡商海的经历。既写他们如何在通往发财的路上历尽磨难，又写他们如何彻底堕落于世俗生活的过程。这些故事大都有着原初真实的生活气息和粗粝质朴的艺术形态。为了更切近表象化的生活现实，把话语渗透到平庸生活的底层，更好地表达自己的个人化体验，何顿在小说中使用了一种未经修饰的口语，甚至还夹杂了大量的长沙方言俚

---

① 张均：《何顿访谈录》，《当代小说》2000年第1期。

语，如"老子崽不找一个情人"、"哎呀，黑妹鳖"、"老子一通晚没睡觉，累醉了"……无论是骂人的粗话，还是痞气十足的日常用语，都被何顿赋予一种真真切切的"在场性"，从而让文本自身的语态方式契合人物的生存状态和身份特征。可以说，何顿笔下的市民故事，是20世纪90年代社会转型期出现的真正"原生"状态。他抛弃了先锋作家惯用的游戏化叙述风格和艺术上的精雕细琢，无为而为地贴近于本分的现实主义叙述，让文本与凌空蹈虚的虚构世界和极端化的叙述实验相对而生，用一种扎扎实实的平民化写作，来呈现真正解放的生活原型，在对小市民阶层生存状态的逼近和复活中，再现了商业化时代种种触目惊心的现实图景。正如有评论家所指出的，何顿的小说有一种"目击现场"的效果，"它是一种平面化的生活现实，一种无法拒绝的存在，又是一种令人震惊的见证"。[①]

在叙述姿态上，何顿不仅自觉地放弃了知识分子的批判意识和内省精神，还试图嘲讽和消解某些正统的价值观念与人格操守。他将叙述视点下移至市场经济时代的城市贫民，反复强调物质利益、金钱欲望与人的生存地位之间的紧密关系，不断地将物欲化的现实演绎成一种合理的、必然的，甚至是最为核心的存在本质。他把这种混乱不堪又生气勃勃的生活现状不加雕琢地呈现出来，为我们描述了城市青年向物质现实和实利原则妥协过程中的尴尬心态。从本质上来说，何顿的小说以媚俗的方式肯定市场经济下人们对世俗化的迎合与认同，其价值立场值得怀疑。但是，他对城市生活状态的表象化叙事，的确唤起了读者的阅读兴趣，在一定程度上纠正了先锋小说疏离读者的极端化倾向。同时，在故事构架上，他有意避开那些复杂的现代文本结构，趋向于采用单一的线性叙事法则，以表象化、物质性、故事性的小说框架，消解了叙述者、小说人物和读者之间的文化差异，缩短了结构美感和阅读快感之间的距离，让我们无须花费多少脑筋，就能感受生活的腾挪起伏。虽说引不起什么大悲大痛，却总有些若有若无的回味。当然，在肯定他的平面化叙事的时候，必须认识到，这种写作方式一定程度上影响了其作品的艺术探索性和精神含量，使他的很多小说在叙事上不但粗糙生硬，缺乏某些必要的起承转合和强劲的艺术冲击力，而且还出现了作品之间的相互重复。如对城市贫民谋财方式的雷同书写，在人物生存境遇上对偶然性事件的反复设置，等等。

[①] 陈晓明：《回到生活现场的叙事》，《太阳很好·跋》，中国华侨出版社1996年版。

邱华栋的小说是90年代表象化叙事的又一特例。他在长篇《城市战车》的《代后记》中说："在一个传媒时代里，小说应该是什么样子的？我认为，更多的信息已是好小说的重要特征。信息量一定要大，否则一部分小说将很快被信息垃圾湮没。"① 基于这样的小说观念，邱华栋更乐于用信息化的方式，向我们展示90年代中国城市变革所带来的形形色色的新事物：广告、公司、投机、犯罪、色情、颓废、疯狂、冒险意识、享乐主义、精神忧郁等。城市新人类、新的生活方式、价值观念等，成了他小说中体现现代意识的文化符号。

相比同时代其他作家，邱华栋更善于采用正面进攻的方式，赤裸裸地表达90年代城市背景下欲望化的生存现实。他的写作始终与物质霸权时代的人性冲突相牵连，不断地将个体的物质化本能推向极端状态。这种由情欲、财欲、权欲共同组成的人类的本源性欲望，在邱华栋的小说中，不仅成为颠覆一切价值观念和伦理秩序的重要手段，也成为被物化现实扭曲的人性面目的直接见证。他早期的作品《生活之恶》，就以彻底的形而下姿态讲述了商品经济下被欲望困扰的现代城市生活及城市人的堕落。在小说中，罗东—吴雪雯—黄尚—梁小初—尚西林—眉宁等，每个人带着各自的目的，紧紧围绕着情欲、物欲，纠集在一起。为了得到一套梦寐以求的、准备和恋人结婚用的房子，眉宁不惜用自己的贞操和商人罗东做交易；吴雪雯以征服男人为快乐，以收集男人短裤为乐事，凭借漂亮的外貌拥有了包括6位数的银行存款在内的许多东西。她们不断牺牲人格和尊严，一步步陷入自我欲望的泥潭。可是，物质欲望的极大满足并没有使她们得到快乐，反而使她们在与城市的角逐中，最终被城市吞没。他们之间又像某种生物链一样环环相扣，既相互依赖又相互欺诈，构成了一幅当代商品人的交易表演图，交换的欲望已将感情全部窒息。《生活之恶》给我们提供了一种外在化的欲望场景，展示了现代社会由欲望引动的种种奇迹般的生存状态，这种生存状态既虚幻又真实，既荒诞又可信，既浮华又荒凉。

在谈到自己的创作时，邱华栋曾经说：

> 对于我，以及像我一样出生于"文化大革命"开始以后的一代

---

① 邱华栋：《信息化的想象（代后记）》，《城市战车》，作家出版社1997年版，第287页。

人来说，我们没有太多的历史记忆。我们受教育于八十年代，这时候中国改革开放的程度日趋广大，社会处于相对快速的整体转型。进入九十年代以后，我们的社会迅速地进入到一个商业化的社会，经济已成为社会发展的目标和动力，一切都围绕着以经济建设为中心进行着，而我和我的同代人也就生活在这样一个经济化的社会中。没有多少"文革"的记忆的我们，当然也就迅速沉入到当下的生活状态中了。同样，作为一个自觉的写作者，我的目光也就放到了当下的生活景况中。①

对历史记忆的匮乏和现实的亲历性，使邱华栋从创作伊始就把对当下生活的描写作为创作的主要题材，如实地传达变革时代令人眼花缭乱的流行观念和时尚的生活方式，尤其是，他对现代物质文明刺激下的欲望化生存保持着高度的叙事热情，对现代城市中种种非常态化的命运状态有着敏锐的感知。但同时，又在价值观念上与叙事对象保持必要的距离，这使他的小说在不断地沉入各种本能的、极端化的世俗生存时，又不时闪现出些许诗意的成分；在不断炫耀环绕着物质光环的情欲魅力时，又时常凸显出人性深处的丑恶；在单调、重复甚至缺乏逻辑力量的叙事过程中，又偶尔流露出艺术上的智性。

与其他城市小说相同的是，邱华栋的作品很少涉及宏大的社会性命题，这样一来，他就自觉地摆脱了意识形态的束缚。他从不对社会公众意识和主流形态做出承诺，只针对自我灵魂的挣扎发出声音，因此，他很乐于接受和实践轻便简捷的个人化写作方式，以获得与所描写对象的亲近关系。他的写作无一例外地都是面对被欲望不断驱赶着的自我，面对当下的自我困境。除了展示自己那颗无所依傍的灵魂，展示在纷繁的现实中极为混乱的情绪之外，便无法抵达更加深刻的境界。"回到当下"是他的小说宣言，"放逐意义"是他小说创作的主要倾向。

从叙事上看，邱华栋热衷于采用戏剧性、荒诞性的叙事技法，所以，他笔下的人物和故事总是与混乱的现实秩序形成某种紧密的同构关系。曾有人这样评价他："语言与现实世界的关系是一种基本对应的关系，呈现出容易让人理喻、没有符号化的欲望表象化书写。人性的冲动、现代人的

---

① 邱华栋：《城市的面具·自序》，《城市的面具》，敦煌文艺出版社1997年版。

处境、生活的存在形态在解读中就给人朴素的颗粒般的质感。"① 也可以说，这种对当下生活的即时性叙事，是邱华栋竭力回归生活本身，并以此来遏制语言狂欢的有意识的创造性活动——当然，这种形而下的平面化写作，就其审美内涵的丰厚性而言，无疑使他的不少作品都受到了不同程度上的负面影响。

"新生代"的另一个重要作家朱文，干脆采用表象拼贴的方式，来呈现"此在"的城市生活场景和大众庸碌的日常生活，表现"新生代"作家对当代生活的特殊观望。从他的《傍晚光线下的一百二十个人物》、《五毛钱的旅程》、《到大厂到底有多远》等小说，我们可以看到，朱文试图把日常生活放在平面状态下任其自然流动的努力。在《傍晚光线下的一百二十个人物》中，作者把小说的叙事场景定位在一个没有名字的小酒店，采用摄影的方式，记录了傍晚时间在小酒店进进出出的众多人物的动作、语言：小丁给烟酒店起了个"傍晚"的名字、店主李忠德与魏长顺闲聊、有两个人来约老板娘搓麻将、一群东北小伙到小店喝雪碧、李忠德为狗的事与仇老头争吵、店主的女儿小娟带回两个小混混吃饭……这七个场景彼此之间没有必然的因果联系，更不构成一个完整的故事，它们仅仅是随着傍晚时间的流逝出现的七个没有中心、缺乏诗性的生活片断。朱文对这七个生活片断进行随意的拼贴、剪辑，力求客观冷静地对生活做外在观照。他并不把视角深入人物的意识，叙述也不带有任何批判和反省的色彩，仅仅是让人物在傍晚微弱的光线下自我表演，捕捉他们影子一般的生活。这其中的人物，不是作者事先设定具有某种性格或命运的人物，也没有特定身份，他们只是因为在这个特定时间段进出这个小店，才进入作者的叙事领域，他们的进进出出丝毫不影响作者镜头的转动。在这里，人与其他动物并没有什么本质的区别，人物接触构成的流动性的日常生活，也只不过是一种动物群落在特定时空中的物理存在和关系状态。在傍晚的阳光下，片断的生活以它们自己的方式随着时间流动，呈现出真实的"物性"存在。或者说，朱文的写作目的，就是力图恢复生活本身的"物性"存在状态。不追问形而上的生存意义，也不做理性的价值评判。七个因发生地点相同而被拼装在一起的场景，组成了一个短暂而平常的傍晚，它会随着夜色的来临而被湮没，也许会在另一个傍晚重现。朱文借小

---

① 张学昕：《邱华栋小说创作论》，《北方论坛》1999年第2期。

说表达这样的看法:"我看到了傍晚,而我所能说出的只是今天这个傍晚,一个傍晚光线下的眼睛能够捕捉到的影子,它什么也不是。"①

《五毛钱的旅程》、《到大厂到底有多远》等小说,同样体现了朱文的"平面化"写作观念。这两个小说很随意地截取短暂旅途中汽车内的片断式情景:《五毛钱的旅程》中,整个旅行过程都在售票员要多收五毛钱,而乘客拒付五毛钱的争吵中进行;《到大厂到底有多远》则不厌其烦地展开对邻座的一个女孩和同车一家三口的观察。看似毫无意义的事件被朱文用微妙的心理碰撞、粗鄙的原始欲望和起伏跌宕的情节填满,从而完成了对原发生活状态和"物性"情态的展示。小说的叙述力量来源于他能把极端无聊的生活讲述得生机勃勃,让读者在不经意之间感受到个体存在的卑微、琐屑、宿命与荒诞。可以说,小说中的每一个细节都是反常规的,都充满了后现代的荒诞感。而叙述者自己却始终扮演着一个冷漠的旁观者的角色,用自己的感官去实现"目击现场"的效果,用鲜明的画面造成富有震撼力的"现场感"。

"新生代"的其他作家也纷纷采用拼贴式的叙事方法。比如韩东的《去年夏天》,叙述在夏天发生的一系列琐事,而各个事件之间缺乏逻辑联系。小说的结尾也很夸张:"实不相瞒:这篇小说正是我九二年夏天的几篇日记凑合而成,掩人耳目的说法即是'以小说的方式对日记的解析'。"韩东的另外一个小说《长虫》,写主人公"我"陪女友去儿童玩具店买玩具长虫的经过,全部由平庸琐碎的生活片断连缀而成。朱文颖的《卑贱的血统》,小说的叙述外观呈现为两套叙述的拼贴:一次夏夜街头偶然的相遇与一个异域故事,两个故事之间形成了相互抵消、背离的状态。在周洁茹《午夜场》、《熄灯做伴》等作品中,我们看到一切事件都如在现实里那样,支离破碎、扑朔迷离。生活在其间的人们从来不凭借理性去分析和综合。生活的零碎与不可察觉性,感觉的易变与欲望的浮躁,都在一个又一个平铺的事件中展示出来。90年代作家采用的拼贴手法常常是孤零零的,各类表象片断在时空上没有彼此的相互联系,没有整体与部分之间的联系,人生与断面上的生活全景,都以一种混合的形态呈现出来,连同所遇所想都处在感性的旋涡中,小说显得凌乱无序、松散重复。

之所以选择表象化的叙事方式,是和"新生代"作家对生活的认识

---

① 朱文:《傍晚光线下的一百二十个人物》,《钟山》1995年第2期。

态度相关的。在他们看来，生活就是一种平面式的模仿，只不过有些人喜欢模仿高雅的生活，有些人倾向于模仿低俗的生活。实际上，生活本身并没有什么表象与本质的区别，因此，展示生活的外在形态，从另外的角度来说，也就是击穿生活本质的方式。"新生代"小说这种关注世俗生活的本色叙事方法，使他们的小说创作充满一种自然的平民色彩，但是，在面对当下人生碎片的叙述中，关注偶然性、零碎性的人生片断，拼贴手法的运用，又使他们的小说结构过于琐碎平庸。它也许会因为新鲜的表现内容给人短暂的视觉冲击，却不能像优秀的作品那样带给读者灵魂的震荡和恒久的回味，因为"它们缺乏一种特殊的重心，一种有分量的思想内容。它们不能在读者心灵中激起一种深永的兴趣，只是轻微地而且暂时地触动一下心弦。它们像浮在水面的软木塞，不产生任何印象，只轻飘飘地浮在水面"。[①] 小说创作自然无法获得坚实的艺术品格。

　　有必要指出的是，继苏童、余华、格非、孙甘露、北村之后，朱文、邱华栋、何顿们已经不可能在小说形式方面做出更多的变革，形式主义的策略在90年代作家手里已经走到了尽头。他们在艺术上的理想追求，既不可能有更多的颠覆意义，也不会有更大的开创性。他们的小说更倾向于常规小说，一般都有清晰明确的时间线索、生动鲜明的人物形象和富有逻辑性的细节处理等因素，等等。当然，这并不说明他们缺乏独创性，而是小说这种艺术形式所能开掘的资源已经接近于枯竭，以至于60年代苏姗·桑塔格等人宣称小说已经死亡——传统小说的形式力量、叙事技巧已经耗尽了其可能性。何顿、邱华栋们能开拓一片独特的领域，在很大程度上，只能寄希望于他们对生活的理解方式和叙事视点的别具一格，以此达到对生活本质的穿透。事实上，他们的"表象化写作"的真实含义在于，以"书写自我"反抗传统的"书写他者"，实现从"代言人"式写作到"个人化写作"的转变，以重新确立知识分子的自我存在。当然，确立自我存在也包括对自身的审视，以及自我与社会关系的重新叙述。"书写自我"立足于一个感性的、带有反省机制的生命个体，才有不断开掘和质疑的广阔空间。

[①] ［法］爱克曼辑录：《歌德谈话录》，朱光潜译，人民文学出版社1982年版，第38页。

第六章

20世纪90年代身体写作的牢笼：
以女性小说为例

"新时期"以来，女性文学所取得的成就是巨大的。这一方面得益于西方女性主义理论在中国的介绍和影响，另一方面根源于中国社会、文化的变革对女性作家的冲击。特别是1995年第四届世界妇女大会在中国的召开，更是极大地推进了国内的女性文化研究进程，使有关女性的问题成为整个中国文化界关注的中心。学者们也纷纷就女性文学写作异军突起的现象发表各自的看法。一时间，与女性文学写作有关的概念，如女性写作、个人化写作、私人化写作、欲望化写作、身体写作等频频露脸于相关刊物和研究著述中，成为20世纪90年代中国文坛一道独特的风景。本书并不打算纠缠于对上述种种概念界定的争论中，只想通过"身体写作"这个侧面，考察90年代女性小说创作的意义和局限。

第一节 身体写作的理论资源

"女性写作"或者"身体写作"是一个具有浓厚西方文化印记的概念，它直接来源于法国女性主义作家与学者埃莱娜·西苏的理论。挪威学者陶丽·莫依曾高度评价埃莱娜·西苏对"女性写作"所做的贡献，她写道："大部由于埃莱娜·西苏的努力，'女性写作'问题得以占据70年代法国的政治与文化讨论的中心位置。"[1] 公认最能代表埃莱娜·西苏"女性写作"立场的著名论文是《美杜沙的笑声》。在这本书中，西苏明

---

[1] [挪] 陶丽·莫依：《性与文本的政治——女权主义文学理论》，林建法等译，时代文艺出版社1992年版，第133页。

确提出:"我要讲妇女写作,谈谈它的作用。妇女必须参加写作,必须写自己,必须写妇女。就如同被驱离她们自己的身体那样,妇女一直被暴虐地驱逐出写作领域,这是由于同样的原因,依据同样的法则,出于同样致命的目的。妇女必须把自己写进本文——就像通过自己的奋斗嵌入世界和历史一样。"[1] 她热情地赞美女性身体经验所蕴藏的丰富创作资源,主张利用这些资源进行一种开创性的"新的反叛的写作",她认为,写作"这一行为将不但'实现'妇女解除对其性特征和女性存在的抑制关系,从而使她得以接近其原本力量;这行为还将归还她的能力与资格,她的欢乐、她的喉舌,以及她那一直被封锁着的巨大的身体领域;写作将使她脱超自我结构,在其中她一直占据一席留给罪人的位置"[2]。

那么,女性"写自己"与男性文学书写女性的区别在哪里?女性要书写的究竟是什么?对于这个问题,埃莱娜·西苏的理解是,既然历史与文化对女性的钳制,是与对她身体与欲望的钳制紧密联系的,那么,要使女性获得解放,首先要回归女性自身的身体和心灵体验,从未经"象征性的秩序"所污染的前俄狄浦斯阶段的母性力量中,汲取强大的精神滋养,真正做到使身体回归自己所有,使之既不再是在父权制度交换网络中被交易的东西,也不再被任意想象与篡改。西苏写道:"通过写她自己,女性将返回到她自己的身体,这身体曾经被从她身上收缴去,而且更糟的是这身体曾经被变成供陈列的神秘怪异的病态或死亡的陌生形象,这身体常常变成了她的讨厌的同伴,成了她被压制的原因和场所。"[3] 于是,在男性叙事的观照下,女性的躯体言说的其实是男性的欲望和权力,"女性身体原本是不言自明的自在之物。但是,作为自在之物的身体只是一个沉默的身体,身体的感觉与形象仅仅为个体所独享。一旦身体进入公共视域,身体的社会形象便只能通过语言符码来建构和指认。由于原始社会和文明社会都是男权制社会,男性牢固地掌握和控制着文化的生产权力和话语霸权,因此,形成女性身体文化的思想观念便是由男性设计制定的。我们现在所知的女性身体形象也是由男性的历史之手制造并且是符合其男权中心主义需要的。这些需要来自男性对女人的欲望和恐惧。换句话说,传

---

[1] [法]埃莱娜·西苏:《美杜沙的笑声》,张京媛主编《当代女性主义文学批评》,北京大学出版社1992年版,第188页。

[2] 同上书,第194页。

[3] 同上书,第193页。

统的女性身体修辞学无疑表现出明显的男性中心立场"。① 这样一来，女性身体被压制的同时，思想和言论也就被压制了。只有"写你自己"，"让人们听到你的身体"，"潜意识的巨大源泉才会喷涌"。按照西苏的理解，妇女可以而且应该通过自己的身体表达思想，因为她没有属于自己的语言，唯有身体可以依靠：妇女"通过身体将自己的想法物质化了；她用自己的肉体表达自己的思想"②。由于冲破了传统男性视阈与父权制文化的禁忌，她们将"自己的经历写进了历史"，开始"飞翔"。可见，西苏所说的"女性写作"的首要特征，就是要从女性的身体叙事开始，对男性叙事话语的封锁进行突围，以此达到突破禁区、动摇男权价值体系的目的。

当然，身体写作还存在一个具体的话语层面上的操作问题。既然在父权制社会，男性掌握着女性的身体，必然同时掌握着对于女性身体的叙事权力，甚至通过他们对女性的躯体修辞实现男性的权力。面对这种情况，在《美杜沙的笑声》中，西苏又强调："几乎一切关于女性的东西还有待于妇女来写：关于她们的性特征，即它无尽的和变动着的错综复杂性，关于她们的性爱，她们身体中某一微小而又巨大区域的突然骚动。不是关于命运，而是关于某种内驱力的奇遇，关于旅行、跨越、跋涉，关于突然的和逐渐的觉醒，关于对一个曾经是畏怯的继而是率直坦白的领域的发现。妇女的身体带着一千零一个通向激情的门槛，一旦她通过粉碎枷锁、摆脱监视而让它明确表达出四通八达贯穿全身的丰富含义时，就将让陈旧的、一成不变的母语以多种语言发出回响。"③ 因此，我们可以从中归纳出西苏"女性写作"的特征，"即它必须是女性视角、立场的产物，必须忠实于女性的真实感受"。④ 在男性面前，"女性将不再是被观赏、被窥视、被界定的对象和客体，在她们的形象成型的过程中，没有男性的价值观、审美观在潜在地发挥着作用。她们，是褪尽了男性的欲望，而表达了女性的

---

① 向荣：《戳破镜像：女性文学的身体写作及其文化想象》，《西南民族学院学报》2003年第3期。

② [法]埃莱娜·西苏：《美杜沙的笑声》，张京媛主编《当代女性主义文学批评》，北京大学出版社1992年版，第195页。

③ 同上书，第200—201页。

④ 杨莉馨：《异域性与本土化：女性主义诗学在中国的流变与影响》，北京大学出版社2005年版，第184页。

自觉的"。①

西苏倡导的身体写作的呼声很快得到了美国学者的积极响应。苏姗·格巴进一步讨论了女性的自主与创造问题，"第一，许多妇女把自己的身体作为她们艺术创作的唯一可用之媒介，由此，女性艺术家和她的艺术品之间的距离常常令人吃惊地急剧消失了；第二，女性身体所提供的最基本的，也是最能够引起共鸣的隐喻就是血，由此，创造这一文化形式也就被体验为一种痛苦的创伤"。同时，这两者又是相互联系的，"因为女性艺术家体验死（自我、身体）而后生（艺术品）的时刻也正是她们以血作墨的时刻"。②认为女性身体隐喻的"'空白之处'，女性的内部世界，代表了对灵感和创造的准备状态，自我对潜在于自我之中的神的奉献和接受"。③

综上所述，我们不妨这样归纳西苏倡导的女性身体写作的叙事动机与写作意图：用自己的眼光审视自己，认识自己，在被淹没的女性历史中重新发现与寻找自我，书写自己的历史。西苏的理论影响了中国学者对"女性写作"的沉思与探寻。当代中国从事"身体写作"的女作家们，也希望按照自己的想象和意愿，叙写自己的身体形象及身体欲望，将丢失已久的女性自己对自己身体的解释权夺回来，并"在文学史中重建女性身体修辞学，终结那种由男人来说'她有一个身体'的被代言的历史"。④

第二节　身体写作的文本实践

谈到20世纪90年代中国女性文学的"身体写作"，王安忆是一个绕不开的存在。虽然王安忆并没有旗帜鲜明地倡导"身体写作"，但她在80年代中后期的小说创作对后来的"身体写作"启发极大。

---

① 杨莉馨：《异域性与本土化：女性主义诗学在中国的流变与影响》，北京大学出版社2005年版，第184页。

② [美]苏姗·格巴：《"空白之页"与女性创造力问题》，张京媛主编《当代女性主义文学批评》，北京大学出版社1992年版，第166页。

③ 同上书，第180页。

④ 向荣：《戳破镜像：女性文学的身体写作及其文化想象》，《西南民族学院学报》2003年第3期。

第六章 20世纪90年代身体写作的牢笼：以女性小说为例

1986年王安忆完成了她的"三恋"系列（《荒山之恋》、《小城之恋》和《锦绣谷之恋》），1988年又完成了小说《岗上的世纪》。在这些作品中，王安忆一再肯定人的身体的解放，认为人的肉体和感官快感的需要也应该得到满足。特别是作家对女性的性心理的准确把握，对男女两性之间复杂的心理变化和性体验的诗意呈现，都称得上是用"身体"冲击宏大的理性叙事的开端。

在小说《荒山之恋》中，王安忆重点描写了金谷巷女孩儿和一位大提琴手之间疯狂而热烈的恋情及最后的悲剧。金谷巷女孩儿高大、美丽、有主见、敢于冒险，她健康、成熟的身体在胆怯懦弱的大提琴手眼中充满了性的味道。尽管大提琴手的妻子一次次宽恕、原谅他的行为，并一如既往地善待、爱抚他，可他最终还是无法抗拒金谷巷女孩儿的身体诱惑。在那场令人震撼的性爱关系中，王安忆让男女两性的性别关系出现倒置，女性不再是被动地接受男性的身体召唤，而是主动表达自己的身体欲望。我们从作品中感受到的是摆脱了社会文化、伦理道德束缚之后女性"身体的声音"。《小城之恋》中剧团的一对蒙昧的青年男女，女孩肥硕粗俗，男孩瘦弱丑陋，他们朝夕相伴，身体的成熟伴随着性意识的萌动，他们竟然在性中找到了无限的乐趣，他们抓紧一切时间幽会。而性的欢娱则使他们的身体发生了令人注目的变化，"她面色姣好得令人原谅了她硕大笨重的体态，眸子从未有过的黑亮，嘴唇从未有过的鲜润，气色从未有过的清朗，头发则是浓黑浓密。她微黑的皮肤细腻光滑，如丝绸一般"。他"则是平复了满脸满身的疙瘩，褐色的疤痕不知不觉地浅了颜色，毛孔似也停止分泌那种黄腻腻的油汗，脸色清爽得多了，便显出了本来就十分端正的五官"。可是对性的过分沉溺，使女孩恐惧起来。当她无力拒绝性的诱惑时，她想到以死亡来结束这一切。但最终母性的本能战胜了性和死亡带来的恐惧，也使女性超越了男性。《锦绣谷之恋》则展示了一位中年女编辑在长期的麻木状态之后性意识的重新苏醒和随之而来的对生命的全新体验。很显然，王安忆是肯定性本身的力量的。

最具冲击力的还是她的《岗上的世纪》，小说中女知青李小琴为了争取到返城名额，主动勾引村长杨绪国，这本来是一个极普通的权色交易故事。但是，作者没有按照传统的男性话语模式来写，而是从女性的审美视角来叙述。作品中李小琴对杨绪国的戏弄，对他的性无能的嘲讽，等等，都是对传统的两性关系模式的颠覆。小说的最后，当双方超越了功利性目的，于山冈上享受七天七夜的性爱狂欢时，展现给读者的是女性的生命之美和两性关系的神圣。正像有人评价的，小说"以细腻的、蓬勃的、从形而下到形而上的性心理的情感方式和生命体验过程为线索，把两性关系中一直以男性为中心的快感转移到一个女性文化视阈的心理世界的真切感受"①上，小说中的男主人公完全丧失了传统的那种以男性为主导地位的情感体验，显得非常"猥琐可悲"，甚至自觉地"趋同于投身于女性文化的制约之中"②。在这些小说中，王安忆不露声色地暴露男性人格上的弱点和缺陷，却给女性以很高的境界和优越感，成功地颠覆了男尊女卑的父权制神话，具有改写男性中心状态的意义，从而不可避免地为女性主义批评家们提供了丰富的理论素材。

进入20世纪90年代，中国女性文学的身体写作也似乎进入了一个空前的话语狂欢期。在埃莱娜·西苏这位新潮女性主义理论家的庇护和启发下，中国女性作家逐渐意识到身体的存在和价值，意识到从男性躯体修辞中夺回女性身体叙事的必要性：既然女性的身体属于女性自己，为什么要男性来塑造和言说自己的身体？打破文学领域中的性禁忌，从男性作家那里夺回对于女性躯体的书写权力，就成为摆在女性作家面前的命题。中国女性开始大胆地表达自己的身体经验和感受，摆脱被男性欲望所代言的历史，纠正被代言的历史中女性躯体所遭受的歪曲和变形，并以躯体写作的方式向父权制男性躯体修辞挑战。特别是当历史发展到20世纪90年代，中国女性迎来了身体解放的全新时代，可以称之为自"五四"以来中国女性的"第三次解放"，因为"一个相对平等、进步的社会机制和相对发达的电脑信息化网络的建立，使女性有权利更加自主地选择自己的生存方式，无论是选择婚姻，独居还是离异，也无论是出外做工还是选择滞留家里，不会有体制上的压力和公共道德舆论上的指涉。只有在这个时候，身体的问题才会被提到认识层面上来，遭受泯灭的性别才得以复苏，女人对自己身体的认知欲望于是格外强烈。她们不必再如以往一样借男权之眼为镜，在那面哈哈镜中反观自己，而是力图通过女人自己的目光，自己认识自己的躯体、正视并以新奇的目光重新发现和鉴赏自己的身体，重新发现

---

① 丁帆：《男性文化视阈的终结——当前小说创作中的女性意识和女权主义批评断想》，《小说评论》1991年第4期。

② 同上。

和找回女性丢失和被湮灭的自我"。①

在小说领域，随着以林白、陈染、徐小斌、海男等为代表的一批年轻女作家的崛起以及她们作品中体现出来的新的美学追求，身体写作在中国当代文坛长驱直入、锐不可当。一些精致的文本，如林白的《一个人的战争》，陈染的《与往事干杯》、《私人生活》，徐小斌的《双鱼星座》等，由此诞生，尤其林白的《一个人的战争》，堪称是一部关于女性心理成长的传记。这个作品从女性的身体入手，从对女性性感及性感区域的精确描摹出发，以跳跃式的结构和多重视角的转换叙述，记录了女主人公多米认识人生的探索与自我实现的轨迹。作品中关于女性成长的惊世骇俗的描写，关于女性隐秘心理以及性感体验的大胆裸露，在当时的文坛引起了强烈的震动和极大的争议，并由此引发了一场意义重大的文化事件，如同后来研究者所指出的：

> 林白的《一个人的战争》、陈染的《私人生活》相继以自传体的书写方式讲述了女性心灵和身体的成长故事。在这些故事的讲述中，女性的身体欲望和性感经验冲破了传统文学的叙事规范，获得了真实尖锐的自我表达，把读者带到了一个从来不曾认知的隐秘世界，使他们在那里惊愕、思考或者愤怒。这种离经叛道的个人化身体叙事，在当时引起文学道德主义者的攻讦和非议，成为社会精神生活中的一个文化事件。②

同时，也是为了抵抗"文学道德主义者"对林白的非议，中国女性主义批评家借用埃莱娜·西苏的理论，将林白的身体叙事命名为"身体写作"或者"私人化写作"，并指出这类身体叙事的"幽闭"倾向和"自恋"气质。比如，作品中的女主人公时刻"感到身边遍布着敌人"，她们拒绝进入公共空间；她们最喜欢象征着自恋、幽闭情绪的密室和浴缸，喜欢通过镜子欣赏自己的身体；沉浸在密室和浴缸里的女主人公，充分感受到一种怜香惜玉的快乐，这种快乐不需要与别人分享，也拒绝别人

---

① 徐坤：《双调夜行船：90年代的女性写作》，山西教育出版社1999年版，第17页。
② 向荣：《戳破镜像：女性文学的身体写作及其文化想象》，《西南民族学院学报》2003年第3期。

分享；等等。

前文提到，《一个人的战争》发表后，引起了社会的普遍关注，甚至引发了人们在传统道德意义上的质问。小说中有一大段对女性自慰情景的描写：

> 这个女人经常把门窗关上，然后站在镜子前，她的衣服在椅子上充满动感，就像有看不见的生命藏在其中。她在镜子里看自己，既充满自恋的爱意，又怀有隐隐的自虐之心。任何一个自己嫁给自己的女人都十足拥有不可调和的两面性，就像一匹双头的怪兽。她的被子像一朵随意放置的大百合花，柔软的棉布触摸着她灼热的皮肤，就像一个不可名状的硕大器官在她的全身往返。她觉得自己在水里游动，她的手在波浪形的身体上起伏，她体内深处的泉水源源不断地奔流。透明的液体深透了她，她拼命挣扎，嘴唇半开着，发出致命的呻吟声。她的手寻找着，犹豫着固执地推进，终于到达那湿漉漉蓬乱的地方，她的中指触着了这杂乱中心的潮湿柔软的进口，她触电般地惊叫了一声，她自己把自己吞没了。她觉得自己变成了水，她的手变成了鱼。①

由于这段身体叙事，林白被人指责为"准色情"作家。其实，林白对女性性行为和性体验的描写，采取的是一种非写实化、唯美化的处理方式，并不具备多少直观性。读者从作品中所能见到的，也不过是大段的"诗性话语"的抒情性叙事，远远不能满足声讨者们真实的窥视欲望。单纯从叙事的袒露程度上说，她的身体写作也无法与同时代的男性作家相比，譬如在《废都》里，贾平凹利用古典小说的白描手法进行的性描写，实在要比女性作家们来得直接和醒目得多。但是，小说发表后引起的激烈反应实在令人深思。如果说，男性作家对于女性躯体的审视、其感官欲念与快感体验不仅可以尽情展示，甚至还有可能获得某种文化学意义上的崇高解读的话，那么，为什么女性作家一旦正视自身的身体体验却要遭受讥评呢？这是否再次提醒我们，在男权制的文化语境中，即使是女性作家非常严肃地进行"女性主义"意义上的"身体写作"，也难以改变男性大众

---

① 林白：《一个人的战争》，长江文艺出版社1999年版，第1—2页。

读者的"非女性主义"的误读?

从一定程度上,笔者认为,由于历史文化传统根深蒂固的影响,以身体的自觉为标志的女性意识在实际阅读中极易遭受误解、利用而走向粗俗和媚俗。"由于作家的主观意图、读者的接受阐释和作品一旦独立之后生发的价值之间并不是一一对应的关系,因此,怎样在作为主体的身体与作为窥视与消费对象的身体之间划出一个明确的界限是颇为困难的。这其中既存在着读者对作品的误读,也不排斥创作者主观上的某种不良动机的掺入。一旦创作者笔下的身体与心灵断裂,欲望的放纵失去了理性的节制,身体便会迅速地被物化成为色情消费的对象。所谓的由身体写作谋求自我实现的主观理想也会成为虚妄"。[1] 这段话道出了中国女性文学的身体写作在我们这个时代所面临的危机。

继林白、陈染之后,更加年轻的新一代女作家——卫慧、棉棉、魏微、周洁茹、朱文颖、赵波等,以更加大胆放肆的方式参与到女性文学身体叙事的实践中来,除了延续身体叙事的性别化、私人化特征之外,她们更乐于使用身体叙事的方式来证明自我的存在。棉棉就曾经在《一个矫揉造作的晚上》中,借主人公的话表达过自己的小说理念:"艺术就是东捅捅西蹭蹭添点乱才好,重要的是创造者本身得时刻保持兴高采烈的状态。"[2] 她的《啦啦啦》、《九个目标的欲望》等作品较好地贯彻了这一意图,小说中除了城市青年的原始欲望、本能冲动的肆意宣泄外,没有心灵的灼痛和人格上的操守,也不存在精神上的障碍。"死在路上"是她们命运最好的预言和生动的写照。如果说,她们拥有所谓激情的话,也只能是讲述青春梦魇的冲动。就像卫慧所说的:"我们也许无法回答时代深处那些重大性的问题,但我愿意成为这群情绪化的年轻孩子的代言人,让小说与摇滚、黑唇膏、烈酒、飙车、CreditCard、淋病、Fuck 共同描绘欲望一代形而上的表情。"[3] 她们具有丰富的城市经历,在对工业化进程的城市生活书写中具有强烈的参与、建构和想象意识。90 年代迅速变化的消费社会的现实景观,成为她们的日常经验和写作资源。高等学校良好的知识熏陶和现时代以个体为本位的文化观念,培养了她们"个人化"的写作

---

[1] 杨莉馨:《异域性与本土化:女性主义诗学在中国的流变与影响》,北京大学出版社 2005 年版,第 237 页。

[2] 棉棉:《一个矫揉造作的晚上》,《小说界》1997 年第 1 期。

[3] 卫慧:《我生活的美学》,《小说界》1997 年第 1 期。

方式；而城市化进程中纷繁迷乱的文化经验和欲望体验，则成为她们的叙事对象和写作背景。她们的文学实践在很大程度上直接面对 90 年代的文化市场，发展了一种时尚化的身体写作方式。

1999 年卫慧的小说《上海宝贝》出版，作者卫慧把自己的美人照片刊登在封面上，美女照片、名牌大学的学历、上海大都市的生活背景，无疑增添了小说的时尚、新潮、另类色彩。"从而使《上海宝贝》不仅一般地满足了市场化的窥视欲望，而且还极大地满足了开放时代与社会转型过程中公众追新逐异的时尚心理，以致《上海宝贝》的盗版数在很短时间内竟达到几百万册之巨。2000 年春天，卫慧和她的《上海宝贝》在报刊网络媒体上占尽风头，一时间还流行着'空气里都是卫慧的味道'的说法。"① 在这样一本引起轰动效应的小说中，卫慧以半自传体的方式，讲述了一个简单粗糙的"三角"恋爱故事：女主人公倪可周旋于两个不同类型的男人之间，纯真脆弱、略带神经质的大男孩天天，热情奔放的已婚德国男人马克。天天代表了灵与爱的一面，倪可在心中早已把他当作爱情的停泊地，可是他却连"一次完完整整的性"也不能给她，他们两个的结合建立在一种"有爱无性"的基础上，这样的结合对于贪恋身体欢愉的倪可来说，显然是"不公平"的。倪可经常感受到一种挫折感："他在性上存有很大障碍，我不太清楚这是否与他心理上所受的悲剧的暗示有关。记得第一次在床上抱住他，发现他的无助后我确实感到失望透顶，甚至怀疑自己是否会继续与他相厮守。从大学开始我就被一种'性本论'影响了人生观，尽管现在已有所矫正。"② 所以，尽管天天用他的吻和忠诚的爱情感动了倪可，但是，"有灵魂"的吻不能替代生理上的快感。倪可渴望天天的进入，可结果只能是"支离破碎的情欲找不到一条流淌的通道"，处于性饥渴的倪可只能依靠自慰来释放身体的压抑。在这种情况下，德国情人马克的出现就顺理成章了。马克显然是肉和欲的象征，是倪可生命欲望的宣泄地。小说中是这样描写的，"我的异国情人，有一双美得邪气的蓝眼睛，一个无与伦比的翘屁股，和大得吓人的那玩意儿。每次见到他，我就想我愿意为他而死，死在他身下，每次离开他，我就又会想

---

① 向荣：《戳破镜像：女性文学的身体写作及其文化想象》，《西南民族学院学报》2003 年第 3 期。

② 卫慧：《上海宝贝》，春风文艺出版社 1999 年版，第 4—5 页。

应该去死的人是他"。① 马克那"排山倒海"般的性，使倪可"好像跟天底下所有的男人做了爱"，倪可在两个男人之间游走，一方面沉醉于和天天之间的纯真爱情，另一方面又难以控制自己的身体欲望。问题是，在快感面前，倪可和天天的柏拉图式的"古典爱情"简直不堪一击。天天的"灵"根本无法作为一个势均力敌的对手与马克带给她的肉体欢愉相提并论。在灵与肉的交锋中，性的快乐往往占据上风。虽然倪可偶尔也感觉到灵与肉分离带来的缺陷，甚至在每次与情人马克做爱之后，会陷入自责和厌恶之中。可事实上，她从来没有企图弥补两者的分裂。相反地，时时以炫耀的姿态叙说自己的生理愉悦，甚至沉湎于这种带有"另类"体验性质的身体快感，"我想象着他穿上纳粹的制服、长靴和皮大衣会是什么样子，那双日耳曼人的蓝眼睛里该有怎样的冷酷和兽性，这种想象有效地激励着我肉体的兴奋。"②

从叙事的袒露程度上来说，显然卫慧比她的前辈作家们更加坦率。她丢弃了前辈作家林白、陈染等用语言编织的诗性面纱，让身体自在的行走在更为视觉化的语言空间中。对于性爱场景的描写也相当直接干脆，文字间流露出的是大胆的欲望写真和赤裸裸的人体展示。对于自己潜意识中躁动的性幻想和性想象，也极尽渲染之能事。性、自慰、滥交、毒品、金钱、恐惧、死亡等意象充斥在小说的每个角落。在某种意义上，我们甚至可以把主人公倪可等同于卫慧本人，主人公倪可的欲望故事也就是作者卫慧的欲望故事，倪可的身体也就是卫慧的身体，倪可的"尖叫"也就是卫慧的"尖叫"。《上海宝贝》的出现，标志着女性作家的身体写作走出了林白等人的自恋主义，成为消费时代文学生产的主流。如果说，林白的身体写作在某种意义上来自文学批评的命名，那么，卫慧的身体已经成为写作的秘密，看看卫慧自己的话：

> 为了精妙传神地描写出一个激烈的场面，我尝试着裸体写作，很多人相信身体和头脑之间存在着必然的关系，就像美国诗人罗特克在他的百年祖宅里，对着镜子穿穿脱脱，不断感受自己的裸舞带来的启示。这故事可信与否不得而知，但我一直认为写作与身体有着隐秘的

---

① 卫慧：《上海宝贝》，春风文艺出版社1999年版，第210—211页。
② 同上书，第61页。

关系。在我体形相对丰满的时候我写下的句子会粒粒短小精悍，而当我趋于消瘦的时候我的小说里充满长而又长，像深海水草般绵柔悠密的句子。打破自身的极限，尽可能地向天空，甚至是向宇宙发展，写出飘逸广袤的东西。①

我觉得自己瘦下去了。身体的汁液化作墨水汩汩流进了笔尖，流淌到了小说的字字句句。②

身体不但支配着作家的写作，而且成为其主人公的生存法则。以挑战父权制为宗旨的"身体写作"，在卫慧笔下，被简单地改写成身体欲望的放纵暴露和想象呈现，"身体叙事"成了关于女性下半身的隐私故事。女性主义批评家对身体写作所寄寓的种种期望——颠覆、对抗、挑战、解构等，全都被商业写作的轻佻、做作、肤浅、庸俗置换。从90年代中期到末期，短短几年的时间，身体写作似乎走完了从女性主义到反女性主义的风光历程。以至于有论者谈到身体写作在90年代的文本实践时，不得不遗憾地指出，"文坛上多的正是部分写手打着先锋的旗号，浑水摸鱼，暗中偷换概念，将身体变成迎合男权文化传统的欣赏趣味的基本场域，而使身体和隐私的呈现泛滥成灾。这就使中国的女性'身体写作'在突破封建主义重围的同时又跌入了男权意识和商业主义合流布设的陷阱，最终沦为满足庸众趣味的低俗读物。"③"身体写作"在文坛的品位和声誉大大降低，招致了很多严肃的女性学者的批评，很多优秀的女作家也对它由回避与抵制，转向了探寻新的女性文学发展道路。王安忆在《女作家的自我》一文中总结说：

新时期文学的初期，女性作家们是下意识地在作品中表达了自我意识。使自我意识在一种完全没有觉醒的状态中登上了文学的舞台，确实带有可贵的真实性。同时也应正视，在这一时期里的自我意识，因是不自觉的状态，所以也缺乏其深刻度，仅只是表面的，问题是发生在觉醒和深入之后。……她们下意识却又清醒地根据传统的根深蒂

---

① 卫慧：《上海宝贝》，春风文艺出版社1999年版，第166—167页。
② 同上书，第111页。
③ 杨莉馨：《异域性与本土化：女性主义诗学在中国的流变与影响》，北京大学出版社2005年版，第237—238页。

固的审美习惯抑或是时下流行的样式设计作者自我。从这一个被谬误与聪敏改造过的自我，能够出发到什么样的境界呢？①

这段话表达了王安忆对中国女性文学写作走入误区的深刻焦虑和理性思考。也正是出于同样的原因，林白、陈染等作家有意识地探索更加纯粹的"个人化"写作，旨在回到内心、回到精神王国，在纯精神性的情感世界建构艺术殿堂。就像陈染所说的："写作的时候，我愿意进入一种精神深处，然后能够达到一种自醒的、或者反省整个人与社会的一种深度状况。"②"我觉得只有那种探测人性深层的复杂性，透析人内心的东西，这样的作品才有长远的意义。"③ 我们期待着女性作家这种执着于精神深度的"个人化"写作方式，会因其探求和揭示对象的独特性而获得更加厚重、深邃的理性内涵。

第三节　消费时代的肉体狂欢

当前，身体写作的溃败之势是有目共睹的。对于这种结果，普遍的看法是，以卫慧、棉棉等为代表的女性小说家将身体写作异化成了一种投合男性欲望的商业写作。结果"身体写作虽然从男权话语的牢笼中突围出来，但却被统摄到无处不在的'欲望生产'的商业陷阱中。就像一只逃出囚笼的鸟，她在飞升过程中又不幸地坠落在疏而不漏的天网中"。④ 人们已经习惯将林白、陈染看作女性主义的身体写作，而将卫慧、棉棉等看作"反女性"的身体写作。从林白、陈染到卫慧、棉棉两代女性作家，以不同的风格演绎了身体写作。林白、陈染因为身体写作，获得了广泛赞誉和支持，卫慧、棉棉却因此遭到批评和指责。对于林白等人，我们从她们自叙传体、半自叙传体的身体叙事中，感受到了女性挑战身体修辞成规的勇气。批评家们对她们的评价极高："一个人从颇为个人的视点切入的

---

① 王安忆：《王安忆自选集：漂泊的语言》，作家出版社1996年版，第417—418页。
② 陈染：《不可言说》，作家出版社2000年版，第96—97页。
③ 同上书，第152页。
④ 向荣：《戳破镜像：女性文学的身体写作及其文化想象》，《西南民族学院学报》2003年第3期。

叙事，可能构成对权威话语和主流叙事的消解、颠覆，至少可能成为一道完整的想象图景上的裂缝。个人化写作有着自传的意义。在我们当前的语境中，它具体为女作家写作个人生活，披露个人隐私，以构成对男权社会、道德话语的攻击，取得惊世骇俗的效果。因为女性个人经验的直接书写，可能构成对男权社会的权威话语、男性规范和男性渴望的女性形象的颠覆。"[①] "非道德化的故事，不仅伸展着个性解放的自由之翼，而且被潜在地指认为对伦理化的主流话语的颠覆，至少是震动。"[②] 林白、陈染的身体写作被认为是一种解构式的写作姿态，她们的性别立场充满了明显的反男性色彩，而在卫慧、棉棉的身体写作中，性别立场固然明显，但是反男权的意识倾向不但被冲淡了，而且颇有对男权文化的顶礼膜拜之意。这其实是90年代消费主义文化兴起的必然结果。确切地说，是因为消费主义文化的渗透，身体商业化了，同时也平面化、肉体化了。

在20世纪90年代的中国，随着精英文化一呼百应的地位被彻底颠覆，以"消费"为主体的话语方式和话语空间逐步形成。"在今天，'新意识形态'早已深入社会生活的各个层面。"[③] 伴随着消费意识形态兴起的是消费主义的大行其道，并最终蔓延成枝节庞大的消费文化。关于消费文化，英国学者迈克·费瑟斯通有精辟的论述："消费文化，顾名思义，即指消费社会的文化。它基于这样一个假设，即认为大众消费运动伴随着符号生产、日常体验和实践活动的重新组织。"[④] "遵循享乐主义，追逐眼前的快感，培养自我表现的生活方式，发展自恋和自私的人格类型，这一切都是消费文化所强调的内容。"[⑤] 丹尼尔·贝尔是较早从事消费主义文化批判的西方学者之一，他对消费主义的社会学描述提出了两个重要的观点。第一，消费主义是跨国资本在市场中生产出来的一种社会文化关系，它展示为享乐型的生活方式；"在市场成为社会与文化的交汇点之后……经济逐步转而生产那种由文化所展示的生活方式……以便提倡享乐型生活

---

① 陈晓兰：《女性主义批评与文学诠释》，敦煌文艺出版社1999年版，第91页。

② 同上。

③ 王晓明：《在新意识形态笼罩下——90年代的文化和文学分析》，江苏人民出版社2000年版，第20页。

④ ［英］迈克·费瑟斯通：《消费文化与后现代主义》，刘精明译，译林出版社2000年版，第165页。

⑤ 同上。

方式，诱导人们去满足骄奢淫逸的欲望。"[1] 第二，消费主义的发生与人们满足生存的基本要求没有直接关联性。人的欲望，即心理欲求，才是消费主义产生的逻辑起点和最终诉求。"与众不同的特征是，它（消费主义——笔者注）所满足的不是需要，而是欲求。欲求超过了生理本能，进入心理层次，它因而是无限的要求。"[2] 这样一来，那种纯粹为了某种心理满足与感官享受的"赤裸裸的欲望"，第一次堂而皇之地登上历史舞台，如同波德里亚所说，"性欲是消费社会的'头等大事'，它从多个方面不可思议地决定着大众传播的整个意义领域。一切给人看和给人听的东西，都公然地谱上性的颤音。一切给人消费的东西都染上了性暴露癖。当然同时，性也是给人消费的"。[3]

在各种因素的综合作用下，最终，消费主义注定要成为90年代带有普遍性的文化形态，它将摧毁每个国家自己的民族文化。针对这一点，汪晖曾说："在90年代的历史情境中，中国的消费主义文化的兴起并不仅仅是一个经济事件，而且是一个政治性的事件，因为这种消费主义的文化对公众日常生活的渗透实际上完成了一个统治意识形态的再造过程；在这个过程中，大众文化与官方意识形态相互渗透并占据了中国当代意识形态的主导地位，而被排斥和喜剧化的则是知识分子的批判性的意识形态。"[4] 对照20世纪90年代中国的文化现实，我们不得不承认，一种摒弃理想主义、放逐精神价值的实用主义的世俗生活哲学，正在以消费主义的文化形态，进行着物欲对心灵的全面荡涤和彻底控制。早在几年前，就有人敏锐地意识到，"今天时代的热点不在精神而在物质，不在追求完美而在追求舒适。形而上的道远水救不了近火，形而下的器则有益于生存……我们面临的将是一个世俗的、浅表的、消费文化繁荣的时期"。[5] 而知识分子在消费时代的求金动机，也遭到了一些论者义愤填膺地指责："'晚生代'

---

[1] ［美］丹尼尔·贝尔：《资本主义文化矛盾》，赵一凡译，生活·读书·新知三联书店1989年版，第35页。

[2] 同上书，第88页。

[3] ［法］让·波德里亚：《消费社会》，刘成富、全志刚译，南京大学出版社2000年版，第159页。

[4] 汪晖：《当代中国的思想状况与现代性问题》，《死火重温》，人民文学出版社2000年版，第70页。

[5] 宋遂良：《漂流的文学》，《当代作家评论》1992年第6期。

的某些正在被文坛娇宠的作家对物欲的追求和占有的疯狂欲望极为膨胀，急不可耐，而且得到提倡作家'笑吟吟地直面俗世'的名流作家的默契和鼓励，他们相互唱合，蔚为壮观。"①

在商业主义泛滥、人文价值失落、功利思想盛行的社会风气的影响下，"身体"和"性"开始消费化、商业化。最典型的就是1993年贾平凹的小说《废都》。在这部小说中，身体的动作过程得到了直接而全面的展现，正如有论者指出的，对身体欲望或性行为的全程实录式描写，实际上强化了身体的"可窥视性"，这样，身体成了一个被窥视的对象，具有某种观看的价值。在这个意义上，贾平凹开启了一个身体消费的时代，《废都》的出版及其遭遇官方封杀等事实，激起了人们更加强烈的阅读、消费欲望。2000年前后卫慧、棉棉等"美女作家"的出场，则彻底宣布了一个身体消费时代的来临。出于想迅速成名、获取商业利润等动机，她们卑鄙地利用了女性写作或身体写作——这一因来自当代西方而俨然具有权威性、先锋性与时尚效应的旗帜，迎合了市场和部分趣味不健康的男性读者的窥视欲望，以身体和性写作为卖点，通过兜售自己阴暗的个人生活而达到自我推销、激起轰动效应的目的。身体在她们的小说中成了公然叫卖的商品，以一种扭曲的、变态的、招摇的姿态炫耀自己"另类"的生活方式与身体欲望。如有论者指出的："'身体写作'是西方的女权主义的中国变体与中国不成熟的市场经济下的商业化媒体的一次共谋，商业的价值的追逐更胜于女性自身的身体的解放与升华，相反，它使身体与任何其他商品一样成为消费对象从而贬值为符号。"②"这就从根本上违背了严肃的西方女性主义理论家和作家提出的'女性写作'的初衷，女性写作成为展览、炫耀女性身体的一个冠冕堂皇的招牌。而当众多以身体写作自命的女写手们或者通过纸质文本或在网络上招摇过市时，身体写作的内涵已经被偷换、被利用了。这一现象甚至也殃及了严肃的女性主义，使之被异化成一些人招徕读者或者看客的招牌，成为矫饰其玩世不恭、自我放纵的低俗文本的幌子。女性主义俨然成了推销横陈的肉体、将陈旧的颓废淫糜装扮成新潮先锋的广告词。因此，曾有一段时间，文坛个人隐私泛滥。

---

① 余开伟：《文学的蜕变》，《文艺争鸣》1996年第5期。
② 转引自陶东风、罗靖《身体叙事：前先锋、先锋、后先锋》，《文艺研究》2005年第10期。

这一现象，不仅为正直的男性学者、作家不齿，亦同样为优秀的女性学者与作家所唾弃。"①

身体写作被商业资本顺利收编并进而驯化成成人读物，也是90年代以来理论家们不得不接受的文学事实，这也使某些人将身体写作的溃败完全归因于商业资本以及商业资本所支配下的大众传媒。很明显，商业资本在身体写作的异化过程中起到了很大的作用。他们将女性的身体叙事作为商业"卖点"来兜售。比如，林白的《一个人的战争》最初出版时，其封面被设计成具有春宫画意味的裸体女人图案。小说作为一个纯粹的性符号，唤起读者的阅读兴趣。这种包装方式，将女性的"身体写作"文本在形象符号的象征意义上色情化。故意混淆严肃的身体写作与色情读物之间的界限，目的无非迎合大众不健康的窥视欲望。处于"被看"焦点的"另类"写作也成为招揽读者目光的金字招牌，在收编过程中沦为不折不扣的商业表演。从《糖》的形成过程就可以明显地看出这一点来。作者棉棉曾不无自豪地说："我不是学校里长大的孩子，我是街上长大的"，并且宣称："我的故事是即兴的，我的小说也是即兴的。我不打算再去修改。"② 可是，刊登在2000年第1期《收获》上的长篇小说《糖》，却是综合了她此前的五部中篇和短篇而成。包括1997年6月发表在《小说界》上的《啦啦啦》（原名《清晨美女》，1994年创作）、1998年3月的《盐酸情人》、1998年4月发表在《小说界》上的《九个目标的欲望》、1998年8月发表在《上海文学》上的《每个好孩子都有糖吃》以及1999年3月创作的短篇《一个病人》。"不修改"的口号原本出现在中篇小说《啦啦啦》的结尾，此部分在被改编为长篇《糖》的K章的时候，这句宣言被删除，取而代之的是作者与编辑之间的"友好"的书信往来。而且一个长篇对五部中短篇的综合并不是天衣无缝的，带有明显的随意拼接的痕迹。很多章节几乎只字不改地照搬过来，前后的逻辑关联和人物序列都有些混乱。占据文化市场和出版主动地位的商业资本很轻松地收编了一个"另类"作家，把多年前就已经出现，但直到2000年才变成抢手货的作家整合到主流文化格局中，借此满足读者的猎奇心理。

---

① 杨莉馨：《异域性与本土化：女性主义诗学在中国的流变与影响》，北京大学出版社2005年版，第186页。

② 棉棉：《每个好孩子都有糖吃》，花山文艺出版社2000年版，第47页。

在90年代,商业资本的快速反应和批评界的迟钝相映成趣,对此,徐坤曾说:"就在这些攻击和责难纷起之时,无独有偶,商业上的热情促销也给这本书的定位帮了一个大倒忙。在当年七月由甘肃人民出版社发行的单行本当中,由于其封面采用了一幅看起来使人产生色情联想的类似春宫图的摄影。尔后又通过各种发行渠道将书大面积发行上摊,致使'某些人身攻击和恶意诋毁以及误解'纷至沓来。"① 因此,从身体写作在90年代文学场域中的实际遭遇来看,理论家们对文学批评所预设的对父权制的颠覆并没有实现。相反,女性主义的身体写作遭到了"非女性主义"的阅读,反过来,这种"非女性主义"的阅读又进一步促使女性主义的身体写作异化加剧。在90年代的身体写作中,女性作家虽然从男性作家手中夺回了书写自己躯体的权力,并进一步构成了对传统的道德规范、伦理观念的挑战,但是身体写作在打破性禁忌的同时,也满足了男性社会对女性身体的窥视欲望。以男性大众读者为主体的父权制阅读对身体写作进行了强有力的改写:女性从主动挑战变成了公然挑逗,身体从被动呈现到主动表演,最终,女性身体在父权制文化中被客体化的命运没有改变。身体写作在90年代文学市场上的成功,其实并不是女性主义的胜利,而是男权制压迫的改头换面。让女性的身体发出自己的声音,本来是为了挽救身体,现在身体遭到歪曲,身体的声音被利用,身体写作被简化为写身体,"他们对身体美学进行了粗暴的简化——到最后,身体被简化成了性与欲望的代名词,所谓的身体写作也成了性与欲望的宣泄渠道"。② "女性高贵的身体被男性偷窥,反驳男性文化的女性身体微妙细腻的感受描写却变成男性的免费午餐。这样,新生代作家竟无意中廉价地出卖了女性可贵的身体主权,新生代女性小说家将身体书写建成权威话语的美好愿望也成了乌托邦。"③ 从某种意义上讲,"美女作家"的登场应该引起理论界的重视。因为她们通过自己的欲望表演将身体写作的危险性暴露在我们面前。要知道,在林白、陈染的身体写作出现的时候,女性主义理论家从女性解放的理念出发,将身体写作看作女性文学的未来之路,看作女性对抗男性

---

① 徐坤:《双调夜行船:九十年代的女性写作》,山西教育出版社1999年版,第65—66页。

② 谢有顺:《身体修辞》,花城出版社1993年版,第36页。

③ 冉小平:《从书写身体到身体书写——20世纪90年代新生代女作家创作漫论》,《二十一世纪》(网络版)2003年6月号。

文学传统，反抗父权制文化的必由之路。"美女作家"的轮番表演，至少打破了理论家们对身体写作一厢情愿式的憧憬与期待，以更加理性和谨慎的态度重新审视女性写作的诸多问题。

第四节　个体话语的膨胀与泛滥

以卫慧、棉棉为代表的"新新人类"作家的身体写作，一方面，将叙述目标局限于自身的欲望想象和平面化的聚集欲望生活的表象，并将这两种欲望想象夸张到极致，使她们的写作成了满足个人欲望的方式。另一方面，她们彻底地拒绝对自我内心的审问和现实问题的思考，而且更加彻底地消解了日常生活的精神性，表现出一种热爱物质生活、厌恶精神生活的文学天性，进而全部放弃对形而上意义的追寻和探索。其作品也不再附加任何文化象征意义和流行的意识形态，这使她们能更加轻松自如地表现置身于其中的现实生活，随心所欲、无所顾忌地表达她们个人的现时体验和转瞬即逝的存在感受，发出属于她们自己的声音。打开她们的小说，的确，残酷的青春、破碎的激情和没有边界的欲望无处不在，肤浅的情感和虚伪的经验取代了历史和精神层面上的穿透，作品本身也成了欲望故事的无休止的循环，并在这种循环中消解了一切意义。这样，在貌似疯狂的叙述背后，难免给人留下缺乏深度的"平面化"感觉。虽然她们的小说以阅读的轻松与感官的刺激广受大众欢迎，可是却很难有深层的内涵可言，更别说那种宏大悠深的经典文学气韵了。她们之所以被冠以"另类"的名号，并在这个商品涌动的年代再次掀起"轰动效应"，并不是其创作具有多少思想价值，或在艺术形式上有什么创新。恰恰相反，她们的写作正是因其表现形式的"庸常"而迎合了大众平庸的审美眼光，其中包含的诸如吸毒、同性恋、花样翻新的性体验等"前卫"内容又满足了大众的猎奇心理。特别是伴随着以盈利为最大目的的商业资本介入，并参与运作文化的生产与消费，所谓的文化商人迅速发掘出了文化语境中大众无尽的窥视欲望，并将其作为发财致富的契机。商业资本者不仅发现了欲望的存在，还善于推动欲望的膨胀生产。体现在当代文化生产中的独特现象就是，女作家的"身体写作"被以资本的运作方式加以包装、改写，以至于落入商业阴谋的圈套中，并最终沦为纯粹的商业化写作。小说的文学性、审美性大打折扣。此外，为了宣泄淤积在体内的各种欲望和感性体验，她们在创作中普遍运用了极度膨胀的感性话语。从整体上看，她们的小说普遍缺乏在审美活动中吞吐天地、化合万象的语言张力，只是漫无方向地释放着感性的能量。在她们的作品中，叙事者仿佛是一个火热的炸药桶，充满尖叫、恶作剧的个人化语言，则充当了导火索的作用，随时就能引爆。这种语言仿佛是生成于瞬间的冲动，毫不藏掖、不假思索地说下去，喋喋不休，绵绵不绝，片刻也不安于沉默，如摇滚一般躁动、疯狂和打破规范。并且它是没有中心，没有整体感，也没有交流性的，甚至不合乎意义的连贯性。一切都是随心所欲、率性而为，也可以在任何时候突然结束。这种肆意的感性话语越是不顾一切、耸人听闻，就越显出作家们内心的空虚苍白。一旦宣泄的欲望过于强烈，最终将导致情绪的失控。而我们知道，没有节制的表达是无法获得良好的艺术效果的。

现代生活的确负载着太多的符号内涵与自由意志。在嘈杂的城市里，政治信仰彻底坍塌，物质欲望急剧膨胀，滋生出的新人格的生存地：酒吧、咖啡厅、迪厅以及城市白领阶层的生活方式，构成了以"酒吧"为核心的消费文化群体。70年代女性作家从特定的角度描摹全新的城市景观和新人类的生存方式，为文学提供了别样的风景。城市作为她们的生存背景成就了她们在文坛的瞩目位置。可是，城市的颓废与糜烂又导致了她们心灵的失位和精神的浮泛，高耸入云的水泥建筑物遮住了她们远眺的视线，虚幻暧昧的酒吧环境迷惑了她们年轻的心智，因此，她们的作品中总是存在着对立：激情与矫情、浮华与空虚、敏锐与神经质、追求奇遇与碌碌无为，拒绝平庸与不可避免的模式化复制……的确是如很多评论家所说：城市成就了她们，同时限制了她们。

事实上，这群普遍接受过高等教育的70年代女作家中不缺乏讲故事、营造戏剧冲突的好手，但就"虚构"这种具有丰富内涵的艺术手法而言，她们的小说能够穿越表层虚构抵达深层美感的却不多，真正内省的思考以及对人性中玄妙和永恒东西的开掘更是极为罕见，当然也就无法触及欲望现实中个体异化、自我分裂等根本性问题。这与她们的文学创作观念有着直接关系：因为所谓的"身体写作"除了引发一些作品中对欲望和感官体验的大肆渲染之外，还会使整个叙事行为的内在动因发生潜在的质变。小说文体特有的形式美感与叙事者个体经验的呈现，这两者的完美结合是"先锋派"以来许多优秀作家孜孜以求的，但却不再为70年代后的写作者所强调。"写小说"行为的意义一度严重偏向于"写",为了记录一种与众不同的酒吧生活,讲述一个有意思的"三角"恋爱故事,或是表达一种肤浅的人生界面上的态度和观念。整个创作过程似乎只为达成个人心性的圆满和个体欲望的宣泄,并兼容一些好看的文笔,小说叙事则抛弃了理性的指引,变成一种"跟着感觉走"的"能指的平面滑动",小说所具有的那种由情与理、欲与智的矛盾对立所产生的艺术张力荡然无存;最终,导致"小说"成为商品包装,成为一种过程性的东西,而不是一件具有浑然一体的内在结构的艺术品。

在以"另类体验"著称的卫慧、棉棉、周洁茹等人的小说中,某些场景(黑夜、酒吧、舞厅等)和细节(酗酒、吸毒、同情人幽会等)经常重复出现,创造力如此迅速地枯竭,实在是令人可惜。实际上,在任何或宽或窄、亦新亦旧的生活空间中,都隐藏着绵绵不绝的小说意象。作家的写作能力来源于精细的观察和巧妙的艺术性转化。如果写作者只打算把叙述重心放在主体感觉的描述上,而不是对小说这种艺术形式足够的认识上,只打算表达碎片式的个人情绪而不是探索性的价值思考,一旦她们不约而同地将叙事目标集中于城市生活表象的复制上时,那么,重复和粗糙便在所难免。像卫慧的小说,总是需要有一气呵成的激情作为支撑。她的代表作《硬汉不跳舞》、《像卫慧那样疯狂》、《神采飞扬》以及《上海宝贝》等,都好像是踩着爵士乐的鼓点喷薄而出,但这种节奏感仅仅是故事情节的推移造成的,显得单薄了一点。整个故事结构也缺乏节制,随意性很大。这在那些以数字随意分节的作品,如《说吧说吧》、《爱人的房间》中体现得更为明显。棉棉的小说也有类似的毛病。比如她的长篇小说《糖》,虽然对于青春成长的痛苦和迷茫做了淋漓尽致的描写。可是小说的整体结构框架杂乱无章。几个可有可无的小标题莫名其妙地穿插在叙述中,最短的章节只有二百余字,最长的章节却又分成了14个小节。这种碎片式的形式本身就表现出作家对于小说写作技巧的忽视,文本叙事基调的庸俗和浅薄也就在所难免了。凸显片断的重要性固然能呈现出某种"断裂"和"凌乱"的美感,但是,一般来说,相对独特的文本结构一旦缺少张弛有度的节奏,就会导致小说由刻意精致走向滑稽可笑。卫慧、棉棉都有独树一帜的语言能力,小说中那些"另类"的情感方式和西化的生活方式,最初确实能带给读者新奇的阅读感受,可一旦快餐式的重复制造成为她们的写作习惯后,就会使人感到所谓"个人化"写作的千篇一律。她们的小说常常被很时髦地叫作"另类写作",问题的关键是,"实验性"的"另类写作"难道仅仅是时尚物质的表演和身体欲望的展露吗?

整体来看,70年代出生作家讲述的大都是城市里的性爱故事,除去青春躁动的激情渲染和肆无忌惮的语言狂欢之外,内涵其实相当单薄。这使她们很难超越自己已经熟悉的并已获得部分市场效果的创作模式。而且与所谓的"感官泛滥"和"性描写"的过火相比,叙事品格的降低更值得警惕。因为前者尚可依靠作家整体的艺术修养而抽取出悟性的一面,而后者只会逐步侵蚀小说作为艺术形式的许多基本要素。这种现象并非只集中在几个作家身上,而是在她们每一个人的创作实践中都有或多或少地体现。所以,在笔者看来,她们的风格建设虽然有所成功,艺术观念却普遍地不够清醒。甚至可以说,是不够品位。更严重的是,由于价值判断的失衡、理性意识的放逐,最终导致小说偏离了其本身的美学规范。在阅读了散布于各报纸杂志的她们的创作谈后,笔者发现,其实她们中只有极个别的人能够真正谈出纯正的对于小说创作的体会。绝大多数都在讲述写小说对于自己生活的意义,或者干脆搬弄一些个人化的情绪体验。作为创作谈来讲,根本就是言不及义。而实际上,她们的写作都是缺点和优点杂糅一处的现象,倘若缺乏基于对小说艺术认识基础上的对自己的客观认识,那么前途真是令人担忧了。

面对这个浮躁喧嚣的时代,完全进入沉静的内省是不可能的,人在异化中的狂暴本能和强烈欲望都亟待宣泄。"新新人类"作家们向往的是"她的情欲延伸和消解的地方"(《越夜越美丽》),"是为了让人们在充满肉感的漩涡中触及某种和谐的本质"(《水中的处女》)。卫慧在创作谈《我还想怎么样呢?》中也说:

> 我的故事人物喜欢复杂的生活,男男女女之间存在着暧昧不明、神秘浪漫的关系,她们一次次地堕入陌生、欲望、绝望的情境中。最近我越来越喜欢用一种"COOL"味写作。你可以说我在扮酷,没关系,因为我努力要成为真正通晓城市现代浪漫和冷酷的作家。[①]

这意味着她的创作要紧追时尚。而对于创作主体来说,这种抛弃历史

---

① 卫慧:《我还想怎么样呢?》,《作家》1998年第7期。

重负抓住当下瞬间的"时尚化"写作观念,注定了她们不可能用充裕的时间和平和的心境沉入生活的背后,对各种生活现象及其文化表征进行长久冷静的思考,只能是更多地强调一种话语表达的即时性和现场性,只能追求作品的时效特征和另类情趣。因此,"新新人类"作家注重的是通过自己的肉体和疯狂的游戏、醉酒、吸毒来进行本能的扩张。她们的书写显然也是以自我为中心,自我之外别无他物,文字之中全是自我。自觉的"自我塑形"在他们的书写中充当了重要成分。但这个"自我"已经沉溺于生理层面的刺激反应与肉体欲望的宣泄,缺乏真正的精神内涵与思想深度。如同她们对酒精、毒品与性高潮的追求,即使有对感觉的体验,那也是瞬间即逝。棉棉说:

> 我知道有一种境界我永远无法抵达。真理是什么?真理是一种空气,我感觉得到它的到来,我可以闻到真理的气息,但我抓不住它。[1]

卫慧明确地发布过自己的生活哲学:

> 那就是简简单单的物质消费,无拘无束的精神游戏,任何时候都相信内心的冲动,服从灵魂深处的燃烧,对即兴的疯狂不作抵抗,对各种欲望顶礼膜拜,尽情地交流各种生命的狂喜包括性高潮的奥秘,同时对媚俗肤浅、小市民、地痞作风敬而远之……[2]

这些言语不仅是"新新人类"作家们共同的生活态度,也是20世纪90年代理想消退与欲望扩张在文学中的折射,它体现出的是一种城市新人类在自我确认过程中的迷惘与自得。

从客观上说,这也在一定程度上反驳了我们长期以来强调人的社会属性,而忽略了人的自然属性的片面性观念,使人作为一个生命的实体,重新恢复了他的本能需求,确立了人对自身躯体自由把握的合理愿望,以及对自我生存方式的认同,带有重建主体性的伦理意味。但是,我们必须看

---

[1] 棉棉:《啦啦啦》,《小说界》1997年第3期。
[2] 卫慧:《像卫慧那样疯狂》,《钟山》1998年第2期。

到，个体生命从自由的追求到欲望的放纵其实仅有一步之遥，如果作家缺乏必要的自省精神，缺乏对人的尊严与人格的自觉维护，叙事就有可能从人性自由的过度书写迅速滑向灵魂的放逐和肉体的放纵，使个体生命的存在彻底地剥离了现实社会的伦理束缚，脱离道德秩序，听任躯体在感官的层面上泛滥，以至于最终突破人性底线，变成一种堕落式的低俗追求。倘若如此，个体自由的愿望不仅不能在作品中得到张扬，反而会导致作家审美趣味的降低。

事实上，在"新新人类"作家们的身体写作中，普遍存在着上述叙事危机。她们以极端化的个人经验为叙述目标，排斥人的社会群体性倾向，彰显创作主体自身的某些极端体验以及刺激性的感官享受，使叙事陷入了某种可怕的私语化困境中。存在的便是合理的，对她们来说，一切符合自身感官需求、满足个人欲望的生存准则，都是她们津津乐道的叙事内容。在这种误区中，小说开始由纯粹的自我书写迅速地奔向个人欲望的无限放纵，不仅失去了对生存价值的必要追问，也失去了对生命尊严的必要坚持。话语的流淌成为个人感官放逐的行程记录。它使我们看到，"那种灰雾般的茫然中所包裹的并非是坚毅的抗争与反叛，而是虚与委蛇的油滑和欲火焚身的追逐，'怎么都行'的游戏姿态下奔涌着以自由换取生存的赌徒心态，灵魂的索求只不过是物欲得到满足之后的点缀与奢侈"。[①] 像卫慧的《上海宝贝》，作者以"三角"恋爱的老框架作为叙事线索，然后加进大量的现代城市生存信息，譬如酒吧生活、与洋人做爱、吸毒状态、死亡等，给人"耳目一新"的感觉。从审美主旨上看，作者试图写出一个现代都市女性在情与欲、物质与精神中顽强挣扎的生命历程，但是，作者对人物个性的发掘、对欲望化生命内在价值的确立，都缺乏必要的思考和警惕。以至于在情节的安排上毫无节制，任凭自己的感受四处奔走，既无法做到像卡尔维诺所说的"轻逸"和"迅捷"，也无法让人物和故事获得更深的隐喻效果，整个叙事话语都洋溢着一股浓烈的淫靡气息。小说写作变成了一种毫无想象力的，对时尚化生活的机械描述，虚构被置换为一种"商品复制"，复制她们自己的个人经历，也复制以前的小说文本。自我书写也随之被异化为制造商品价值的文化工业。文本的急剧增加使"看过即扔"成为时尚，没有人愿意在小说的形式、叙事结构上下苦功，

[①] 黄发有：《迷茫的奔突》，《小说评论》2001年第1期。

"说什么"的热情压倒了"怎么说"的考虑。她们把读者的阅读快感提升到首位,却毫不理会阅读的教化功能,更谈不上艺术的恒久魅力。

世纪末的虚无情绪与浮躁心态成为一种时尚,人们希冀着在大众传媒的追捧下一夜成名。"新新人类"的小说成了纯粹为提高销售量而炮制的"身体大拼盘","美女"作家们用身体写作的同时,也用身体作秀换得销量。崇尚多元化的"美女"作家们,最终走上了一种新的模式化"八股文"。这不能不说是对她们自我标榜的"另类写作"的绝妙讽刺。李锐曾说:"文学的存在理应证明生命的可贵,证明人所带给自己的种种桎梏的可悲,证明生命本该享有的幸福和自由。"而"在目前的文坛上,有不少神化物欲贪欲、鼓吹纵欲的作品,在我看来,它们和贪官污吏一样可恶"①。诚哉,斯言!

真正有价值的文学,应当始终致力于提升人类的精神品格;真正的作家,是那些用自己的理想去照亮文学并照亮读者心灵的人。他们拥有一种对于人类整体命运的终极关怀,而以其思想、激情和美学的魅力滋养和引领着人类前行。就当下的女性文学的身体写作而言,有尊严地写作与有尊严地做女人同等重要。为此,女性作家不仅仅要坚持独立的性别意识,不妥协的文化批判立场,同时也应放眼世界,努力建构充分体现女性深切的文化关怀意识的文本,为人类的文学宝库尽可能提供优秀之作。此外,女性作家还要切实提高自己的艺术修养,更加精心地在艺术上锻造自己,而不能一味地迷恋于"蝴蝶的尖叫",使小说成为欲望泛滥的"垃圾场"。总之,只有站在人性、人道、艺术的高度,身体写作才能真正展现出女性美、性爱美和艺术美的极致。这正如弗吉尼亚·伍尔芙所说的:"文学对于妇女而言,和对于男子相同,将成为一种需要予以研究的艺术。妇女的天才将受到训练而被强化。小说不再是囤积个人情感的垃圾堆。与现在相比,它将更加成为一种艺术品,就像任何其他种类的艺术品一样。"②

---

① 俞小石:《李锐:文学不能鼓吹纵欲》,《文学报》2002年3月3日。
② [英]弗吉尼亚·伍尔芙:《论小说与小说家》,瞿世镜译,上海译文出版社1988年版,第59页。

第七章

返回小说写作的家园

　　针对商品经济导致的艺术批判精神匮乏、审美意义缺失的现象，法兰克福学派代表人物霍克海默、阿多尔诺曾用不无讥讽的语调指出："艺术今天明确的承认自己完全具有商品的性质，这并不是什么令人新鲜的事，但是，艺术发誓否认自己的独立自主性，反以自己变为消费品而自豪，这却是令人惊奇的事。"① 总而言之，无论我们怎样夸大转型期市场经济和物质文明之于文学的巨大影响和侵蚀作用，都不足以构成作家放弃探索艺术本性的理由。作家的基本价值立场和文学写作的天职便在于：作家通过自己的创作，表达他对人类基本价值维护的承诺与愿望；在文学的愉悦功能之外，同样要以理想的情怀，给人类以心灵的慰藉和精神的照耀。"文学若不能寄托一些前进的理想给社会人心以导引，文学最终剩下的只能是消遣和涂抹。即真的意味着沉沦。"②

第一节　后现代主义背景下小说的深度消解

　　实际上，当代作家并不缺乏抵达深刻的能力。单单就意念来说，他们对当代人的生存状态其实已经具备了较为深刻的认识。但目前，这些东西在他们的作品中，通常只作为感觉闪现于字里行间，没有成为贯穿于作品故事情节和人物刻画过程中的、富于逻辑性的叙述力量，"意义"、"精神"、"审美"、"理想"等小说特质也随之成为被放逐的东西。"新新人

---

　　① ［德］马克斯·霍克海默、特奥多·威·阿多尔诺：《启蒙辩证法》，洪佩郁、蔺月峰译，重庆出版社1990年版，第148页。
　　② 谢冕：《世纪末：中国知识分子的思索——〈二十世纪中国文学丛书〉总序》，时代文艺出版社1993年版。

类"作家棉棉曾明确表示：

> 我说在接近本世纪末的时候我希望我的作品像麦当劳，并且我要做到任何人看完我的作品都不需要再去看第二遍。①

其实，面对日趋浮泛平庸、缺乏激情与想象的精神现场，越来越多的作家不再执着意义的探询和理想的建构，而是选择虚浮平面、毫无深度和力度的精神生活。一切存在的都是合理的。就像海因兹·迪特里齐描述的那样，面对人类的重大问题，现代知识分子的阵营已无可挽回地出现了"溃败之势"。这种溃败之势，在欲望化的现实中变得尤为剧烈。特别是面对权力意志和物质利益的双重争夺，"其机会主义和投降行为如倾泻的雪崩"。②它导致的后果，便如葛兰西所说的，很多知识分子"改变思想就像更换内衣一样随便"③。这种毫无独立精神、浅陋的精神征象，在艺术上的直接表现，就是如本雅明所反复强调的，机械复制时代的一些艺术特征——尽管它也有一些新奇的形式，但是，在本质上却丧失了艺术应有的内在"光韵"，"在对艺术品的机械复制时代凋谢的东西就是艺术品的光韵……，复制技术把所复制的东西从传统领域中解脱了出来，由于它制作了许许多多的复制品，因而，它就用众多的复制物取代了独一无二的存在；由于它使复制品能为接受者在其自身的环境中去加以欣赏，因而，它就赋予了所复制对象以现实的活力"。④这种毫无创造的复制行为，最终使艺术丧失了其特有的"膜拜价值"，而只留下"展示价值"。在文学上的表现，就是作家们不断地采用重复的写实性话语，复制各种欲望化的现实生存景象，复制躯体感官的享乐经验，复制时尚化的生活标签，使小说与生活的距离不断地缩小，乃至取消。最终，写作成为与大众传媒、娱乐市场和个人休闲具有同等意义的日常生活方式；它们彼此印证、相互模

---

① 棉棉：《告诉我通向下一个威士忌酒吧的路》，《作家》1998年第3期。
② 索飒、[德]海因兹·迪特里齐：《知识分子危机与批判精神的复苏一》，《读书》2002年第5期。
③ 索飒、[德]海因兹·迪特里齐：《知识分子危机与批判精神的复苏二》，《读书》2002年第6期。
④ [德]瓦尔特·本雅明：《机械复制时代的艺术作品》，王才勇译，中国城市出版社2002年版，第181—182页。

仿，构成了鲍德里亚命名的"超级现实"，在超级现实中，真实被掏空了，只剩下影像间的虚假模仿与复制。作家们交出的也只是现实场景的"仿真"复制品。

沉溺于生活表象、放弃意义追问的写作技法，显然是受了后现代主义和大众文化的影响。

后现代主义产生于后工业社会，它是一场席卷欧美的文学风暴，引起了欧美文化界的普遍关注。在中国，20世纪80年代中后期至90年代，经济全球化的浪潮以铺天盖地之势迅速展开，"偌大的中国，俨然陷入了全球化趋势的汪洋大海中"。① 在此背景下，中国于90年代初正式建立市场经济，"以经济建设为中心"成为一项基本国策，并提出了社会转型、文化转型的诸多命题。这一方面，是自80年代实行的改革开放的自然延续；另一方面，也是对来自发达资本主义经济冲击的回应。在经济全球化的现实面前，尽管中国并没有像西方社会那样，经历从前现代到现代、从现代到后现代的演变过程，但在90年代的中国城市，特别是沿海与发达城市，已经形成了相当浓厚的后现代文化特征。随着商品经济的迅速发展和西方文化的大量引进，当代中国不仅具备了产生后现代主义的物质条件，而且具备了产生后现代主义的精神因素。构成后现代主义文化的基本要素也逐渐在社会生活和文化的各个层面得以表现，致使90年代的中国文化发生了深刻的断裂。"90年代以来，随着商品化与大众传媒的高度发展，随着社会话语的进一步世俗化和日常生活化，'后现代'越来越被理论界所关注，日益成为对当代文化情势进行描述和归纳的最引人注目的代码。"② 王岳川把后现代主义的基本特征分别概括为"非深度性、多元共生性、思维的否定性、消解权力话语"和"反本质主义、反权威主义、反启蒙主义、反本体论神学、反主体性、反形而上学"，他的概括大致涵盖了后现代主义的精神要义。

自80年代中期开始，后现代主义就与现代主义共同影响了中国文学的发展。当时出现的马原、洪峰、格非等人的"先锋派"小说及刘震云、莫言的"新历史小说"，都隐含着后现代主义的因子。到90年代，后现代主义在中国的影响明显加强。表面上，它是市场化经济带来的种种社会

---

① 程光炜：《全球化趋势与本土化的中国文学》，《山花》2000年第7期。
② 张颐武：《从现代性到后现代性》，广西教育出版社1997年版，第60页。

现象的变化，但是，更深层面的后现代文化意识形态的入侵，包括从生活观念到思想观念，乃至小到审美观念的迅速蜕变，已经成为改变中国文学界的根本动力。作为一种新型的文化思潮，后现代主义把世界看作一个平面化世界，把人当作凌乱化的主体，因而不再相信世界的本质、规律和深度，也不再相信人的完整性。"世界既不是有意义的，也不是荒诞的，它存在着，如此而已。无论如何，这是最值得注意的。"[①] 与这种世界观相联系的便是消费主义、游戏主义、虚无主义的人生观和以颠覆价值、消解意义、不确定叙述、拼贴等为特征的文学观。正如英国著名学者迈克·费瑟斯通指出的："在艺术中，与后现代主义相关的关键特征便是：艺术与日常生活之间的界限被消解了，高雅文化与大众文化之间层次分明的差异消弭了；人们沉溺于折中主义与符码混合之繁杂风格中；赝品、东拼西凑的大杂烩、反讽、戏谑充斥于市，对文化表面的'无深度'感到欢欣鼓舞；艺术生产者原创性特征衰微了；还有，仅存的一个假设：艺术不过是重复。"[②] 就文学领域而言，"它是一种自由无度的、'破坏性的'文学，同时也是一种表演性的文学，一种活动经历的文学。它所醉心的是语言文字的操作游戏，全然不顾作品有无意义，或者干脆就是反意义、反解释，甚至反形式、反美学的"[③]。它使文学不断朝着两个新的极致方向发展，"一极朝着更为激进的方向迈进，对传统文学和现代经典的反叛更为激烈；另一极则面对整个商品化的社会，朝着通俗和亚文化的方向迈进，历史和虚构的界限被打破，精英文学和大众文学也趋向综合，小说和非小说相互混合，甚至加进了大众传播媒介的因素。"[④] 而后一种方向却有着深刻的媚俗性，是后现代主义在取消精神深度之后的一种波普式的努力，也是它利用"互文性"制造出来的、以迎合大众时尚为目标的审美快餐。也就是说，这种无序的后现代思潮，为当代小说写作提供了一种看似合理的理论支撑和思想注解，使我们的小说家堂而皇之地以制造重复性文本为

---

① [法] 罗伯—格里耶：《未来小说之路》，柳鸣九主编《新小说派研究》，中国社会科学出版社1986年版。

② [英] 迈克·费瑟斯通：《消费文化与后现代主义》，刘精明译，译林出版社2000年版，第11页。

③ 王宁：《走向后现代主义·译后记》，佛克马：《走向后现代主义》，北京大学出版社1991年版。

④ 同上。

乐事。对此,佛克马曾明确地指出:"后现代主义的代码可与一种特殊的生活方式和观念相联系,这在包括拉丁美洲在内所有西方世界是常见的。文学上对无选择性的偏好与丰裕的生活条件所提供的某种'选择的困扰'是相符的,这使得不少人可以有多种选择。后现代主义对想象的诉诸在伊凡·戴尼索维克的世界或者在中华人民共和国则是不适应的。可以从博尔赫斯的一篇小说中引出中国的一则谚语,即'画饼充饥'。然而,在中国语言的代码中,这一短语却有着强烈的否定性含义。鉴于此因或其他因素,在中国赞同性地接受后现代主义是不可想象的。"[①] 可惜的是,佛克马的提醒并没有引起作家们的关注。

于是,在这个后现代主义全面侵袭当代文化的年代,中国作家不可避免地受到了"非深度模式"写作思潮的影响。他们用"个人化"的叙述书写当下社会的生活状态,用直观的经验化意识构造小说情节。经验的雷同使小说变成了一部生活欲望的复印机,将不断流淌的世俗经验和庸常的现实生活复制下来,事无巨细地放大在读者面前,让人一览无余。特别是那些以欲望为叙事源头和归宿的城市小说,更是让我们充分感受到现代工商业文明冲击下的城市的堕落与狂欢。詹明信认为:"一种崭新的平面而无深度的感觉,正是后现代文化第一个、也是最明显的特征。说穿了这种全新的表面感,也就给人那样的感觉——表面、缺乏内涵、无深度。这几乎可说是一切后现代主义文化形式最基本的特征。"[②]"后现代主义的那种新的平淡,换个说法,就是一种缺乏深度的浅薄。"[③] 无论痛感与快感都属于现在的、暂时的、稍纵即逝的,90年代小说就类似这种情况。"……在表面多元化的掩盖下,文学的本质却愈来愈向'后现代文化'设置的单一物质化的理论陷阱坠落。可以说,西方'后现代文化'理论家们正努力批判与克服的种种'后现代文学'的弊端却毫无保留地出现在90年代的中国文坛。文学的媚俗化、商品化、感官化、物欲化、非智化、非诗化、唯丑化、唯恶化……凡此种种,正预示着中国文学在'全球一体化'

---

① [荷]佛克马:《文学史,现代主义和后现代主义》,张国义:《生存游戏的水圈:理论批评选》,北京大学出版社1994年版,第149页。

② [美]詹明信:《晚期资本主义的文化逻辑》,陈清侨等译,生活·读书·新知三联书店1997年版,第440页。

③ 同上书,第289页。

经济的框架中，超前预支了西方文化意识形态的矛盾与弊端。"① 事实上，近年来的小说创作之所以始终难以出现突破性发展，难以出现震撼人心的力作，笔者认为，在很大程度上，就是因为作家们对后现代主义的文化陷阱缺乏必要的警惕，以至于在各种流行思潮的引诱下，浪费了大量的叙事才情和艺术智性。

第二节　大众文化影响下小说的边缘化存在

再来看看大众文化对世纪末小说创作的影响。

较之于20世纪80年代，90年代思想文化的多元和意识形态的分化是显而易见的。随着现代传媒的迅速发展，继主流文化与精英文化之后，大众文化正成为一种不容忽视的文化存在，而且与商业社会语境及现代文化工业一起，共同形成了适合于大众文化生产与消费的大众文化生态。在许多西方学者眼里，作为传媒时代及资本主义市场经济条件下的大众文化，由于其所受操纵的方式和追求市场利润的原则，使它与传统文化和精英文化相区别而形成自身独立的一系列特征。霍克海默曾将大众文化视为一种文化工业的产物。作为规模化生产的文化商品，大众文化"因此成为标准文化、程式文化、重复文化和肤浅文化的同义语，是为一种虚假感官快乐而牺牲了许多历久弥新的价值观念。"② 标准化的机械复制必然要抛弃艺术独创性，重复性的生产只要能博得受众的青睐，带来快感享受，便可以不断地运用相同的创作模式，进行千篇一律的文化生产。很显然，大众文化"关心的不是艺术的审美价值和批判功能，它已经失去了在精神之维上的人文关怀，它的宗旨是为人们提供娱乐和消遣。大众文化描写金钱、买卖、肉欲和暴力，不断重申占有物质和商品是人生的惟一追求和真正价值，而不是质疑地、批评地和审美地对待生活"。③ 大众文化的这种追求，无疑是将获取市场利润放在第一位，不仅为数众多的普通文化消费者热衷快餐式的文化产品，就是精英阶层中也不乏大众文化的忠实受

---

① 丁帆：《"现代性"与"后现代性"同步渗透中的文学》，《文学评论》2001年第3期。
② 陆扬、王毅：《大众文化与传媒》，上海三联书店2000年版，第13页。
③ 车玉玲：《启蒙精神逆转的理性根源》，《哲学研究》2002年第4期。

众,这在一定程度上强化了大众文化的世俗化特征。大众文化成了"一种不要思想,只要感性;不求深度,只要享乐,而且是坐享其成,不要观众动脑筋参与的逃避主义文化"。[①]

当然,我们也应该看到,西方学者对大众文化的阐释毕竟有其自身的文化语境。在考察中国大众文化的特征时,应充分结合本土文化语境,认识到大众文化对当前中国小说创作的影响。对于当前中国大众文化所表现出的特征,已有一大批学者给予充分关注和详尽阐述。进入20世纪90年代后,社会的文化分层运动,导致大众文化从以往的主流文化话语、精英文化话语占主导地位的格局中脱颖而出,并呈异军突起之势,进而形成一种新型的、足以同主流文化和精英文化分庭抗礼的文化存在。由于中国当代大众文化成长在世纪之交这一特殊的社会文化转型期,这就决定了我们在阐述其特征时,必须充分注意到转型期社会文化的独特性——当大众文化从长期占据主导地位的主流文化和精英文化的夹缝中挣脱出来时,必然会以较极端的反叛面目和抵抗姿态登台亮相;当它的出现和成长伴随着对西方大众文化的无意识模仿时,也势必会在某种程度上形成与传统的巨大裂缝。[②]

我们已经看到,在浓厚的商业化语境中,中国大众文化不可避免地显示出以现实物质利益和感官欲望为基础的世俗化立场。"强调日常生活的生存象征意义和现实功能,强调物质满足的感性实践,强调价值目标的'当下化',强调形象生存的合法利益",[③]成为当代大众文化最醒目的标志。它与主流文化和精英文化乃至传统文化划出了鲜明的界限,"它以消解'政治/道德'理性权威性的方式,在放逐各种形而上思考的同时,肯定了人生意义的平凡性和生存活动的现实要求,突出了日常生活的具体目标。它以对'崇高'价值理想、'英雄'创业神话的撤解,强化了大众世俗欲望的实际追求和满足,提高了世俗性存在的地位。它以大众利益的当下满足,破坏了具有历史主义特征的理想精神模式,把现实活动从精神性高度重新拉回到平常百姓具体感受经验之中"[④]。不难看出,90年代之后,

---

① 陆扬、王毅:《大众文化与传媒》,上海三联书店2000年版,第21页。
② 参见管宁《90年代的叙事转型与新世纪的文化转向》,《求是学刊》2003年第6期。
③ 王德胜:《文化转型、大众文化与"后现代"》,《上海艺术家》1998年第5期。
④ [英]迈克·费瑟斯通:《消费文化与后现代主义》,刘精明译,译林出版社2000年版,第11页。

大众文化生态对小说写作的影响愈演愈烈。"新生代"小说所体现出来的审美追求和价值取向，无疑与大众文化有着内在的精神联系，甚至可以说，"新生代"小说之所以选择了欲望化的叙事策略，正是大众文化生态下的逻辑必然。而以女性作家为创作主体的"身体写作"，则采取了与当下文化氛围相向而行的叙事策略——她们不愿意与物质主义、世俗化和欲望化的文化潮流妥协，也不愿意回到传统的叙事模式中，便选择了另一种独特的叙事形态。但不论怎样，这两种叙事方式都与这个时期的整体文化氛围息息相关。

如果说，80年代的叙事转型更多的是出于作家自觉的艺术追求，那么，90年代的叙事转型就更多地表现出一种被动的艺术适应，甚至是一种生存的挣扎——在小说日趋边缘化的时代，艺术变革的动因已不再是作家们内心艺术创造的冲动，而成为生存的无奈选择。即便如此，这些艺术变革也没有能够挽回小说的衰微之势。

米兰·昆德拉在《小说的艺术》中讨论过"小说的死亡"问题，认为"小说的死亡并不是一个狂想。它已有发生。我们现在知道小说是怎么死的：它并不消失，它掉到了它的历史之外。……如果小说真的要消失，那不是因为它已用尽自己的力量，而是因为它处在一个不再是它自己的世界中"。① 这句话表达了一种绝望的忧虑。一方面，随着印刷术时代演进到信息与影像时代，文字作为一种信息符号，其影响力量正在被逐渐削弱。小说，作为语言艺术，也受着载体——文字——被削弱的影响，为社会关注的力度不断地减弱。就小说的现代命运而言，由于置身视觉艺术和各种非文学的社会化力量的分化和瓦解中，小说越来越边缘化，甚至在这个电子传媒急剧扩张的时代，小说可能呈现暂时的衰败之势。就像麦克卢汉强调的，电视时代的孩子已经不会读书，因为传授阅读技能的办法通常是肤浅的，类似消费性的活动。在此情况下，高难度的纸面书，譬如诗歌、小说之类，由于要求读者深度介入，可能只会对蔑视一般故事书的年轻人具有吸引力。这就产生了一种令人惊讶且备感矛盾的现象：在信息与影像时代，"不会读一页历史书的学生却在成为代码和语言分析的专

---

① [捷]米兰·昆德拉：《小说的艺术》，孟湄译，生活·读书·新知三联书店1992年版，第14—16页。

家"①，甚至于小说家费尽心机和笔墨描绘的场景，电影只要几秒钟的短镜头就完全可以展现。电子时代的图像化转向大肆抢占传统文学形态的地盘，已是不容争辩的事实。德里达和米勒等人也曾谈到，在当今西方社会，人们把越来越多的时间花费在看电视、电影上，甚至出现了从看电视或看电影转向电脑屏幕的迅速变化；那些正在转向文化研究的年轻学者们，也正是被电视、电影和商业化流行音乐熏陶长大的第一代人，他们更愿意研究自己所熟悉和感兴趣的东西；在西方的大学中也早已是实用技术大行其道，传统的文学教学与研究或者被某些实用学科所取代，或者迅速转变功能，与那些新型通信技术及媒体文化相关联，从而转向宽泛的文化研究。② 这种情况中国也正在发生。

然而，米兰·昆德拉的这句话还隐藏着另一层意思：现代文化工业构成的排斥性力量固然可怕，但更重要的原因，还在于小说的艺术追求越来越模糊，它正在走出自身的文体世界。小说不再注重讲述完整精彩的故事，不再塑造生动形象的人物，不再追求艺术想象力和审美超越性，不再坚持对现实的反思批判精神，小说曾经拥有的彼岸性与精神家园就不复存在，等等。当小说不再处于自己独特的美学规范中，它放弃了根本的艺术品性，主动逃离了它应在的位置，势必造成小说艺术精神的死亡，而精神的死亡更为可怕。当小说变得愚蠢，变得没有独立的自我意识时，它注定死亡，这将是小说面临的根本危机。正如有学者指出的，"当前文学的危机，不只是表层的、文学形态意义上的危机，更根本的还是文学本质或文学精神意义上的危机，是一种深层的危机"。③

要之，如果说小说创造面临危机，那么，这就不仅仅是大众文化积压下小说的外部生存危机，还是"文学性"消失所带来的内部的危机，即文学精神的危机。

---

① ［加拿大］麦克卢汉：《理解媒介——论人的延伸》，何道宽译，商务印书馆2000年版，第214页。
② 参见［美］J. 希利斯·米勒《全球化对文学研究的影响》，《文学评论》1997年第4期。
③ 赖大仁：《文学"终结论"与"距离说"——兼谈当前文学的危机》，《学术月刊》2005年第5期。

第三节　重建作家的主体意识

任何时代的写作，都会面临这样或那样的危机。作为一种世俗化的精神文化产物，小说写作与现实社会的制度层面、个体信仰等都有所关联，构成一种整体性的互动关系。当中国社会全面挺进现代化，一切以盈利为目的的现实文化原则必然排斥文学在社会文化中的中心地位，作家也很自然地感受到了社会现实的严峻挑战，感受到"边缘化"现实和心理危机。小说写作同样遭遇现代叙事的危机。首先，是小说叙事如何继续保持合法性的问题；其次，是小说在危机中处于怎么样的情势。具体来说，就是现代小说的叙事规范是否需要维护和延续，小说又将在什么样的表达中再次获得生命力。而所有问题的症结集中到一点，就是在此情境下，作家如何保持清醒的意识，时刻发现并认识到这些危机的存在，以及它们对小说创作可能构成的潜在性威胁，从而自觉地规避这些"陷阱式"的危机，使创作沿着认定的审美理想向前发展。

早在20世纪80年代，作家的主体意识就是理论界探讨的热点。有人这样描述：当代作家从来没有获得过自己独立的主体意识。过去是以"革命"的名义被剥夺的，如今则是以"金钱"的名义被剥夺了——如果说"新时期"以前的作家们是以"唯政治"的功利来指导创作，那么，八九十年代以来，消费时代的文化语境借市场的无形之手，使文学由"中心"向"边缘"的位移成了一种不可抗拒的趋势，昔日的辉煌宏伟也随之灰飞烟灭，文学自然不必再承担"文以载道"的责任，这种状况可能会导致文学批判精神的浮泛和价值理性的淡薄。而更可怕的是，消费时代的逻辑已经影响了人们的思维方式，抹杀了个人的主体性，或者说，个体被市场所塑造。个体对个人自主性、自我界定、真实的生活或个人完善的需求，都转变成了占有和消费市场所提供商品的需求。在中国，个人主体性的被剥夺，在以精神产品创造为职业的文化人那里感受得最强烈。在80年代的小说写作中，文化人作为新思想的代表者，往往表现出与传统思维的对抗，以及在对抗中不被世人理解的痛苦和困惑（像刘索拉《你别无选择》、徐星《无主题变奏》中表达的情绪）。到了90年代，这种外在的对抗转化成自身的迷惘，更多地表现为对自身价值评判的迷失，表现为由于生活目标的虚幻而导致的荒诞感（诸如邱华栋《午夜狂奔》、朱文《尖锐之秋》等）。作家和他们笔下的人物一样，是现实生活中的浪子，更是精神世界的漂泊者。特别是在物化时代的重压下，物的挤压使人的主体意识降到了最低点，作家不再是非凡的创始者和主流话语的代言人；他们与普通大众一样，内心充满了困惑、焦灼及难以言传的无所适从感。他们常常借用一些非理性的方式来表达自我的存在：回避深刻，躲避崇高，强调人面对困境的尴尬与无奈……邱华栋就是这方面的代表性作家，他曾明确表示过："在这样一个价值多元的时代，干什么都是社会的填充物罢了，作家也一样。"[①] 他笔下的"拉斯蒂涅式"的青年，其实也就是作者自己的化身，他每时每刻都感受着自我放逐的苦痛。在这种情况下，作家们自然远离主体原则和价值立场，或多或少地迎合大众心理，顺应文化消费潮流，制作有畅销书风格的文化快餐，以期最大限度地占有市场，他们写作的目标也只是为了提高销售率、点击率。"新生代"对物质的占有激情和对欲望的迷恋心态超过了任何前辈作家，巴尔扎克式的批判现实主义文学精神，已经完全被对商业社会流行心态的赞同态度所取代。对此，吴亮曾一针见血地指出：

> 向时代妥协是我们得以继续生存的一项聪明选择，可是这项选择对文学家和艺术家则是灾难性的。一个在经济上可能是合理的世界往往是非想象性的，若我们缺乏一种想象至上的态度，就会沦为合格却平庸的公民，而把那种与现实世界相抗衡的想象冲动贬抑下去，同时将我们所有欲望都投入到浅俗的经济世界里，进而永远丧失了心灵的绝对自由。[②]

在当下混乱的文化语境中，个体的人被湮没在物欲洪流中，作家们注意到了主体性丧失带来的严重后果。但在目前的小说写作中，他们还没有为小说人物同时也为自己找到精神定位的坐标。就像李洁非说的：

[①] 邱华栋：《手上的星光》，《上海文学》1995年第1期。
[②] 吴亮：《缺乏想象力的时代》，林建法、傅任选编《中国当代作家面面观》，华东师范大学出版社2002年版，第116—117页。

出于迷惘、困惑和对未来的渺茫心情,"新生代"很难去肯定什么或否定什么,深度对于他们来说是一个陌生和遥远的字眼,就其精神现实而言,他们只能呆在平面化的状态里,平面化地处理创作和其中的人物。①

这是对"新生代"再准确不过的评价了。艾布拉姆斯曾将作家的心灵比喻为灯,灯可以照亮世界,照亮人生,构成一个文学世界。对于小说家来说,只有敏感细致的心灵,才能于纷纭复杂的现实生活中品味出人生的滋味,发现存在的底蕴,才能在习以为常的生活表面之下发现恒久的意味。90年代小说写作的困境,实际上,也是小说家主体性丧失在文学领域内的表现。

在我们这个时代,重建作家的主体意识显得尤为迫切。要重建主体意识,除了提高创作主体的精神品格和人文理想,大力增强作家自我的思想深度与文化素养之外。笔者认为,首先要求作家在贴近生活、临摹现实时,应当怀有一颗"超然于物外"的心,应当从琐碎的世俗世界中超脱出来,进入到更高层次的审美世界中。他既不能完全认同现实世界的生活经验,更不能一味遵从常识性的因果逻辑。因为既有的生活经验、因果逻辑是排斥艺术独创性原则的介入的。一旦作家的审美理想与现实世界保持高度吻合,那么,作家就无法跳出平庸的经验化叙事,抵达真正的艺术天地。苏珊·朗格曾说过这样一段话:

> 艺术家是这样一种人,他向人们固有的关于体验的观念挑战,或者向人们提供关于体验的其他信息,并对体验做出其他的解释。艺术家会说:"对于这种体验存在着这样的陈腐观念,或者那样的误传;现在我来告诉你们体验的本来面目,或者,我来告诉你们观察它的另一种方法。"这就是现在艺术继续通过文体上的一系列快速变化而发展的原因。因为某些知觉手段或方式似已日渐枯竭。一旦它们为太多的人所了解,为太多的人所实践,便产生出要用另一种方式来观察事

---

① 李洁非:《陌生的都市,成长的人》,《当代作家评论》1999年第1期。

物的要求。但是没有一种方式能基本上现实地适合任何有关艺术的定义。①

苏珊·朗格提醒作家，应该对日常经验保持警惕态度。因为"无论是何种经验（包括体验）都是人们普遍熟知并可亲身感受的，作家只有不断地去摆脱这些'为太多的人所实践'的经验性叙事，才能寻求到创作主体自身独有的、超验性的审美表达方式。而这种表达方式，我认为，在很大程度上就是一种对创作主体艺术想象力的深度拓展。只有想象力在超越经验的层面上获得生机，作家才有可能在创作中找到自身独有的生命体验和审美发现"。② 毕竟，"作家的天职在于使人的心灵变得高尚，使他的勇气、荣誉感、希望、自尊心、同情心、怜悯心和自我牺牲精神——这些情操正是昔日人类的光荣——复活起来，帮助他挺立起来"。③

这就是90年代中国社会的文化现实，同时也是当代作家的生存处境与写作处境。在迅速发展的现代化历史进程中，作家主体意识的丧失导致小说写作的低俗化和功利化倾向。但这并不意味着，小说这种文学样式因此就可以丧失自身的独立品质。文学无法逃脱时代决定的命运，这不仅是文学史的历史事实，也是当代文学的经验事实。文学在不同的历史情境中，必然以不同的方式展开它的实践，也必然呈现不同的价值和意义。

第四节　重塑作家的虚构意识

尽管有人对小说提出过这样或那样的界定与阐释，但有一点不容置疑——小说是想象的产物。小说的虚构本质和理想主义特质，决定了它必须借助于创作主体丰富的想象力，才能使叙事话语进入人类隐秘而广袤的精神领域，自由地展示人类种种可能性的存在状态。在这个意义上，小说也是对现实进行审美化的否定与超越。如果没有了对现实生活的否定与超越精神，小说的生命也就不复存在。小说固然无法拒绝和回避纷繁芜杂的

---

① 转引自陈侗、杨小彦选编《与实验艺术家的对话》，湖北美术出版社1993年版，第402页。
② 洪治纲：《想象的溃败与重铸》，《南方文坛》2003年第5期。
③ 《美国作家论文学》，生活·读书·新知三联书店1984年版，第368页。

现实生活，但作家有责任赋予现实生活一种意义，一种既入乎其中又出乎其外的超越性意义。因此，作家应当以沉思的方式进入现实生活，而不是以沉湎的方式认同和迷恋物性的现实生活。小说只有在沉思的时候，才有可能洞察到生活的隐秘本质，从而使思想的光环穿越事物表面照亮人类生存的真实本相，并以此表达小说超越现实世界的精神向度和价值意义。沉思的方式意味着距离，一种既超越现实生活又与它保持基本联系的距离。只有距离的存在才能保证文学的精神超越性。① 正如马尔库塞反复强调的："艺术只是在它使自己与我们可能面对的日常现实相区别和相分离的这个意义上来说是超越性的。"② 那种与现实生活细节遥相呼应、彼此融入的写作方式，以为缩短了距离就能逼近人类生存的原生状态，实在是一厢情愿的南辕北辙，它在表象上接近事物的存在时，却在本质上离事物的存在越来越远。布洛赫在论述文学反映当代现实的文章中，早就揭示过这种现象，他说："不脱离时代而写作，并不等于按生活本身写作，因为许多看上去倾听现实脉搏的人，只接触到一些表面的事情，而没有感触到实际发生的事情，这样的作家描写的不是事情的本身，而是流行的见解，所以在读者中造成他们写了时代小说的假象。它们也许能供人消遣，但一定是短命的。"③ 布洛赫的真知灼见对90年代的小说写作，仍然有警示意义。

有关当代文学缺乏想象力的问题由来已久。早在1998年，吴亮就曾撰文《缺乏想象力量的时代》，指出"文学缺乏想象力"。同年，吴洪森的论文《存在与想象》引起了文学界的广泛关注。浙江评论家洪治纲的《想象的匮乏意味着什么》一文，指出了解决文学创作中想象力缺失问题的紧迫性，"占据我们创作主流的，依然是那些满足于对现实生存表象进行简单复制或对历史史料进行记忆性重构的作品"，"而那些真正具有想象力的，充满原创特质和生命自由质色的作品，却越来越显得势单力薄"。④ 进而他又发表了《想象的溃败与重铸》一文，结合当时小说创作

---

① 向荣：《日常化写作：分享世俗盛宴的文学神话》，《文艺评论》2002年第2期。

② ［德］马尔库塞：《作为现实形式的艺术》，《西方文艺理论名著选编》（下），北京大学出版社1988年版，第724页。

③ ［德］布洛赫：《论文学作品反映当代的问题》，《西方文艺理论名著选编》（下），北京大学出版社1988年版，第726页。

④ 洪治纲：《想象的匮乏意味着什么》，《文艺报》2003年10月11日。

的实际情况,深入探讨了文学想象力的问题。文章重申"当代文学缺乏诗性气质",根本原因在于"创作主体艺术想象力匮乏"①。陈超在《文学的想象力与可信感》一文中,指出"想象力是否'丰富',并不能决定作品的价值,重要的还是想象力的质量的高下"。他还提出了"想象力的可信感"命题。在分析先锋小说的想象力缺失可信感时,陈超说:"就当下我们的先锋文学来说,修辞想象力和情节想象力并不缺乏,甚至有些膨胀,而其文本中灵魂体验的可信感却非常地稀薄。修辞效果和情节上的想象力,一定要与具体生存和生命体验的可信感扭结一体,当下先锋文学家想要保持想象力的有效性和持久的价值感,实有必要探询一下何为'有方向的想象力'或'历史想象力',而非信笔涂鸦式的臆想或炫技。"②雷达说:"很久以来,我们的文学缺乏超越性和恣肆的想象力,总是热衷于摹写和再现,读来虽有平实的亲近,却无腾飞的提升。"③ 他做过统计,2000 年左右中国长篇小说每年有 1000 部之多,但是创作数量的繁荣并不代表创作质量高,"我们变得贫乏了,人类遗产被我们一件件交了出去,常常只以百分之一的价值押在当铺,只为了换取'现实'这一小块铜板"。④ 张柠在 2004 年发表在《文艺报》上的《想象力考古》一文,指出"纯正的想象力"只存在于人类文明的神话时代,提出"到文学作品中去寻找、发现这种'想象力'的表现形式和规律"。……必须承认,想象力的贫乏已经成为备受文学界关注的大问题。而作家艺术虚构能力的高低,直接决定着小说存在的命运。

尽管目前越来越多的作家意识到想象力对于小说创作的重要性,但是,由于受到各种因素的影响和制约,在我们当下的创作现实中,想象和虚构依然处于大面积的"不在场"状态,这是一个无法回避的事实。就以 90 年代小说为例,不可否认,90 年代作家的作品具备良好的可读性,他们放弃了先锋作家对形式技巧的迷恋,转而追求一种朴素的与日常生活同步而行的叙事方式,强烈的现实意味和浓厚的时代气息,不断召唤起阅读者对小说文本最为直接的审美经验。这种叙事方式的变化,一方面拓展

---

① 洪治纲:《想象的溃败与重铸》,《南方文坛》2003 年第 5 期。
② 陈超:《文学的想象力与可信感》,《文艺报》2003 年 12 月 2 日。
③ 雷达:《第三次高潮——90 年代长篇小说述要》,《小说评论》2001 年第 4 期。
④ [德]本雅明:《经验与贫乏》,王炳钧、杨劲译,百花文艺出版社 1999 年版,第 258 页。

了小说表现生活的深度和广度，一方面也防止了小说走向极端形式化的危险境地。作家们还注意吸纳畅销小说的元素，句式和情节构思趋向日常化，注意用新奇的物象迎合读者的阅读期待。因此，90年代小说吸引读者的一个重要原因就是与现实生活的逼近，在这里，我们能看到社会现实的真实图景，感受到世俗生活的浓厚气息。

然而，小说并不仅仅是对生活的复写，不仅仅是如柏拉图所说，是对生活举起的一面镜子。W. C. 布斯说过："每种艺术都只有在追求自己的独特前景时，它才能繁荣"，[1] 而"一旦艺术与现实的缝隙完全弥合，艺术就将毁灭"。[2] 虽然小说作为一种世俗性艺术，它有着天然的形而下的表现形态，但真正的好小说，应该是形而下的表现形态与形而上的思想内蕴完美结合的艺术品。小说之所以有存在价值，在于它提供了另一种可能性的世界，另一种思想向度，诗性的观照立场。在本质上，小说是超越性的，它应该瓦解庸俗沉闷的现实人生，使之呈现被无情的现实所扼杀的意义，完成对人类理想精神的最高综合。小说总要超越现实生活故事，这是小说最起码的条件，也是小说区别于故事产生艺术魅力的源泉。所谓的"思情寓意"正是小说"说"的另一表述。这就要求作家充分调动自身的虚构意识，来表达小说超越现实世界的精神向度和价值意义。只有这样，读者在阅读时，除了获得现实生活场景和作者叙述的故事外，还能体悟到一种永久的"意味"。90年代作家恰恰在这个根本性的问题上犯了错误。他们或者忽略虚构精神对小说写作的重要性，将虚构意识消解于对生活外部形态的铺叙之中，致使小说文本成了表象的罗列与细节的堆积，艺术创造成了僵化的重复；或者干脆拆除历史、现实、未来之间的界限，使虚构丧失了自我确证的参照，最终只能在没有约束的情况下迷失自我。此时的虚构不再是关于现实的想象，它更像是虚构本身的崩溃。而那些迷宫般的小说文本，呈现的恰恰是失去节制的想象力产生出来的迷幻征候。这种违背逻辑和常理的虚构，更接近于精神病患者的狂乱呓语；我们面对的文本已不是小说，而是病历；或者说，是当代人借助小说形式来完成的一次行为艺术。它拒绝提供任何启示与关怀，仅仅是尽情的自我放纵和消费。我们很难找到有深刻内蕴的，在故事表层下寄寓着思想力量的作品，更很难

---

[1] ［美］W. C. 布斯：《小说修辞学》，华明等译，北京大学出版社1987年版，第211页。
[2] 同上书，第136页。

看到所谓的"精神的最高综合"。一旦小说不再是发于内心的诗意传达，而只是文字世界内部的玄思幻境，或者说，是个体对于某种思维工具的熟练操作，那么，被损伤的不仅是阅读期待中的受众，也同样是写作者本人。

意义的失落与语言的变质几乎成了90年代小说在劫难逃的宿命。正如陈晓明所言："九十年代这些新的艺术经验存在这样或那样的不足，但最首要的不足在于艺术作品普遍缺乏深刻有力的思想意识。"[①] 可以肯定地说，物质主义的平面化写作正在以低迷的姿态逼近日常生活的表象，并且心甘情愿地认同日常生活平庸的法则，现实生活不但没有激发作家的想象力，反倒变成了难以跨越的叙事陷阱，使小说彻底丧失了超越生活的精神向度、价值立场和批判态度。随之而来的，便是作家正在失去对生活的想象力和洞察力——书写越是贴近现实却仿佛离现实越远，在无原则的认同和妥协中，小说日渐丧失了它作为虚构艺术的审美品性，既不能显示精神的力量，又无法让人寻找到真正需要的东西。它消逝的不仅是它作为艺术的"形式"，更是内在精神。

当然，在一个世俗化的年代，要求作家拥有"超凡脱俗"的虚构意识是不可能的。王晓明曾有过这样的论述：

> 作家毕竟和一般人不同，他就像是有着两副头脑，既有世俗的功利意识，又有情绪的审美冲动。倘若前者受制于具体的时空环境，只能把他造成一个凡夫俗子，一个忠实于现实的公民，后者却能够超越把他引入对人生和宇宙的无边遐想，将他造就成一个没有国籍的世界人。大凡优秀的作家，都具有两副面孔，在日常生活和小说世界中，他尽可以扮演完全不同的角色。因此，作家的创作心态，应该是不会惊动那蹲伏在他世俗意识深处的自卫心理的，即使他在写作时完全沉醉于某种狂热的激情，甚至忘记了自己的世俗存在，一旦他放下纸笔，回到现实中来，他也多半很快就恢复常态，无需那自卫心理来从旁强制。[②]

---

① 陈晓明：《先锋派之后：九十年代的文学流向及其危机》，《当代作家评论》1997年第3期。

② 王晓明：《双驾马车的倾颠——论鲁迅小说的创作》，《钟山》1989年第5期。

也就是说，创作需要激情、想象。如果缺乏想象力，必然导致作家对生活感性体验的不彻底，理性思考的不完善，致使作品缺少深度、丧失诗性的审美光彩。要弥补想象力的匮乏，作家需要加强自身的文化修养和哲学素养，使之具有博大宽广的胸襟与吸纳百川的底气，同时还需要创作激情的灌注与审美经验的积累。

有人说，20世纪90年代"是一个只有外表而没有内在性的时代，一个美妙的'时装化'的时代，一个彻底表象化的时代"。[①] 有人说："深刻的作品本身就不属于90年代，在这么一个信念原则和内省精神并无立锥之地，而机会却支配了一切的，人、社会、文学都只做平面上的滑翔是势在必然的。"[②] 这种说法固然有它的道理，可是笔者认为，在如今这个丧失深度的年代里产生深度并非不可能。相反，正因为深度的缺失，才显出它的可贵；越是在没有形成内在性的环境里，内在性才越有价值，才越有可能成为积极的内在性，人类不可能在意义匮乏的平面上长期生存。对90年代小说的"非深度模式"产生过重要影响的后现代主义，仅仅是世纪之交人类精神价值遁入历史盲点的"文化逆转"现象，而不是最后的精神归宿。这个文化失范、价值无序的年代，更需要一种精神价值来解释和支持生存的必要性和重要性。现代大众传媒与高科技主义已经被历史证明无法给出一种深刻有力的精神价值。相反地，它们倒是使原有的价值体系变得混乱不堪。惟其如此，走出平面模式、重建文学的精神向度，倾听灵魂在现实挤压下发出的种种声音，发现人类为摆脱生存困境而付出的真诚努力，并以批判的态度介入现实生活，就成了中国作家无法逃避的现实使命，也是文学自我拯救走出精神危机的安全通道。现实对于作家们的要求是迫切的，我们希望，中国作家们能够重新进行价值选择和精神定位，回到自我，回到存在，回到人类的内心生活，回到被欲望遮蔽的精神地带。期待他们能以独立自由的创作心态，参与中国文化的现代化进程，创造出优秀的、辉映时代和民族精神的文学篇章，为人类社会构造出一个不朽的精神和文化家园。

---

① 陈晓明：《先锋派之后：九十年代的文学流向及其危机》，《当代作家评论》1997年第3期。

② 李洁非：《新生代小说（一九九四——）》（续），《当代作家评论》1997年第2期。

附录

几个作家研究

现代都市女性的倾诉与咏叹
—— 张欣小说浅议

20世纪90年代，伴随着市场经济的确立，商业化的都市文明以生机勃勃之势冲击着原本建筑在农业文明基础上的现实生活的方方面面。高度发达的现代化景观、自由开放的城市新品格，带来了前所未有的错位、反差与混杂：一面是物质生活的极大丰富，一面是精神生活的日趋贫乏；一面是美好人性的渐趋张扬，一面是原始欲望的极度泛滥……所有这一切的喧哗与骚动，无不迅速改变着都市人的价值观念和情感向度，吸引着作家们从不同角度去描绘大都市复杂多变的面孔，捕捉都市人跳跃不定的脉搏。在一系列流行的文学模式中，广州女作家张欣以其特有的理性和才情，表达着都市背景下的世俗人生的情感体验，纵情放笔于商海沉浮中的饮食男女的日常生活。特别值得一提的是，她把视线投向都市，以都市女性在商潮冲击下的情感变动和生活遭际为基本构成要素，来展现她们独特的婚恋心态，显示了别具一格的美学意义。

开放的婚姻观念

张欣成功塑造了一批生活于现代都市中的女性形象：她们大多是30岁左右的知识女性，有良好的自身修养、不错的家庭出身及令人羡慕的职业。或者是投身商海，或者是周旋于机关。共同之处是经历过坎坷的感情周折。在她们身上，既有社会政治、传统教育留下的时代印记，也有现实生活、商潮冲击所赋予的现代气息。所有这些折射在婚姻观念上，就是既受到传统道德观念的约束，又受到西方开放意识的影响。

首先，在她们的内心深处是倾向于传统婚姻观念的：讲究贞操，重视两性间的和谐与忠诚。一面努力做到洁身自好、纯洁贤惠；一面要求对方恪守婚姻规则，以期共同维护情感世界，甚至为此不惜承受误解与折磨。夏遵义与柯智雄（《仅有情爱是不能结婚的》）本来是一对极恩爱的夫妻，当他们平静、温馨的家庭生活遭受到突如其来的婚外恋的冲击时，妻子夏遵义并没有过分指责丈夫，而是尽量保持宽容、平和的心情，等待婚姻危机过去之后，收拾残局重新开始。这个小说留给我们很多思索：就像小说的题目表达的，仅有情爱是不能结婚的，婚姻更需要夫妻双方彼此包容、理解。可馨与沈伟（《爱又如何》）之间，原本相濡以沫的感情被平庸的日常生活消磨掉光彩，感情日渐淡化，却也终究难以割舍对方。何丽英（《绝非偶然》）虽然被丈夫的"博爱"折磨得狼狈不堪，可依旧坚守着婚姻。所有这些，都以不同的方式透视出女性的传统婚姻观念：重视家庭、留恋亲情。尽管这种观念在崇尚激情生活的都市人眼中越来越廉价，但它毕竟是都市女性情感价值的表征。

商品经济的飞速发展，西方文化观念的涌入，不可避免地冲击着城市人的价值理念，在生活的多次裂变与组合中，交替而来的现代文明也潜移默化地渗透到都市女性的心理结构中，改变了她们的价值取向。表现在婚姻方面就是，都市女性更加宽容、通达、开放的婚姻观念。如果说张欣笔下的女性有一部分甘心固有传统婚姻观念，那么，还有一部分更愿意摆脱传统婚姻观念的束缚，追求时尚化、享受型的现代生活。正如有人所说的："有时候喧嚣和浮躁恰恰体现了一种亢奋与进取。"（《你没有理由不疯》）张欣小说中的人物恰是用行动实践着这句话。比如小有成就的爱宛（《爱又如何》），一面疯狂地爱着落魄文人肖拜伦，一面也不顾忌与他人有性关系，她的生活原则就是："人不可能活得那么纯粹"；年轻聪慧的冰琦，委身于一个有家室的年老港商；更有大批倚仗年轻貌美的自身条件追求幸福的都市女性，她们的观念就是："传统美德无论多么令人称道，多么被人们反复咏叹，终是像进化论一样，将在现代人身上消失得荡然无存。"（《仅有情爱是不能结婚的》）可见，城市中年轻女性的婚姻观念开放到何种程度。

面对开放与传统并存的婚姻观念，张欣是矛盾的。她曾经说自己"是一个比较传统的人"，她的创作是要"呼唤人性中的美丽、真诚……更喜欢描绘这之中沉静的心，古朴而陈醇的心意"。基于这种创作心态，张欣在情感上更认同传统的婚姻模式，更情愿让女性回归家庭。所以，她会让夏遵义与柯智雄和好如初，让千姿在名利面前保持一份出淤泥而不染的高洁。然而，现实生活却并不总是跟随人的主观意愿变化的，在冷酷无情的现实面前，某些具备现代思想的女孩子更愿意做出理智务实的选择。对此，张欣在作品中并未做任何道德意义上的评价，只是以平静之心给我们描绘浮华社会中的真实图景，让我们在一波三折的情感纠葛中，体味都市女性独有的风采。

自由的婚姻方式

如上所述，张欣笔下的人物大多是穿梭于城市喧嚣的白领阶层，像抢滩于商潮的记者、模特、生意人，在写字楼工作的高级职员，等等。她们多数待遇优厚，有独立的经济能力，根本不需要依附于异性。相对开放自由的生活方式，更加剧了她们的独立自主和自我个性的张扬，特别是在你死我活的商海竞争中，她们对自身有了更清醒的认识："女人最大的敌人并不是贫穷和默默无闻，尽管这两点让你深深感到人生的乏味和无聊，但更大的敌人却是时间和岁月。"（《岁月无情》）正是因为真切地感受到时光流逝、容颜易老，女性没有多少青春可以挥霍。所以，她们不再留恋过去或寄希望于未来，而是紧紧抓住现在，抓住眼前的机遇，以便为自身谋求更好的"发展"。于是在张欣笔下，有"只讲睡觉，不想结婚"的商晓燕；有豪放干练、勇往直前的爱宛；有敢说敢做、本身真诚的林子。她们都是率性而为、坦然面对内心世界的女人。在她们眼中，所谓的激情无非是"突如其来，突如其去"的风，就像商晓燕所说的："爱过，但一切都闪电般的结束了，我们谁都不可能按照对方的想法生活……好聚好散是游戏规则。"（《仅有情爱是不能结婚的》）面对如此洒脱自由的"爱情宣言"，张欣表达了对她们的宽容：她同情她们，认可她们，给予女性以充分理解。当然，她也没有掩饰自己对女性命运的无奈与慨叹：在男性占据统治地位的都市生存环境中，女性除了自己的身体资本之外，实在是一无所有。当女性被逼迫到只能利用青春谋求生存的时候，她们便注定充当城市生存的悲剧角色。可是，面对某些女性勇敢的"献身"行为，我们又替她们感到尴尬，毕竟，她们的生活观念太容易被金钱所左右。不是有太多的商晓燕、冯剪剪、冰琦、简松成为物质、名利的牺牲品吗！这些活生生的现实，没有梦幻，也没有浪漫。正是清醒地意识到自身所处的物欲现实，她们才活得如此实际，才不情愿给疲于挣扎的心灵再套上一道婚姻的枷锁。

这种对自由婚姻方式的选择和追求，一方面来源于城市女性独立意识的强化，另一方面也源于她们对男性世界的怀疑和恐惧。固然，不维系于一纸婚姻的爱情是潇洒自由得多，可以不用负法律上的责任，只听任感情的支配，一旦感情消逝，便好聚好散，但却不可避免地要受到残存于心灵深处、早已定型的传统道德伦理的谴责，尤其是要时刻经受"感情无处停泊，只得维系于空幻"（《掘金时代》）的折磨。爱宛看破红尘般的叹息，安妮无所依傍的孤寂，商晓燕惆怅与无奈的表白，都是女性内心深处的真实写照。在一个物欲泛滥的浮华世界里，男性要实际、功利得多，他们为了追逐物质、名利，往往不惜放弃真情、背叛婚姻。蔡丰收（《如戏》）抛弃艺术下海淘金，在金钱面前几乎忘记一切，甚至在妻子生命垂危之际，还以工作繁忙为借口拒绝看望；萦系着"修齐治平"从政情结的江祖扬，为了所谓的仕途抱负，不惜用卑鄙手段，让两个对他都一往情深的女性反目成仇；吴滨对朱婴（《此情不再》）的感情竟然抵抗不住金钱的诱惑，他的负情让朱婴备受摧残。面对张欣所写的这些悲剧故事，我们不禁思索：究竟什么才是女性赖以依靠的？何处才是女性可以停泊的港湾？张欣借描写都市背景下的婚恋故事，来展示女性寂寞无助的情感困惑，让我们倾听她们发自心底的叹息，引导我们思考女性如何把握自身命运、如何实现自我价值等诸问题。

追寻真爱的婚姻实质

"爱的追寻"是张欣小说的一贯主题。在她描写的故事中，没有灰姑娘式的现代童话，只有都市版的现代爱情：两袖清风的小米与画家许弘的两情相悦；已为人妻的谷兰与叶向川的婚外恋情；单身女郎忆禅对已婚男人陆丰的一厢情愿……像这些，大都是没有完美和幻想，但终究不乏真纯与浪漫的爱情故事。这些女性在经历过太多的感情创伤后，身心俱已疲惫不堪，对婚姻不再抱有多少奢求，唯一在乎的是来自异性的真爱。张欣通过对现实生存状况的摹写，展示了女性在情与理、爱与欲的纠缠下的灵魂搏斗，留意不同人格之间的摩擦，并进一步探索婚姻的实质。毕竟，短暂的爱情无法代替长久的幸福，生活的不如意让她们不得不驻步徘徊——爱情太娇贵、太虚幻，单调的世俗生活总会将爱情的浪漫消磨殆尽，缺乏物质保障的爱情自然不可能长久。可馨与沈伟曾经过着轻松舒适的生活，充满着小布尔乔亚的温馨情调。然而，面对辞职的压力、生活的烦恼，两人变得"沉默寡言，原有的潇洒和闲情逸趣荡然无存"，"爱情是什么，它在生活中仅仅是一种装饰。一旦生活暂时蒙上一层阴影，它总是被最先牺牲掉！"(《仅有情爱是不能结婚的》) 这就是现实生活的残酷无情，这也正是残酷无情的现实生活。在张欣笔下，我们看到的是一个平庸与高尚并存的商业世界，看到的是一群徘徊于物质享受与精神超越之间的都市女性。她们一面肯定自身的世俗性需求，一面又力图挽留精神性幻想，可最终得到的，只能是追寻真爱的尴尬。从一开始，张欣就把强烈的主观意识渗透到她笔下的都市女性身上，怀着一颗敏感、细腻的女人心同她们一道分享欢乐与痛苦，共同思索严肃的现实问题。在她看来，两性间的真爱是这个充满欲望的世界遗留给都市人的最后一点浪漫和温情。她怀恋这份浪漫，更希望它能常存于都市人的情感生活中。然而，愿望仅仅是愿望，现实的冷酷却常常让人遗憾不已。

走向独身的婚姻趋势

面对你死我活的商业大战、平庸琐碎的日常生活和无法信任的情感世界，都市女性对真爱的追寻更加渺茫。她们或者是与爱情擦肩而过，或者是有过美满的婚姻却很快破裂。无论她们在性格气质上有多大差别，却都有着共同的心灵创伤——爱情和婚姻生活的不如意。正如她们所感叹："爱情和婚姻根本是两回事，年轻时轰轰烈烈爱一次，老了找个诚实可靠、前景悦人的丈夫"，"其实爱情这个东西存在不存在都成问题。只不过我们觉得，很重要就是了，其实它在哪儿"。当然，这批城市丽人不是受制于父母之命、媒妁之言的闺阁小姐，而是一批事业有成的女强人，具有现代职业女性的独立自主意识。像曾经风云一时的爱宛，玩具界的首席女强人吴梦烟，在竞争中不断获胜的婷如，等等，她们不再对完美的婚姻模式抱有幻想，而是选择独身。似乎这样便可以把握自己的命运，不再听任男权世界的摆布。但是，如果进一步剖析的话，不难发现，独身也只是女性遭遇挫折后的无奈之选。在她们内心深处隐藏着难与人言的苦衷，就像欧阳飘雪所讲的："女人真是麻烦，做花瓶让人看不起，做女强人又没人爱，两者兼顾吧，就说你依靠背景牺牲色相，总之不是因为你的努力和本事。"吴梦烟也感叹："一个女人刚烈又怎样？不抵别人的一句话，就能叫你的工作、名誉、自尊和清白统统泡汤！"她们在商界冲锋陷阵，名利双收，却在爱情面前一败涂地，悲凉无奈、挥之不去的情感困惑何曾淡忘过呢？基于这种对婚姻爱情的失望和怀疑，她们的选择只能是独身。张欣以温婉的笔调描述女性在硬心肠、冷面孔的城市中创业的艰辛，着重突出她们心灵的痛苦和孤寂，从而显示了自己的独特性。

通过以上对张欣作品的剖析，不难发现，她深刻地表达了商业氛围中的精神沉浮和心灵困惑，真切地展示了都市女性面临情感与欲望二元对立冲突的复杂心态和两难选择。特别是在对生存境遇的言说中，张欣始终怀着强烈的自我意识，书写物质名利的诱惑给女性带来的迷惘、苦恼及其人生态度、价值观念的变化，试图为她们寻求新的生存价值，期待着这些漂泊的灵魂重新得以安顿。然而，在这个物欲不断排挤精神追求的城市，人类的灵魂将如何安置？

我们期待着满意的答案……

对传统女性性别角色的温和解构

——王安忆《长恨歌》的一种读法

在《长恨歌》中，王安忆对女性意识的凸显是极为温和的，她通过主人公王琦瑶性别角色的解构表达了对男权文化的反叛。

女儿—妻子—母亲三种身份的有序演变，是传统观念中女性公式化的命运线索。然而，在王安忆的《长恨歌》中，主人公王琦瑶一生的悲欢离合却恰恰是在颠覆这个对于女性的传统角色模式的认定，并且进一步解构了传统女性的角色。在王琦瑶的一生中，作者着重凸显的是她作为女人的性别身份，而不是传统的角色定位，或者说作者是在委婉含蓄地回避了对女性的传统角色的定位。

女儿——这个身份对于王琦瑶而言是模糊不清的。从小说中，我们很难找到详细的关于王琦瑶与她的父母、她的家庭的种种场景的描写，虽然在王琦瑶坐月子的时候，她的母亲有一次出场机会，但这短暂的母女相逢却在母亲的"一走了之"中落下了帷幕；母女之间没有亲昵，没有推心置腹，骨肉亲情在王琦瑶的成长历程中似乎是一个真空的状态，我们甚至会产生疑问：王琦瑶究竟有没有家？还有，在竞选上海小姐这个对王琦瑶的人生历程有着重大影响的事件中，我们看不到父亲的决断，母亲的帮扶，以及来自家庭的支持或者反对。看到的只是程先生的帮助，女友蒋丽莉、蒋母以及蒋家亲朋好友的关注。在这样一个决定命运的关键时刻，王琦瑶置身于一群毫无血缘关系的陌生人中间，虽然她也心存不甘，也有寄人篱下的悲凄，但是这些带着些许抵触性的低落情绪，并非源于她对家庭的依恋和不舍，而只是出于对自身处境以及自尊心受伤的哀叹。可以说，她在决定把自己的命运交付给别人支配的同时，也背离了她作为一个女儿而存在的家庭。作者对王琦瑶家庭的回避，无疑是对以父权制为核心的家族权力的挑战。另外，在小说中，王琦瑶的父亲几乎是个盲点，小说没有对这个人物做正面或者侧面的交代。父亲形象的缺失，可以看作是王安忆对男性霸权的遮蔽与颠覆,也是她对传统家族体系的一种温和解构。虽然《长恨歌》中的背叛与解构,远不及她的《叔叔的故事》那样深刻,站在跨越代沟和性沟的双重层面上审视父系形象。可是小说对父亲形象的回避,主人公对家庭的疏离,同样显示了作者借小说写作挑战父权制社会的勇气。

妻子,这也许是王琦瑶一生都在梦寐以求的身份。程先生、李主任、康明逊、"老克腊",这些在王琦瑶生命中走过的男人,虽然都以各自的方式与王琦瑶相遇,却又因为各种各样的原因回避婚姻的介入,不管他们在这种回避面前是主动还是被迫。对于王琦瑶而言,妻子这一身份始终是可望而不可即的梦想。

对于大多数中国女性来说,爱情婚姻是至关重要的。人们常常把婚姻比喻为女人的"第二次生命",婚姻也是塑造女人的重要一环。但在《长恨歌》中,王安忆却不再将女性命运的获救希望寄托在男性身上。程先生、李主任等人的出现已不再是"寻找男子汉",甚至不再是"男子汉的喜剧",而仅仅是王琦瑶"与绝望的想象同行"的过程。程先生算得上是王琦瑶命运的引导者,是他提议王琦瑶竞选"上海小姐"的,在参选过程中,也是程先生给了王琦瑶最实质性的指导和建议。可以说,是程先生亲手将王琦瑶的命运送入另一个轨道。当王琦瑶怀着康明逊的孩子走投无路时,又是程先生向她伸出援助之手,把她从迷茫无助中救了出来。他见证了王琦瑶的辉煌与落魄,也给予了她很多帮助。但是必须看到,这些帮助同程先生这个人一样,是琐碎的,细水长流的,所以,我们很难在关乎王琦瑶命运的变化的关键之处看到他英雄式的力挽狂澜。从程先生开始,每个走进王琦瑶生命的男人,都曾经带给她一抹生活的亮色,让读者看到,王琦瑶即将被赋予一种新角色进而转变命运的幻象,然而,这种幻象却总是随着男主人公的悄然退场而破灭。在塑造王琦瑶的女性形象时,作者并不回避男性在女性成长中所给予的种种帮助、呵护,可是,这种帮助的叙写在作者笔下又始终是保留的,压抑的。她始终没有将这种帮助上升到拯救的高度,始终没有塑造出一个英雄式的男主角,而只是将他们看作女性成长过程中必要的"催化剂"。

安排众多男性人物游走于王琦瑶的一生,也许这正是王安忆小说的"性别"游戏:让男性参与女性的成长,却始终不让他们成为这场游戏的主宰者。当然,作者在瓦解男性在社会生活中的主体地位和文化角色的同时,并没有完全否定男性在女性成长过程中的存在价值,而是以理性的态度揭示了:男人对于女人的成长是有帮助的,但他们不是救世主,无法改变女人的命运,女人的命运最终还是把握在自己手中。就像作品中说的:"日子还是靠王琦瑶过下去,谁也不能真正拯救她。""人都只有一生,谁是该为谁垫底的呢?"

薇薇这一形象的塑造,给了王琦瑶以母亲身份出场的机会,同时也给了作者一个解构传统母亲角色的空间。

母女关系向来都是人类最亲密、最圣洁的关系。我们的文学作品中,曾经反复吟咏过母亲的宽厚慈爱、女儿对母亲的眷恋之情,等等。可是在王安忆的《长恨歌》中,我们却不得不对温情脉脉的母女关系产生怀疑。在小说的主人公王琦瑶和女儿薇薇之间,更多的是冷漠、疏离甚至敌对;薇薇对王琦瑶始终保持着戒备之心,王琦瑶对女儿的种种善意的规劝,常被薇薇视作母亲对自己不怀好意的"陷害";面对女儿的叛逆,王琦瑶非但没有母女关系破裂的危机感,反而采取了漠视的态度,甚至有时候还故意以自己的老道回击女儿的幼稚,享受击败女儿的快感。是什么让母女关系如此恶化?是嫉妒。薇薇既没有继承到王琦瑶身上的家常美,也没有遗传到母亲对于时尚的敏锐的洞察力,她实在是个平凡的女孩子,是淮海路上跟随领袖、追逐潮流的芸芸众生中的一个。然而,王琦瑶并没有因为女儿的成长而丧失昔日"上海小姐"的风韵,相反,倒是随着时间的历练,增添了一份动人成熟的魅力,对于时尚的敏锐体察也丝毫没有因为落入平安里这样一个下层人的聚居地而有所减退。在女儿的平凡与母亲的出色的对比中,嫉妒心压倒了母女亲情,面对如此光彩照人的母亲,平凡的薇薇怎么能不"怀恨在心"呢?特别是当王琦瑶把自己存放在箱子底的旧衣服拿出来,重温旧梦的时候,女儿对母亲的不耐烦达到了极点。面对女儿的无知与平凡,王琦瑶又怎么能不产生些许优越感而漠视女儿的叛逆呢?在王琦瑶与薇薇的母女关系中,母女亲情被放置在一个次要的位置,而女人善妒忌的天性却被显现出来。最终,薇薇的出场不是给王琦瑶提供表演"母慈女孝"的机会,而是给王琦瑶设置了一个更为亲密的参照系,以凸显她作为一个女人的优秀。薇薇也只是众多拜倒在王琦瑶光彩之下的女性之一,像吴佩珍、蒋丽莉、严师母、张永红等。只是薇薇的女儿身份让这种拜倒更具震撼力。

在传统的父权制社会,女人一向被置于充当生殖工具的可怜境地。于是，母亲角色也成了女人屈从于男性霸权的体现，甚至母亲角色的成功扮演又往往以压制女人的天性为代价。男人们认为，女人在成为母亲之后，她就是一个母亲，她的任务就是相夫教子，营造和谐的母子、母女关系。所以，我们在作品中，常常能看到太多的温柔贤淑的母亲形象。虽然王安忆并没有在作品中设置一个"恶母"形象，来彻底解构传统的无私高尚的母亲形象，但是，她将母女关系还原到了纯粹的女性之间的平等关系，母女关系被弱化成一种符号化的存在。这无疑也是对男权文化臆造温馨的母女关系的反叛。当然，这种反叛是温和的，它不像张爱玲笔下的曹七巧，完完全全撕毁了母爱的温情面纱；也不像铁凝的《玫瑰门》，以母亲们的叛逆行为和乖张、反常的精神世界来亵渎传统的母亲形象。王安忆只是将女性从母亲角色中还原、解救出来，充分地展示她们作为女人的天性。

诚如某些评论家所言，《长恨歌》"真切地展示了被传统道德历史和政治历史所遮蔽、压抑的女性生存历史"，作者"在宏观历史与时代叙事的景片裂隙处"，"显露出在历史与现实中不断为男性话语所遮蔽，或始终为男性叙述所无视的女性生存与经验"。[①] 王安忆正是以温和的笔触，解构了传统的男性价值尺度，颠覆了男权文化对女性性别角色的期待，以鲜明的女性意识进行着女性主义小说的探索。但是，王安忆在女性主义席卷文坛时却明确表示："我不是女权主义者。"事实上，她也从未"加盟过哪个潮流，更不必说去充当一个这类潮流中的中坚人物"。[②] 她是一个自成一脉的作家，她的创作始终以现实感受为基础，而不是对某种理论的观念化演绎，因此，不管她是否有意识地按照女权主义理论进行创作，都能通过自身的体悟达到与女权主义的某种程度的契合。

有论者指出，当前国内的女性主义批评或文字，仅强调性，强调两性的对立，违背了人性的发展及两性之间自然、和谐、优美的融洽状态，人们担心的女性"中心主义"，男女两性的对立，可能会引发新的"女性霸权"和"女性中心意识"，甚至激起新的"性别战争"。王安忆的《长恨歌》在解构女性性别角色模式、反抗男权文化的同时，没有将男女放在对立的位置上，营造一个排斥男性进入的纯粹的女性世界。比如，在解构

---

① 戴锦华：《奇遇与突围——九十年代女性写作》，《文学评论》1996年第5期。
② 齐红、林舟：《王安忆访谈》，《作家》1995年第10期。

女儿这个角色的过程中，王安忆没有用"父亲死亡"、"父爱匮乏"、"父权荒谬"等观念，来戏讽和挑战父权制文明，而仅仅是回避了父亲形象；在解构妻子角色的过程中，作者安排了一系列男性人物，给予王琦瑶许多帮助，当然，种种帮助并没有拯救王琦瑶的命运，由此瓦解了英雄式的男人形象，但是，作者并没有完全否定这些男性人物的存在价值；在解构王琦瑶的母亲身份时，她也没有设置一个完全反传统的母亲形象，以对抗男性文化的压制，借此来扰乱父权制的象征秩序，而是以迂回曲折的方式，还原女人之所以为"女人"的某些天性，以此来叛逆男性文化想象中的母女关系。在表现其女性意识的同时，王安忆以宽容的态度正视男性在女性命运中的作用。事实上，人类的健康发展既不取决于男性霸权，也不取决于女权主义，而只能是男女两性的共同努力。王安忆恰恰采用的是这种宽容的"两性共建"的策略，这也是小说《长恨歌》在90年代女性写作潮流中的独到之处。

向死而生

——毕淑敏小说的死亡主题透析

作为两种人生状态，生和死是截然分开的。但在哲学本原上，两者又是合而为一的。海德格尔指出："日常生活就是生和死之间的存在。"生因死的必然降临而显示出珍贵，死也因生的珍贵而具备更加丰富的意义。生和死的相依相融关系就决定了人类一面张扬生命意识、探询理想人性，一面也无法回避死亡这一宿命结局。特别是那些对生命有深刻体验的作家，必然会把关注视线投向死亡这一神秘领域。综观中外文学，事实证明，无论作家们在生死观念上存在多大分歧，但对死亡的透视却已经成为不约而同的目标，并进而发展为昭示作家价值评判和审美态度的艺术策略。北京女作家毕淑敏就是一位经常把眼光投向死亡的作家。从她早期的《昆仑殇》、《补天石》、《阿里》，到90年代中期的《生生不已》、《预约死亡》再到长篇力作《红处方》，毕淑敏无一例外地选择死亡作为结构故事的精神脉络和艺术关怀的焦点。对于死亡——这个中国人历来都忌讳的话题，毕淑敏给予了极高的热情，她以自己对人生的深刻体验和对世界的独特把握，不厌其烦地赞叹着生命被毁灭的悲壮美，又辩证地拆解着人生的种种神秘。企图透过死亡来勘探人类的现实处境，追问那个古老遥远却又历久弥新的命题——生命的价值和意义。其深沉的现实关怀意识、浓厚的理性思辨色彩和雄浑悲壮的艺术风格，不断地冲击读者的阅读体验，同时也为我们提供了别具一格的创作景观。

死亡的社会学意义

毕淑敏16岁离开北京，参军到中国的西部边陲，11年的戎马生涯和部队医生的特殊身份，使她亲眼目睹了太多的生命的牺牲与被毁灭。就像作者所讲的："死亡像一把把利刃悬挂在半空，时不时地抚摸一下我们年轻的头颅"，"没有身临其境的人，是无法想象在那样严酷的自然条件下，人自身的生命力是何等软弱!"因此,从她早期的"昆仑系列",毕淑敏就开始了对死亡的首次巡礼——

《昆仑殇》讲述了十年"文革"期间,一场残酷的野营拉练酿成的生命悲剧:为了执行上级命令,以"一号"为首的领导者们不顾现代战争的特定方式和战士们的承受能力,强行穿越五千公尺以上的冰冻无人区,致使许多年轻的生命被强大的自然力量所吞噬,而纯真美好的爱情也随之被扼杀……

《补天石》则展现了昆仑山上第一批女性的遭遇:恶劣的自然条件,严格的部队纪律,男女两性比例的严重失调,共同将女兵们推到了一个尴尬的生存境地。在这里,人的正常欲望被无情地压抑着、扭曲着,所有来自生命深层的要求也被畸形化,终于上演了一幕幕不该发生的悲剧……

《阿里》又一次把视线投向了阿里山区的一群女兵,让她们在异常艰难的生存环境中,经历肉体和灵魂的双重折磨。最令人震撼的是女兵游星的故事,她坠入情网,明明知道等待她的只有身败名裂;为了不给自己的父亲——即将进驻阿里统率全军的游司令丢脸,她选择了以投井的方式结束年轻的生命……

上述几篇作品所写的都是以昆仑山为背景的高原军营生活。在毕淑敏笔下,高原的粗犷、荒蛮构筑了一个异常残酷的生存背景,严寒、疾病、缺氧等如同恶魔一般,时刻威胁着人的生命,稍有疏忽,死亡之神就不期而至:"奇寒而威猛的山风,犹如铁制的鬃毛,每一根都可以扫瞎你的双眼。"(《阿里》)"在万古不化的寒冰上僵卧了一夜,内脏都几乎冻成冰蛇了。"(《昆仑殇》)……在无法改变的自然力量面前,人类的存在本身就是征服自然的一大奇迹。不管是昆仑山上那一批穿越无人区的野战军人,还是阿里山区一群被囚禁的女兵,都是挑战自然的强者。人和自然的对立、冲突被毕淑敏摆到了首要位置,"活着"成为人生的第一要义。作者一方面让我们领略到了庄严雄伟的昆仑山所具备的阳刚之气和悲壮的力度美。另一方面,又用超乎寻常的冷静、理智、客观的态度,来展示生和死的问题。所有这些,较之普通人的日常生存来得更真切、更实在,更能凸显生存的艰难和死亡的恐怖,也就更易激起读者对生和死的思考。

抛开毕淑敏对生存酷景的浅层展示不谈,我们来考察死亡形态背后隐藏的深层意义,或者说由死亡折射出来的价值内涵。

在毕淑敏笔下,我们很难发现严格意义上的生命的自然死亡。深刻的反思精神和批判意识使作家不断把眼光投向十年"文革"那段错误的历史，力求从历史的深处挖掘生命被毁灭的原因，并在深广的时代背景中探求人的生存问题。因此，对于小说的主人公们来说，他们的生存悲剧首先被作者定义为一种时代的悲剧和政治的悲剧。小说《昆仑殇》中，英俊聪慧的作战参谋郑伟良、朴实憨厚的炊事班长金喜蹦、机智灵活的号兵李铁、美丽善良的女卫生员肖玉莲等许许多多年轻的生命，其实都是那场荒谬透顶的军事拉练的牺牲品；小说《补天石》中，机要参谋尤天雷的死亡、炊事班长安门闩的变态行为、化验员徐一鸣的违心选择、女兵朱端阳的内心痛苦；乃至《阿里》中女兵游星的自杀，哪一个不是巨大的政治背景下特定的历史悲剧！毕淑敏用凝重的笔调，呈现了美好生命的被毁灭过程。在这里，死亡的惨不忍睹不仅直指错误方针对美好人性的扼杀，而且暗含着历史屠戮的血淋淋的事实。他们用青春的毁灭来暗示对荒谬年代的批判意义，又用沉痛的死亡悲剧震撼着读者的灵魂。借此，我们不难体悟到作家冷峻的语言外壳下，一颗火热的"痛心"以及用死亡来增强批判力度的自觉意识。

正如我们不否认毕淑敏借死亡来反思和批判历史一样，我们同样肯定她借死亡来升华人格、强调人生价值的努力。综观毕淑敏的早期创作，不难发现，死亡已经成为不可避免的话题被她引入了思维空间和审美视野，在对个体生命进行审视、思索时，她总是习惯于将个体投入整个社会、时代甚至人类的大背景中，借死亡的瞬间性、不可抗拒性及其对人生的毁灭性，来表现生命的尊严，肯定死亡的价值。死亡固然是一种不幸，是难以承受的人生痛苦。但它与生存的对立，却又从反面证明着真实的生命存在。在毕淑敏笔下，它体现为一种有穿透力的精神力量，可以孕育军人的坚强，可以培养战士的刚毅，更为他们换取更高的理想追求。这样，我们就不难理解那些殉道者的英雄主义情怀了。

尽管如此，我们还应该承认，这个时期毕淑敏对死亡的透视并没有超越传统的社会学层面的制约。她对生存残酷的展示，社会历史的批判，以及人格精神升华，无不在展示死亡的社会学意义。也就是说，这种死亡描写的作用，仅仅在于强化作品的某种思想价值和主题意蕴，让读者从英雄人物的毁灭中，感受到一种人格的震撼力量，品尝到其间的美学价值；而不具备对死亡本体意义的思索，也缺少对个体生命存在形式的独特感悟。这不能不说是毕淑敏的前期小说创作让人颇感遗憾的地方。但是，随着她的小说写作日趋成熟,死亡在文本中的启示作用越来越清晰,她对个体生命的审美思考也抵达新的哲学层面。

死亡的哲学意义

尽管我们拒绝谈及死亡,甚至以各种各样的方式抵抗死亡。可是,作为一种真实的存在状态,死亡又是人类永远无法逃避和超越的命运。一旦死神逼近生命,任何存在都变得毫无价值可言。生命的不堪一击的脆弱,常常令人们无法保持理智的思维。但这并不意味着,人类就此而放弃对死亡意义的理解和把握。恰恰相反,死亡的难以抵抗的强大,不断引发人们对生命本质更深刻的凝神关注,并开始成为作家领悟人性善恶和负载意义的载体。

毕淑敏从创作伊始就与死亡结下了不解之缘。在她的作品中,有因疾病夭折的女孩姜小甜,有难产致死的母亲乔先竹,有被病人毒死的戒毒医院院长简方宁,有为医学献身的教授陶若怯……各种各样的死亡形态汇聚成一条无声无息的河流,在毕淑敏笔下奔涌而出。综合考察作家对人物死亡形态的设计,特别是与她早期的死亡观念相互参照时,我们就会发现由此昭示出的不可低估的价值意义。

首先,毕淑敏借死亡为意义载体,负载着对人性善恶的深刻剖析和对真诚、善良人性的热切呼唤。在中篇小说《女人之约》中,为了讨回工厂的债务,"受过处分,名声很坏"的女工郁容秋不顾自己的死活,拼命奔走,四处求人,终于讨回了债务,她自己却因讨债过程中饮酒过度死亡。其他人欢天喜地地拿到钱之后,却用极端恶毒的语言嘲笑郁容秋,甚至连一向受人尊敬的厂长也不履行原定的承诺,人性的丑陋暴露无遗。

长篇小说《红处方》是一部涉及戒毒斗争的现实主义小说。在这个作品中,毕淑敏第一次全方位、大规模地展示了戒毒医院的生活全景:这里居住着一批因吸毒而堕落的男男女女,他们中有的是因为追求刺激走上绝路的高干子弟,有的是为金钱以身试法的逃犯,有的是罪恶的变态狂者……其粗劣的行径、疯狂的欲望以及被扭曲的灵魂令人不寒而栗。毕淑敏用细腻逼真的文字描写、丰富翔实的材料记录,呈现这个充满神秘感与恐怖气氛的场所,通过见证人沈若鱼的眼睛来观察人性百态,并把眼光伸向内心世界和灵魂深处,让我们看到了惊心动魄的真实图景。在她笔下,戒毒医院成了一个展现人性罪恶的舞台,一切美丽的光环被一扫而空。小说的主人公——戒毒医院院长简方宁，是一位立志献身医学科学的女性。她典雅优美的气质、正直崇高的人格、高超精湛的医术令人折服。在从事戒毒事业的艰难道路上，她付出了个人爱情、家庭幸福仍然矢志不渝。就是这样一位正义之神，却遭到一个魔鬼一样的吸毒者——庄羽的恶意报复。庄羽是一个出身高干家庭，"喜欢与众不同，喜欢寻求快乐、自由、冒险和新奇"的女孩，一次偶然的机会使她尝到吸毒的快乐，随后，她一步一步沦落为毒品的奴隶，美好善良的人性也逐渐丧失，甚至产生了"要是有一天，把院长也变成病人"的罪恶想法！带着这个极端残忍的念头，她千方百计地接近简方宁，最后果然利用送油画《白色和谐》之机，把剧毒品"七"掺入其中，致使简方宁因呼吸毒气而染上毒瘾，最终自尽身亡。简方宁在遗书中写道："我爱生命，但当我不可能以我热爱的方式生存时，我只好远行。我要证明，人的意志是不可战胜的，毒品可以使我中毒，却无法使我屈服。"她用结果生命的方式证明了生命的宝贵，显示着崇高的人格力量。然而，正直善良者毕竟成为报复嫉妒者的牺牲品，无辜崇高的生命难以逃避死亡的厄运。这其中的悲剧意味和批判意识更加强烈地昭示出来了。而在"恶之花"庄羽身上，所有人性的善心、良知等光辉的一面被冲得一干二净，毕淑敏借主人公的死亡，一面展示着人性的美好，一面又让我们清晰地窥视人性的另一面——残忍、邪恶。

向 死 而 生

　　死亡是一种最基本的生命形态，它折射着生命的悲凉与无奈。作为与生存密切相关的人生问题，死亡又寄寓着人类对生的种种态度。意识到死，才能自觉地生存。因此，一个对死亡过分敏感的作家，也必然会对生命有超乎寻常的执着。事实上，毕淑敏一直都没有放弃对生的探讨，她恰恰是以对死亡的彻底逼近来表达着对生命的感悟。尤其是她把人物设置在特殊的背景中，让他们面对死亡的种种纠缠与折磨，来展示生命的诞生、挣扎、毁灭的动态过程，并用勇敢、达观的态度思索人的存在问题。在生与死形态展示的背后，流淌着毕淑敏对生命存在的诗情向往、对生存意义的永恒追问。

　　个体生命的生老病死是悲哀的，特别是当死亡的残酷与生命的美好构成强烈冲突时，人生本身浓烈的悲剧意味就不言自明了。毕淑敏是个敏感而细腻的人，她总是能从平凡琐碎的世事中，洞察人生的不幸与尴尬，借以探求生存的终极意义。《生生不已》就是一篇极富哲理意蕴的小说。女工乔先竹在与关大夫的闲谈中得知女儿患上了脑肿瘤，于是，这对平凡的夫妇全力以赴抢夺女儿的生命，终因医治无效而失败。在经受丧女之痛的打击后，乔先竹消耗着自己快要枯竭的身躯，重新孕育一个新的生命……这个凄婉的故事，除了生动感人的描写之外，更深刻的意义恐怕还在于，它触及了一个颇具哲理的主题——生命的循环不已。

无死自然无生，无生也必然无死。生和死在本源上是一体两面的存在。我们承认死亡使得生命更为匆忙、短暂。然而，死亡并不是虚无，是显示生命的标志。人的生命像自然界的循环一样，周而复始，生生不已，在完成了死亡的同时，又开始新一轮的生命延续。就像小说人物乔先竹，一面体验着死亡的步步逼近，一面也感受着新生命的孕育过程，新生儿的到来无疑代表着生命进程的不断延续。从这个意义上来讲，毕淑敏的小说道出了生命本身的哲学内涵。

"死不是生命中的事件，我们不会活着体验死亡。"（维特根斯坦语）诚然，作为一种神秘、不可思议的人生经历，死亡本身是不可能预先体验的。但这并不妨碍作家们对死亡的哲学理解。在《预约死亡》中，毕淑敏的眼光又一次指向死亡，小说通过体验性、纪实性的叙述，为我们打开了一个神秘的生活领域——临终关怀医院，来呈现生命尽头种种鲜为人知的人生状态。在这里，死亡是司空见惯的，又是最能透彻生存意义和终极关怀的方式。临终医院的医务人员，更能领悟生命循环更新的意义，也就更能用坦然冷静的态度看待死亡。正如乔大夫所讲的："该死的就让他死好了。旧的不去，新的不来。"这是对有限生命的超越和达观，它彻底打破了死亡带给人的悲伤、恐惧心理。毕淑敏借对死亡的"体验"，获得了一种对生命的独特关怀：人类的生命是受时间限制的，所以只有珍惜有限生命的质量，才能获得精神的超越。"向死而生"的命运固然是悲观的，但循环不已的生命进程则是乐观的。毕竟，人类的生命自信可以对抗命运，这未尝不是一种超越生死的诗化境界。

参考文献

1. ［美］W. C. 布斯：《小说修辞学》，华明、周宪译，北京大学出版社1987年版。
2. ［美］勒内·韦勒克、奥斯汀·沃伦：《文学理论》，刘象愚等译，江苏教育出版社1995年版。
3. ［英］迈克·费瑟斯通：《消费文化与后现代主义》，刘精明译，译林出版社2000年版。
4. ［捷］米兰·昆德拉：《小说的艺术》，孟湄译，生活·读书·新知三联书店1992年版。
5. ［美］詹明信：《晚期资本主义的文化逻辑》，陈青侨等译，生活·读书·新知三联书店1997年版。
6. ［美］丹尼尔·贝尔：《资本主义文化矛盾》，赵一凡译，生活·读书·新知三联书店1998年版。
7. ［美］道格拉斯·凯尔纳、斯蒂文·贝斯特：《后现代理论——批判性的质疑》，张志斌译，中央编译出版社2000年版。
8. ［美］杰姆逊：《后现代主义与文化理论》，唐小兵译，北京大学出版社1997年版。
9. ［德］瓦尔特·本雅明：《机械复制时代的艺术作品》，王才勇译，中国城市出版社2002年版。
10. ［德］瓦尔特·本雅明：《经验与贫乏》，王炳钧等译，百花文艺出版社1999年版。
11. ［法］罗杰·加洛蒂：《论无边的现实主义》，吴岳添译，百花文艺出版社1998年版。
12. ［美］亨利·詹姆斯：《小说的艺术》，朱雯译，上海译文出版社2001年版。

13. ［英］伊恩·P. 瓦特：《小说的兴起》，高原、董红钧等译，生活·读书·新知三联书店1992年版。
14. ［法］让·波德里亚：《消费社会》，刘成富等译，南京大学出版社2000年版。
15. ［英］华莱士·马丁：《当代叙事学》，伍晓明译，北京大学出版社1990年版。
16. ［美］苏珊·S. 兰瑟：《虚构的权威——女性作家与叙述声音》，黄必康译，北京大学出版社2002年版。
17. 《20世纪中国小说理论资料》（第1—4卷），北京大学出版社1997年版。
18. 伍蠡甫主编：《现代西方文论选》，上海译文出版社1983年版。
19. 柳鸣九编：《新小说派研究》，中国社会科学出版社1986年版。
20. 张京媛主编：《当代女性主义文学批评》，北京大学出版社1992年版。
21. 张京媛主编：《新历史主义与文学批评》，北京大学出版社1993年版。
22. 孟悦：《历史与叙述》，陕西人民教育出版社1991年版。
23. 陈焘宇、何永康主编：《外国现代派小说概观》，江苏文艺出版社1996年版。
24. 何永康主编：《二十世纪中西比较小说学》，江苏教育出版社2006年版。
25. 崔道怡主编：《"冰山理论"：对话与潜对话》，中国工人出版社1987年版。
26. 王铁仙、杨剑龙等：《新时期文学二十年》，上海教育出版社2001年版。
27. 陈平原：《中国现代小说的起点——清末民初小说研究》，北京大学出版社2005年版。
28. 夏志清：《新文学的传统》，新星出版社2005年版。
29. 夏志清：《中国现代小说史》，刘绍铭等译，复旦大学出版社2005年版。
30. 洪子诚：《中国当代文学史》，北京大学出版社1999年版。
31. 洪子诚：《作家的姿态与自我意识》，陕西人民教育出版社1991年版。
32. 丁帆、许志英主编：《中国新时期小说主潮》（上下卷），人民文学出版社2002年版。

33. 丁帆：《重回"五四"起跑线》，人民文学出版社 2004 年版。
34. 谢昭新：《中国现代小说理论史》，安徽大学出版社 2003 年版。
35. 陈晓明：《表意的焦虑》，中央编译出版社 2002 年版。
36. 应锦襄、林铁民、朱水涌：《世界文学格局中的中国小说》，北京大学出版社 1997 年版。
37. 申丹：《叙述学与小说文体学研究》，北京大学出版社 2001 年版。
38. 张大春：《小说稗类》，广西师范大学出版社 2004 年版。
39. 曹文轩：《小说门》，作家出版社 2002 年版。
40. 吴功正：《小说美学》，江苏人民出版社 1985 年版。
41. 李洁非：《小说学引论》，广西教育出版社 1995 年版。
42. 胡尹强：《小说艺术：品性和历史》，上海文艺出版社 1993 年版。
43. 陈洪：《中国小说理论史》，天津教育出版社 2005 年版。
44. 李建军：《小说修辞研究》，中国人民大学出版社 2003 年版。
45. 杨俊蕾：《中国当代文论话语转型研究》，中国人民大学出版社 2003 年版。
46. 杨莉馨：《异域性与本土化：女性主义诗学在中国的流变与影响》，北京大学出版社 2005 年版。
47. 王正：《悟与灵感——中外文学创作理论比较研究》，上海社会科学院出版社 2003 年版。
48. 夏德勇：《中国现代小说文体与文化论》，中国广播电视出版社 2005 年版。
49. 马原：《虚构之刀》，春风文艺出版社 2003 年版。
50. 格非：《小说叙事研究》，清华大学出版社 2002 年版。
51. 林舟：《生命的摆渡——中国当代作家访谈录》，海天出版社 1998 年版。
52. 张钧：《小说的立场——新生代作家访谈录》，广西师范大学出版社 2002 年版。
53. 吴义勤：《中国当代新潮小说论》，江苏文艺出版社 1997 年版。
54. 张清华：《中国当代先锋文学思潮论》，江苏文艺出版社 1997 年版。
55. 张文红：《伦理叙事与叙事伦理——90 年代小说的文本实践》，社会科学文献出版社 2006 年版。
56. 王宏岳：《审美的悖反：先锋文艺新论》，社会科学文献出版社 2005

年版。

57. 尹国均：《先锋实验》，东方出版社1998年版。
58. 南帆：《文学的纬度》，上海三联书店1998年版。
59. 黄发有：《准个体时代的写作——20世纪90年代中国小说研究》，上海三联书店2002年版。
60. 陶东风：《文学演变及其文化意味》，云南人民出版社1994年版。
61. 郑家建：《中国文学现代性的起源语境》，上海三联书店2002年版。
62. 程德培：《当代小说艺术论》，学林出版社1990年版。
63. 张德林：《现代小说美学》，湖南文艺出版社1987年版。
64. 杨义：《中国叙事学》，人民出版社1997年版。
65. 宁亦文编：《多元语境中的精神图景》，人民文学出版社2001年版。
66. 王德威：《被压抑的现代性——晚清小说新论》，宋伟杰译，北京大学出版社2005年版。
67. 王德威：《想象中国的方法》，生活·读书·新知三联书店2003年版。
68. 金汉：《中国当代小说艺术演变史》，浙江大学出版社2000年版。
69. 朱文小说集《傍晚光线下的一百二十个人物》，华艺出版社1996年版。
70. 何顿小说集《生活无罪》，华艺出版社1995年版。
71. 邱华栋小说集《哭泣游戏》，跨世纪文丛系列，长江文艺出版社1997年版。
72. 李复威主编：《九十年代文学潮流大系》（小说部分10卷本），北京师范大学出版社1999年版。
73. 王蒙主编：《红罂粟丛书二十二种》，河北教育出版社1995年版。

后　记

本书是在我的博士后出站报告基础上修改完成的。2000年秋，我考入南京大学中文系攻读现当代文学博士学位。2003年6月获得博士学位之后，即到南京师范大学文学院博士后流动站做研究工作。当时的学术联系导师何永康教授是文艺学学科的带头人，我从现当代文学专业跨入文艺学专业，准备撰写出站报告时，何永康教授恰好在主持江苏省哲学社会科学研究"十五"规划重点工程课题"二十世纪中西比较小说学"，考虑到我的研究专长和个人兴趣，就把其中的子项目"中西小说创作论"交给我作为博士后研究报告的课题。当时的想法是，希望能在中西小说创作比较研究的基础上，辨析西方小说创作观念及小说美学形态对20世纪中国小说创作的影响，进而发现中国小说创作与西方之不同，突出中国小说自身的发展特点，厘清中国小说发展的脉络。特别是面对目前小说界的创作困境以及研究理论的滞后，希望能找到较为合理的研究方法及路径。愿望总是美好的，只是限于我个人的学识、才力和时间，上述设想在写作过程中并没有完美地实现。作为成稿的出站报告仅仅是对20世纪最后20年的小说创作做了大致描述，缺乏深刻的理论观照。尤其是在本书的后半部分，在讨论20世纪90年代小说创作困境的时候，我避实就虚地选取三种自己认为比较有代表性的创作现象来分析。这样一来，自然无法对90年代小说创作的整体面貌提供一种相对细致完整的呈现，不可避免地导致论文的不全面、不客观。唯愿这诸多的遗憾转化成我今后在学术道路上努力前行的动力！

在本书即将出版之际，我首先要感谢我的两位博士生导师——南京大学的叶子铭先生和丁帆先生。叶先生给了我在南京大学继续求学的机会，他正直善良的人品、精辟犀利的见解和对学术的执着热情，一直是作为晚辈的我虽不能至而心向往之的境界。丁帆先生具体负责指导我的博士学业，先生在我成长过程中的每一次指点甚至批评，都将深铭我心。感谢南京大学的许志英先生，先生平和豁达、热情爽朗，他一直以师长的拳拳之心，关注和扶持我的成长，为我的每一点细微的进步而感到欣慰。

本书的撰写获得了我的博士后学术联系导师、南京师范大学文学院何永康教授的悉心指导。在与他的一次次讨论中我获得了很多宝贵的启示。南京师范大学文学院几位博士生导师朱晓进、高永年、何言宏等先生，在我的论文选题和写作过程中提出了很多富有建设性的意见，对于我修改书稿起了很大作用。对于以上前辈的帮助、支持和鼓励，我借此机会致以深深的谢意。

我所在的青岛大学文学院，有一批德高望重的前辈和严谨务实的同事。他们从工作、生活等方面给予我很大关心和帮助。如果没有他们的一再督促和勉励，恐怕我的书稿还在某个角落里躺着。借此机会，向他们表示由衷的谢意！

本书的部分内容曾以论文的形式公开发表过。在此，我要向《南京师范大学学报》的段业辉先生、《江苏社会科学》的李静先生、《天津社会科学》的时世平先生、《云南社会科学》的杨绍军先生、《小说评论》的李星先生等表示诚挚的谢意。此外，在我求学过程中，还有很多老师、同行、朋友曾给予我无私的帮助，无法一一列出名字，唯有铭记在心，由衷感谢。

感谢父母、家人对我的理解和支持。

附录的几篇小作也是自己近年来对小说创作现象的一点粗浅思考，与正文有关联。

最后，对于本书的诸多问题与不足，我真诚地希望能够得到方家的批评与指正。

2014 年 5 月于青岛大学